실험적
양아치

실험적
양아치

초판 1쇄 발행 2025. 5. 7.

지은이 양인규
펴낸이 김병호
펴낸곳 주식회사 바른북스

편집진행 황금주
디자인 양헌경

등록 2019년 4월 3일 제2019-000040호
주소 서울시 성동구 연무장5길 9-16, 301호 (성수동2가, 블루스톤타워)
대표전화 070-7857-9719 | **경영지원** 02-3409-9719 | **팩스** 070-7610-9820

•바른북스는 여러분의 다양한 아이디어와 원고 투고를 설레는 마음으로 기다리고 있습니다.
이메일 barunbooks21@naver.com | **원고투고** barunbooks21@naver.com
홈페이지 www.barunbooks.com | **공식 블로그** blog.naver.com/barunbooks7
공식 포스트 post.naver.com/barunbooks7 | **페이스북** facebook.com/barunbooks7

ⓒ 양인규, 2025
ISBN 979-11-7263-361-5 03810

•파본이나 잘못된 책은 구입하신 곳에서 교환해드립니다.
•이 책은 저작권법에 따라 보호를 받는 저작물이므로 무단전재 및 복제를 금지하며,
 이 책 내용의 전부 및 일부를 이용하려면 반드시 저작권자와 도서출판 바른북스의 서면동의를 받아야 합니다.

실험적 양아치

양인규 지음

바른북스

모든 남성성에게 바칩니다.

목차

실험적 양아치 ∘ 009

　태양의 길(火)

　그랜드 캐니언(土)

　물이 되어라(水)

　나무(木)

　황금을 찾는 자(金)

열악함이 사랑스러울 때 ∘ 249

　여명(黎明)

　명예(名譽)

태양의 길(火)

태양은 암흑 속에 있다.
어둠을 회피하는 자들에겐
빛이 스며들 기회가 없다.
그는 우주에 홀로 떠 있다.

때론 자신이 망상가가 된 것이 아닌지
의심이 들 때가 있을 것이다.

그러나 저 태양을 봐라!
그 또한 혼자이지 않은가?

길 위에 서 있는 그대여
두려워 말라.
모든 은하계가 당신을 향해
고개를 돌릴 것이다.

그를 처음 본 건 대학교 베트남 봉사 때였다. 일단 24년을 살면서 그렇게 잘생기고 매력이 넘치는 남자는 태어나서 처음 봤던 것 같았다. 키도 185는 족히 되어 보였고 새하얀 얼굴에 갸름한 얼굴과 오뚝한 코 그리고 엄청 잘생겼지만 전혀 부담스럽지 않게 잘생긴 느낌을 주는 남자였다.

전국 대학생들이 한데 모여 베트남으로 봉사를 가는 연합회였고 27명쯤 되는 인원들이 한 강의실의 대원형 탁자에 둘러보고 앉아 있었다. 분명히 서로 처음 본 사이일 텐데도 그는 옆자리 앉은 여학생들을 마치 오래된 사이처럼 대하며 몇 명은 이미 그와 아주 친해 보이기까지 했다. 안타깝게도 멀리 떨어져 앉게 된 여학생들은 부러운 눈빛으로 그에게 이미 사랑스러운 미소를 자기도 모르게 던지고 있었다. 그는 아주 유쾌했기 때문이다.

그런데 그는 절대로 영웅이 될 수 있는 순간을 놓치지 않는 사내였다. 그는 쉬는 시간에 모두의 시선을 뿌리치고 자리에서 일어나 처음으로 말을 건 사람이 바로 나였던 것이다. 그는 단 한 사람도 소외시키지 않는 성격의 소유자라는 것을 모두가 볼 수 있는 공간에서 보여주는 듯했다.

"안녕하세요. 도훈 씨."
"네 안녕하세요. 용화 씨."

그는 내 가슴팍에 붙여져 있던 대학교와 전공 이름을 보더니 말을 이어갔다.
"도훈 씨는 경찰행정학과를 다니시네요. 베트남 봉사는 어떻게 지원하게 되셨어요?"
그 질문에 얼굴이 확 뜨거워지고 빨개지는 걸 느꼈다. 그리고 그 모습을 그가 볼까 심장이 마구 쿵쾅거리고 말을 더듬거렸다.

"아 그냥… 지금까지 사람 너무 안 만나고 알바도 뭐 맨날 편의점 같은 것만 해서 그냥 경험 쌓으러 왔습니다."
그는 은근한 미소를 유지한 채 아무 말 없이 나를 바라보고 있었다. 그는 이미 내가 무슨 동기로 여기에 지원했는지를 알고 있는 눈치였다. 그의 눈에는 나라는 사람은 이해할 수 없는 세계에서 온 사람이라 공감은 못 하지만 약간의 우월감과 냉소. 존중하면서도 '아! 그렇구나 병신!'이라고 느끼며 날 보고 있지만 그래도 신사다움은 유지하려는 걸 느꼈다.

"저도 비슷해요. 한번 도전해 보고 싶어서 왔어요. 우리 잘해봐요."
말을 끝낸 뒤 그는 가버렸다.

홀로 있는 쉬는 시간 10분은 100시간처럼 느껴졌다. 나란 인간에게 처음 온 공간에서 처음 본 사람들 사이에서 홀로 놓여지는 것은 세상에서 제일 고통스러운 고문을 의미했다. 홀로 초점을 놓아버린 채 내면에 잠겨 있는 척을 했다가 이미 기류가 형성된 무리에서 가끔 터져 나오는 웃음소리에 살짝 눈길을 주거나 아님, 휴대폰을 켜서 나름 똑똑한 척을 해 보이기 위해 그래프가 가득한 경제 뉴스를 읽는 척을 하기도 했다.

그러나! 나의 마음은 오직 한 방향이었다. 여기서 제발 여자친구가 만들어졌으면 좋겠다! 그런데 저 여대 애들은 아니야 기가 너무 세. 저기 저 생명공학과 여자애는? 아 그런데 너무 예뻐서 안 될 것 같아. 저기 미대 친구는? 저 친구는 괜찮은데 이미 용화를 좋아할 것 같아. 아! 저 애 가슴이 진짜 크네 미치겠다!!

"자!! 안녕하세요!"

진행 담당자처럼 보이는 조끼를 입은 한 여자가 들어와서 말을 했다.

"오래 기다리셨죠? 우리 전국 봉사연합회에 지원해 주셔서 감사합니다. 올해는 한국어가 베트남에서 제2외국어로 채택하려는 법안이 정책에서 시행 중인데 우리가 그 이슈의 중심이에요. 우리가 잘해내면 한국어가 베트남의 제2외국어가 될 수 있어요. 그렇지만 저에겐 더 중요한 기쁨이 있습니다. 자기가 항상 어울리던 무리에서 벗어나 새로운 사람들과 새로운 도전을 하기 위해서 지원해 주신 여러분이 전 멋지다고 생각합니다. 그런 분들과 이번 프로젝트를 함께하게 돼서 영광입니다."

그녀는 갑자기 수줍은 듯이 몸을 배배 꼬더니 입꼬리를 파르르 떨며 말을 멈추고 망설였다가 다시 입을 떼었다.
"제가 여러분들을 위해 준비한 게 있어요."
그녀는 도화지를 꺼내면서 말을 이었다.
"두둠!! '반가워 너와 친해지길 바라!' 이걸 여러분 등판에 붙인 다음에 모든 팀원과 3분 이상씩 대화를 나누어야 합니다. 대화를 나눈 후에는 첫인상이나 자기가 하고 싶은 말을 상대방의 등에 붙어 있는 도화지에다가 쓰시면 됩니다. 간단하죠? 그리고 저도 참여할 거예요."

 담당자의 말이 끝나자 원형 탁자에 고개를 삐딱하게 하고 핸드폰 액정만 바라보던 여학생들의 얼굴에 화색이 돌기 시작했고 진행 담당자의 귀여운 미모와 발랄함이 드디어 청춘의 시작을 알렸다.

 나는 가슴이 번쩍이며 드디어 신이 나기 시작했다. 그 이유는 그녀 덕분에 자연스럽게 대화를 이어갈 수 있는데 심지어 '모든 인원들과 꼭 3분 이상 대화를 나누어야 한다'는 장치 덕분에 저는 아까 눈여겨봤던 모든 여학생들과 눈을 마주칠 수 있게 된 것이다.

 남중. 남고, 모솔에 캠퍼스 커플을 꿈꿨지만 여자 앞에만 서면 왜 그리 쭈뼛대고 떨리는지 나의 어투는 갑자기 귀여운 척을 하게 되고 실없이 불안에 찬 모습으로 웃고 눈을 계속 비비거나 머리를 만지작거렸다. 물론 아무도 먼저 말을 건네주진 않았다. 나 또한 먼저 말을 건네진 않았다. 아니 못 했다. 당연한 결과지만 24살까지 나는 솔로였던 것이다.

 그러나 드디어 만회하고 싶어졌기에 여기에 온 것이었다. 나

같은 건 헌팅 포차나 클럽 같은 곳 혹은 과팅 같은 건 꿈도 못 꿨다. 그러나 여기 봉사라는 것. 그래 봉사! 선한 이미지로 하여금 만남의 장을 맛볼 수 있는 이곳이야말로 나에겐 또 하나의 기회일 것이다. 그런 희망을 가지고 이곳에 왔단 말이다! 아마 그 원형 탁자에 앉은 학생들 중에서 나만큼 호흡곤란이 올 정도로 떨리는 사람은 없을 것이다.

진행 담당자는 용화를 불러 자신이 가진 절반의 도화지 뭉치를 주고 나머지 절반은 그녀가 가지고 한 사람씩 전해주기 시작했다.

난 그녀에게 등을 돌리고 그녀가 도화지를 붙여주기를 기다렸다. 돌아보니 나와 다른 성별을 가진 사람과 이렇게 가까이서 대화를 주고받은 적이 언제였는지 기억조차 안 날 정도였다. 나의 등에 그녀의 손이 닿을 때는 따뜻함이 내 심장을 관통했다. 그녀의 머리칼에서 나는 향기는 내 안의 상상력과 뒤섞였다. 아! 여기 오길 잘했다. 그래! 난 죽기 전에 해야 할 일이 있어. 그래 김도훈 포기하지 말자. 난 사랑을 꿈꿔. 그런데 그녀는 남자 친구가 있을까? 없다면 혹시 내가 될 수도 있지 않을까? 날 방금 특별대우를 해줬잖아? 내게 신호를 보낸 걸 수도 있어!

"다 됐어요."

"네 감사합니다."

그녀는 일어나서 학생들을 보며 말했다.

"자 이제부터 시작할 건데 뭐를 물어봐야 할지 고민되거나 망설여지는 인원들을 위해 여러 가지 팁을 알려드릴게요. 첫 대화 상대는 제일 친하게 지내고 싶은 대상에게 다가서시길 바랍니다. 그럼 상대방은 첫 시작부터 반가움과 고마움으로 시작을 하겠죠? 그리고 왜 친하게 지내고 싶은지 말을 걸 때 절대로 '그냥'은 없습니다. 이유를 만들어서 가주세요."

난 그 말을 듣자마자 바로 용화가 가슴속에서 스치고 갔다. 난 저 녀석을 카피해야 해. 난 저 녀석의 메커니즘을. 여성 편력을 단 1%라도 배워내야 해. 물론 절대적인 조건들은 나도 객관화가 되어 있어. 외모나 키는 무시 못 해. 그러나 그럼에도 불구하고 배울 부분은 확실하게 배워야 해. 난 저 녀석을 원해. 이 게임이 시작되자마자 난 저 녀석한테 가고야 말겠어.

그녀가 이제 말한다.

"자! 시작입니다!"

친하게 지내고 싶은 대상에게 먼저 가라는 그 장치 덕분에 탁자 위의 학생들은 다짜고짜 먼저 움직이기를 망설여 했고 난 덕분에 재빨리 일어나서 용화에게 다가설 수 있었다. 용화는 자존심이 있어서 그런지 절대로 누군가에게 먼저 가려 하지 않았고 용화 옆에 앉아 있던 여학생들은 마지못해 용화에게 말을 걸려 하는 뉘앙스를 취하려는 듯했지만 난 당돌한 꼬마 전사처럼 빠른 걸음으로 그가 앉아 있던 책상으로 갔다.

"난 용화 씨를 원해요."

앉아 있던 그는 날 위로 올려다보며 귀여운 햄스터 보듯이 보았다. 언제든 잡아먹을 수 있는 이 귀여운 햄스터가 용기 내어 자신에게 와서 친하게 지내고 싶어 한단 걸 알자. 약간은 야비하면서도 선한 눈빛으로 웃으면서 말했다.

"저를 원해요?"

"네 원합니다."

옆에 있던 여학생들은 저 사람 게이 아니냐고 자기들끼리 웃고 떠들기 시작했고 나는 아랑곳하지 않고 얼떨결에 떨려서 그만 악수를 청하고 말았다.

"그럼 저도 원합니다. 와주셔서 감사해요. 도훈 씨."

그는 나를 보러 와준 이 기특한 햄스터가 내 옆에 앉아야 하니 옆자리 여학생들에게 자리를 좀 비켜달라고 말을 했고 우린 드디어 단둘이 앉게 되었다. 그 만남이 성사되었을 때 용화의 인기 덕분에 모든 여학생들의 시선은 그를 향해 쏠려 있었는데 나는 수많은 여인들의 눈동자와 환희에 찬 표정들을 한가득 보게 되었다. 와! 이것이 그의 삶이구나 용화! 당신이 이제부터 나의 교수님이고 선생님이고 스승이다.

"용화 씨 아까 쉬는 시간에 말 걸어주셔서 감사했습니다. 답례로 제가 보러 왔어요."
그는 흐뭇한 표정으로 대답했다.
"도훈 씨가 계속 눈에 띄더라고요. 그래서 한번 제가 생각한 게 맞는지 확인해 보고 싶어서 그랬어요. 근데 맞는 것 같아요."
난 도통 용화가 무슨 말을 하는지 알 수가 없었는데 그는 말을 할 때 특유의 유쾌함 때문에 상대까지 웃게 하는 마력이 있었다.

"그게 뭔데요?"
내 질문을 받자마자 그의 눈빛은 드디어 먹잇감을 물으려는 듯이 돌변하더니 천천히 입을 뗐다.
"눈에서 분노가 느껴졌는데 그 에너지가 자기를 향해 있었어요. 초점이 순수해요."
난 본능적으로 그이 앞에서는 거짓말을 하면 안 될 거 같단 느낌을 받았다. 사실 그럴 필요도 없었다. 그는 이제 나의 스승이 될 사람이지 않나? 그리고 의식적인 나의 사념들은 여자 친구를 한번 만들어 보는 것! 그것밖에 없었지만 나의 욕구는 그와 한번 무엇이든 함께하고 싶다는 것이었다.

"맞아요. 난 날 부숴버리고 재건축을 해버리고 싶어요. 그 과정을 저와 동참해 주세요."
"저야 영광이죠. 도훈 씨 여기서 제일 솔직하고 믿음직한 동료를 벌써 구했네요. 꼭 저와 같은 팀을 해요."

그때 진행 담당자가 다른 인원들이랑도 대화를 해야 하니 빨리 마무리하고 다음 사람과 대화를 나누라고 하는 바람에 우린 급하게 서로의 등에 붙여진 도화지에다가 하고 싶은 말을 쓴 뒤 잠깐 헤어져야 했다. 그리고 이제 난 홀로 외딴섬처럼 남겨졌다. 그도 섬이지만 나와는 다른 섬이었다.

-

27명의 학생들은 이제 서로의 짝을 찾아 대화를 하기 시작했고 강의실의 분위기는 점점 소란스러워졌다. 생각해 보니 13명은 13명의 짝을 찾았고 그게 26명이라면 나머지 하나는… 바로 나였다. 아! 그런데 또 아니었다. 아까 진행 담당자도 이 게임에 참여한다고 했으니 우리는 짝수다! 그럼 내 짝은 어디 있단 말인가?

"도훈 씨! 무슨 생각 하세요!"

진행 담당자였다.

"아 대화 상대를 찾고 있었어요."

"그럼 이제 저와 하시죠."

"네 좋아요…"

"아까 용화 씨한테 완전 위풍당당하게 가시던데 무슨 이야기 했어요? 둘이 뭐 아는 사인가요? 둘이 정말 진지해 보이던데?"

"네 그렇고 그런 사이입니다."

그녀는 입꼬리만 살짝 올리더니 바로 본론으로 들어갔다.

"드디어 베트남팀 첫 1호 커플 탄생인가요? 도훈 씨는 무슨 팀 들어가고 싶어요?"

"팀이요?"

"네 우리 베트남팀 단원들은 체육팀, 음악팀, 과학팀, 미술팀 총 4팀으로 나눠서 또 프로젝트를 진행할 거예요. 아마 체육팀이 제일 경쟁이 심할 거예요. 왜냐하면 용화 씨도 체육팀에 들어가고 싶어 하던 것 같았거든요."

"그렇다면 더욱더 체육팀에 들어가야겠네요."

"자신 있어요?"

'자신이 있냐'는 그 말에 내 영혼이 반응하는 것 같았다. 어쩌면 순박한 자존심일 수도 있는 것이지만 왠지 그런 말을 들을 땐 피가 끓는다. 그리곤 찐따처럼 보이고 싶지 않은 욕구가 샘솟는 걸 느꼈다. 왜냐하면 객관적으로 찐따이기 때문이다. 난 가만히 그녀를 바라보았는데 그 순간 소란스럽던 강의실을 둘만의 적막함으로 덮어버린 것만 같았다.

"네."

-

그녀와의 3분은 용호와의 3분보다 더 짧게 느껴졌다. 그리고 2명과의 대화 속에서 나의 몸은 더 이완되고 소란스러운 잡음들과 리듬을 함께할 수 있는 존재가 된듯했다. 다음에 있을 상대도 자연스럽게 맞이해서 대화를 이끌어 볼 용기도 얻었다.
"그래 난 자신 있어. 한번 해보자!"

난 소란의 소용돌이 한 중심에 있는 한 여학생을 발견했다. 긴 생머리에 처진 눈을 가진 그녀는 마시멜로 같은 귀여움을 자아냈다. 웃을 땐 엄청 호탕했는데 전혀 천박하지 않고 화끈한 느낌을 주었다. 그녀는 웃을 때 자기의 웃음이 얼마나 수컷들의 이목을 집중시키는지 아는 듯했다.

나는 나도 모르게 오른쪽 손을 마치 수줍은 한 소녀가 분주한 레스토랑의 웨이터를 부르듯 귀까지 올리며 말했다.

"안녕하세요."

"여기서 제일 예뻐서 왔습니다."

왜 그 말이 나왔는지 모르겠다. 아니 사실 안다. 난 단지 남들과 구별되고 싶었던 것이다. 그녀는 내 말이 끝나자 더 이상 웃지 않고 가만히 자기 방에 들어온 파리를 보듯이 나를 보았다. 난 초연함을 유지하기엔 내구성이 부족했다. 몸은 중심 동력을 잃고 달그락거리기 시작했고 드디어 나의 본연의 모습이 다시 재발했다. 쭈뼛거리기 시작한 것이다.

"하하…! 장난입니다…"

그녀는 웃고 있었지만 아까와는 완전히 다른 웃음이었다.

그 이후 대화는 분명히 무슨 대학, 무슨 과, 어느 지역 사람, 어떻게 지원하게 되었는지 같은 형식적인 질문만이 오고 갔는데 그 질문의 틈새에서 유대의 통로를 확보하기엔 나는 돌덩이였고 그녀는 얼음 같았다. 그녀는 3분의 시간을 지키지 않고 그냥 가버렸다. 심지어 내 등 뒤에 롤링 페이퍼를 적어주지도 않았다.

강의실은 점점 더 시끄럽게 만남의 장이 되어갔고 그 달아오른 분위기에 학생들은 3분의 시간을 넘게 서로 떠들기도 했다.

규칙을 지키지 않아도 아무도 뭐라 하는 사람이 없었고 유대의 화풍은 클라이맥스로 향했다.

난 다음 여학생을 찾는 하이에나였다. 그러나 앞에 서면 난 너무 수줍은 나머지 제대로 말을 못 했다. 인사를 하고 반갑다는 말을 한 뒤 난 아무 말도 못 했다. 그저 실실 웃었다. 그 웃음은 마지못해 나오는 허탈하고 나약한 웃음이었다. 실성이라는 표현이 더 적합했을 것 같다.

"제길… 이런 데 오는 게 아니었어…"
난 긴장을 풀기 위해 남학생들만 골라서 말을 걸었다. 그러면서도 내심 날 기대하게 해준 것은 바로 내 등 뒤의 롤링 페이퍼! 대화는 잘 기억 못 해도 학생들이 내 등 뒤에 펜을 대고 말을 적어줄 때의 그 위치! 그녀들의 얼굴과 내 등 뒤에 손을 댄 그 위치를 짐작해 내며 음미했었다. 나에겐 그것만이 중요했다.

진행 담당자가 알렸다.
"자 이제 게임을 끝내겠습니다. 쉬는 시간 10분을 가질 겁니다. 그동안 여러분의 첫인상을 확인해 주세요."

귀여워요. 착해요. 앞으로 잘 부탁드려요. 친절하세요. 너무 수

줍으세요. 햄스터 같아요. 음침해요. 무슨 애니 좋아하세요? 같은 팀 해요~! 안색이 안 좋으신데 괜찮으세요? 도훈 씨 긴장하지 마시고 파이팅입니다. 같이 축구 한번 합시다. 신화창조.

-

진행 담당자가 와서 팀 빌딩의 시작을 알렸다.

"자 이제 팀 빌딩을 시작합니다. 방법은 간단합니다. 지금부터 종이를 배부해 드릴 겁니다. 종이 첫 칸에는 자기가 들어가고 싶은 팀을, 두 번째 칸에는 함께하고 싶은 팀원의 이름을 기입해 주세요. 서로의 마음이 맞으면 그들은 한 그룹의 팀이 됩니다. 서로의 만남이 불일치해도 걱정 마세요. 우린 계속될 때까지 반복해 나갈 겁니다. 자! 희망하는 팀과 함께하고 싶은 팀원의 이름을 적어주세요."

난 그 말을 듣자마자 운명처럼 그와 한 팀이 될 거란 걸 직감했다. 한 인간이 무언가를 강하게 예감할 때 영혼이라는 개념이 진실로 존재하는 건 아닐까? 하는 생각이 들었다. 발현되지 않고 잠자고 있던 내 안의 또 다른 생명과도 같은 것이 드디어 특정 신호를 받아 깨어났고 24년 동안 무미건조하게 살아오면서 드디어 삶에서 기대해 볼 수 있는 것. 모험과도 같은 것을. 그러니까 내 마음이 이토록 한 순간을 고대해 본 적이 있나? 싶을 정도의 흥분이었다. 그것은 돈과 여자 혹은 학력이나 한 줄의 스펙 같은 것이 아니었던 것이다. 난 남자가 되고 싶은 것이었다. 그의 자신감이 가지고 싶었다.

-

[팀원 발표]

체육팀

용화

도훈

민예

지현

종민

은지

여학생 3 남학생 3으로 이루어진 체육팀은 전신거울 앞에서 태권도와 댄스를 결합한 춤 연습을 했어야 했다. 베트남 학생들 앞에서 선보일 일종의 인사 퍼포먼스였다. 우린 다 같이 전신거울 앞으로 갔었다.

그때였을까 내 외관의 객관적 실체를 자각한 순간이. 난 항상 거울을 볼 땐 혼자였는데, 그랬기 때문에 은연중에 지극히 주관적으로 나의 좋은 부분만 보려 했던 것 같다. 거울 앞에서 옷을 벗어 몸에 힘을 줘보기도 하고 제일 자신 있는 얼굴 각도로 쳐다보거나 입꼬리를 올려 보이며 내가 보고 싶은 부분들만 보려 했던 것이다. 그런 무의식적인 습관들은 내 스스로를 더욱더 그 이미지대로 생각하게 하는 경향을 만들어 냈었다.

그러나 나와 다른 존재. 즉 다른 외모, 키, 마네킹 같은 비율에 떡 벌어진 어깨와 긴 팔과 다리를 가진 용화와 나란히 한 거울 앞에 동시에 비치게 되었을 때 그동안 봐온 내 이미지는 진실이 아닌 나의 상상이었을 뿐이었다. 난 진실과 마주했었다. 나의 진실은 퀭한 눈빛에 얼굴은 피로와 불안으로 쩔어 있고 여드름과 모공들, 좁고 말린 어깨에 엄청 큰 머리와 지저분한 머리칼, 외계인처럼 튀어나온 배까지. 그리고 물리적인 요소들을 초월하는 가장 큰 차이는 '느낌'. 난 느낌이 없었던 것이다.

그는 춤을 연습할 때조차도 정말 선수였다. 그는 엄청난 몸치였는데 그의 어이없는 실수는 여자들에겐 한없이 귀엽고 장난꾸러기며 더 챙겨주고 싶은 모성애까지 불러일으켰다. 여학생 2명은 여대 출신이었는데 리더십이 강하고 다들 호탕했으며 춤 열등생인 그를 챙겨주느라 서로 바빴다. 나와 또 나와 비슷한 남자 한 명은 그대로 방치되어 있었다.

가끔씩 그녀들은 우리 쪽으로 뒤돌아보며 "자 해봐!" 하고 물어보았는데 우리의 춤은 너무나 쉬운 춤이었기에 별 탈 없이 잘 해버렸고 그 덕분에 여학생들은 딱히 우리 옆에 붙어 있을 이유가 전혀 없던 것이었다. 나는 그 거리감이 싫었다. 주제 파악을 하기가 싫었다. 인생은 한 번인데 나도 용화처럼 모두가 좋아죽겠단 표정을 날 보며 지어준다면 얼마나 좋을까를 상상했다. 내가 왜 체념하고 살아야 하는가? 난 받아들이기 싫었다. 난 여기에 이따위 춤이나 추러 온 게 아니었다. 영향력을 행사할 수 있는 존재가 되고 싶었다.

내가 너무 골똘히 내면에 잠겨 있어 안색이 안 좋은 표정을 짓고 있었는지 갑자기 용화가 운을 뗐다.
"그런데 도훈이도 진짜 춤 잘 춘다. 이걸 어떻게 하는 거야 도대체?"
그의 말 한마디에 모두의 시선이 나에게 향했다. 그는 이걸 노린 것이다.
"어… 그래?! 고마워…"
"고맙긴 뭘. 자 애들아 이제 그만하고 앉아봐. 내가 춤을 혼자서 너무 못 춰버리니까 나에게만 인력이 집중돼서 우리의 연습 시간이 비효율적으로 진행되고 있어. 2명이서 한 쌍이 돼서 맞춤으로 서로 보완해서 연습해 오는 걸로 하자."

그는 사다리 타기로 팀원들을 무작위로 한 쌍으로 짝을 지어 주었고 남녀 혼성을 절대로 놓치는 법이 없었다. 그는 확실히 리더였다.

—

난 지방에서 대학교를 다니고 있었기에 다시 서울역으로 돌아가 열차를 타야 했었다. 버스정류장에서 혼자 버스를 기다리고 있는데 갑자기 용화가 나타났다.
"이게 누구야 도훈? 무슨 생각을 그렇게 해?"
난 내면에 잠겨 있는데 갑자기 누군가와 맞닥뜨리게 되면 당황하는 경향이 있었다. 그게 그대로 드러나는 타입의 인간이었다.
"어… 이것저것…"
"시간 여유 있으면 밥 먹을래?"
"출발 전 까진 여유가 있어서 가능할 거 같아."

우린 단둘이 목동 근처에 있는 삼겹살집으로 향했다. 난 그 당시 처음으로 누군가와 같이 걸을 때 '가오가 산다'는 느낌을 처음 체험했다. 이렇게 멋진 사내와 단둘이 같이 걸어가는데 내가 아는 지인이 나를 알아봤으면 좋겠다는 생각이 계속 들었다. 난 백마 탄 왕자의 여자 친구가 된 소녀의 마음을 지극히 공감했다.

그는 천진난만하고 역시나 단둘이 긴 시간을 보내도 유쾌했으며 같이 있으면 나도 광대가 아프게 웃고 있었다. 그는 사람을 무장해제 시키는 데 정말 도사였다. 나는 무방비 상태로 나의 비밀들을 털어놓기 시작했다.
"그럼 진짜 모솔아다인 거야?"
"응… 그래서 사실 여기서 널 처음 보았을 때 한 번에 매료되어 버렸어. 너는 완전 나와는 다른 존재야. 나와는 다른 세계 사람이야."
그는 나의 부담스러운 칭찬에도 전혀 미동도 없었다. 아마 이런 말들은 내 상상 그 이상으로 많이 들어왔을 것이다. 그것은 무미건조하고 지루한 배경음 같을 것이다.

그는 갑자기 슬픈 안색을 띠기 시작했고. 그의 얼굴은 자신의 슬픔이 얼마나 참혹한지 어필하려는 듯 심취한 듯한 표정이다.
"난 호빠를 했었어. 집이 너무 가난해서 어쩔 수가 없었어. 집에 빚도 갚아야 했고 형 대학교 등록금도 마련해야 했었거든."

난 잠시 오묘한 충격과 그쪽 세계에 대한 지식과 상상력의 부족으로 용화가 어떤 사람인지 판가름할 수가 없었다. 단지 그를 함부로 판단하지 않고 유심히 지켜보았다. 불판 위의 삼겹살은 말없이 타들어 갔고 모든 것이 정적에 잠겼다.

아마 나의 표정은 순수한 동정심을 가진 어린이였을까? 비밀에 있어서는 묵직해 보이는 분위기를 풍겼을까? 그는 아마 나라는 존재가 이용 가치가 있되 자신의 비밀을 언제나 털어놓을 수 있고 무조건적인 자기편일 거라는 확신을 자기 안에서 느꼈을까? 그와 같이 있으면 유쾌한 분위기 때문에 광대가 아프고 웃다가 호흡곤란이 올 정도로 재밌었는데 그건 나뿐만 아니라 다른 사람들도 마찬가지였다. 그러나 아마 벅차오르는 감정과 '와 나도 저런 사람이 되고 싶다'라는 마음가짐을 가지고 전적인 학생의 마음을 가진 사람들은 없었을 것이다. 아마 그런 태도와 흡수하고자 하는 순백의 마음 때문에 그는 나와 함께 있을 때 무한한 자유를 느꼈을지도 모른다.

그때 나의 감정은 그가 불쌍한 사람인 것 말고는 머릿속에 그려지는 게 하나도 없었다. 그냥 여자들이 돈을 벌기 위해 몸을 파는 것과 비슷한 건가? 하는 단순한 논리였다. 그 이상으로 파고들어 가서 사고할 만한 성숙한 의식이 그 당시 나에겐 존재하지 않았다.

일단은 내가 본 것. 그는 유쾌하고 신사다우며 여자들한테 인기가 많고 훤칠하고 리더십과 장악력이 있다는 것. 난 오로지 그것만을 카피하고 싶었다. 그것이 전부였다. 그가 그런 역량을 호빠 짓을 해서 배웠다면 그것 또한 고상한 심리학 박사들이 자기 책에서는 절대로 담아내지 못하고 겪어보지도 못한 다크사이드 스킬이라고 나는 생각했던 것 같다.

그는 말없이 자기 내면에 잠겨 있다가 조용히 나를 바라보았다. 초점은 우주의 냉기를 담은 듯이 고요하면서 차가웠다.
"절대로 아무에게도 말하지 마."
"응 알겠어…"
그는 흡족한 표정을 지었고 게슴츠레 한 눈빛으로 날 바라보며 다 타들어 간 고기의 탄 면을 잘라내어 손으로 추접스럽게 해치웠다. 그리고 주머니에서 치실을 꺼내어 자기 덧니 사이로 치실을 끼워 넣어 이물질을 제거하기 시작했다. 그 모습은 마치 원숭이들이 손가락으로 자기 어금니에 낀 과일 껍질을 가지고 거슬려서 캑캑대는 것 같았다.
"뭘 그렇게 봐. 신기해?"
"아…! 아니야!"

그는 웃으면서 화제를 돌렸다.

"아까 강의실에서 항공과 애들이랑 연락처를 교환했어. 걔네도 여기 근처에서 술 먹고 있다는데 한번 같이 갈래?"

그 말을 듣는 순간 내 심장은 온몸의 혈류를 귀와 얼굴에만 끌어올리는 것 같았다. 듣기만 해도 너무 떨리고 긴장이 되었지만 거부하고 싶지 않았다. 그러나 망설이고 있었다. 걱정되었다. 거기에 간다면 난 얼음처럼 굳어서 뻣뻣하게 술잔만 홀짝일지도 모를 터였다. 그러나 해야만 한단 것도 알았다.

"그래 가자."

그는 내 말에 바로 전화를 걸어 그녀들에게 전화를 했다. 그는 그녀들을 대할 땐 몇 년 동안은 알고 지낸 여자 친구처럼 편안하게 대했다. 난 그의 능수능란한 분위기가 부러웠다. 저 수화기 너머로 그녀들이 어떤 표정으로 어떤 심정으로 용화를 기다리고 있을지 머릿속에서 그려졌다.

그리고 여기 내가 있다. 그는 수화기 너머로 "도훈이랑 있어."라는 말을 했는데 그녀들이 어떻게 반응할지 나는 수능 결과 발표 날보다 더 심장이 뜨거웠다. 사실 이게 당연한 것이다. 우리가 왜 그 어려운 수능을 봐서 대학을 가고 좋은 직장을 구하려 하는가? 이 순간을 위해서인 거 아닌가?

"뭐래?⋯ 나도 가도 된대??"

"그럼 당연히 가도 되지. 왜 허락을 받아? 우리는 가는 거고 개네들은 우릴 기다리는 거야. 우리는 만나주러 가는 거야. 알겠어? 아무도 너에게 위축되라고 하지 않았어. 기억해. 아무도 너한테 안 된다고 한 적 없어. 너만 그렇게 생각해 온 거야. 지금부터 바꿔 알겠어?"

"고마워⋯"

신촌 1943 포차로 우린 이동하려고 버스를 타려고 뛰어가는데 그는 아까는 본 적 없는 야만인의 모습으로 싱글벙글 웃으며 뛰기 시작했다. 무언가 야비해 보였지만 너무 뜬금없는 나의 감정이었기에 이런 나의 반응이 잘못된 것, 혹은 질투나 열등감이지 않을까 대수롭지 않게 여기며 그냥 같이 뛰기 시작했다.

포차에 도착하자 외국 분위기의 세련된 술집은 처음 와보았었다. 사람들은 다들 젊었고 방탕해 보이면서도 한순간인 젊음의 모든 특권을 다 누리기 위해 필사적인 남녀들로 모인 것 같았다. 특히 남자들의 옷차림은 80%는 다 똑같아 보였다. 댄디컷에 검은색 옷 패션에 대해선 문외한이지만 그들이 개성이 없단 건 단번에 알아차렸었다.

그에 비해 용화의 옷은 아동복점에서 아무거나 막 집어 온 것 같은 초록색 티에 평범한 검은 청바지였지만 우월한 길이와 빛나는 하얀 피부. 조각 같은 외모 때문에 거기에 있던 어설픈 무신사 핏 댄디남들을 다 압살해 버렸다. 난 단지 그의 옆에 서 있었을 뿐인데 영웅의 오른팔이 된 기분이었다. 그리고 이렇게 멋진 사람이 내 옆, 내 친구라는 사실이 내 인생에서 제일 기특하게 여겨졌고 자랑스러웠다. 그렇다. 처음으로 관계라는 것에 있어서 자랑스러워 본 순간이었다.

낯익은 두 여자가 우릴 쳐다보고 있었다. 술집에서 보니 몇 배는 더 예뻐 보였는데 아마 그건 술과 밤 때문이었던 것 같다. 용화는 오랜만에 만난 반가운 친구처럼 환하게 무장해제 된 미소를 던지며 그녀들 앞에 앉았다. 그녀들은 이미 용화에게 매료되어 있었기 때문에 나에겐 눈길 하나 주지 않았다 난 조용히 용화 옆에 착석했다.

"뭐야 너네 왜 단둘이 놀고 있어."
"우리 완전 잘 맞아요. 나 이 언니 너무 좋아. 같이 네일아트도 했어요. 봐봐요. 어때요?!"

하며 그녀들은 용화에게만 자신의 손등 면이 보이게 손가락을 펼쳐 보이며 귀여운 표정을 지었다. 그러는가 하면 같이 찍은 사진을 보여주기도 하고 이번 베트남 봉사 팀원 남자 누구누구가 자기에게 자꾸 연락을 한단 듯 짜증이 난다는 듯하며 이야기보따리를 다 풀고 있었다. 용화는 그녀들과 기류가 하나가 된듯했고 나도 그 기류에 접근하고 싶지만 몸이 얼어 있었다.

"나도 도훈이랑 너무 잘 맞아서 단둘이 데이트 중이었어."
"아 우리 베트남팀 1호 커플이시죠?"
그녀들은 이제서야 나의 존재를 의식하는 눈치였다. 그녀들과 잠깐 눈이 마주쳤고 난 아무 말도 할 수가 없었다. 그저 내 곱슬머리를 손가락으로 비비 꼬거나 턱을 잡고 얼굴을 비틀며 목 기지개를 켜는 등 주의 산만한 행동을 하기 일쑤였다.
"응 도훈이는 완전 남자야. 잠깐 대화를 나누었지만 배울 점이 많은 친구란 걸 느꼈어. 나의 멘토 같은 친구야."
"왜 무슨 산전수전을 겪은 거예요?"
"그렇다기보단 사람들은 원래 어떤 집단에 들어가서 행동할 때 사익을 추구한다고 생각해. 누구나 그렇지. 여기 베트남 봉사 지원한 애들도 각자의 동기가 있을 거 아니야? 그 동기가 사실 크게 궁금하지 않아. 뻔하잖아? 그냥 놀고 싶거나 한 줄의 스펙을 위해서인 거잖아. 그런데 도훈이는 달라. 그는 도전하고 싶어서 온 거야. 난 그의 행보가 기대가 돼.”

"그럼 오빠는 왜 지원했는데, 오빠 혼자 무슨 특별한 사람이에요?”

"나? 난 그냥 양지의 순수함 속에서 숨 쉬어보고 싶어서 왔다.”

"뭐야 저 말투는, 그럼 무슨 음지 식물이신가요?”

"뭐 그럴 수도 있지.”

"야 그럼 물 주자!”

하며 그녀들은 용화의 술잔에다 술을 따르며 웃었다. 난 몇십 분 동안 나를 제외한 3명만 이야기를 하는 이 광경 속에서 도태될 수 없단 조바심이 피어올랐고 그 조바심은 나의 시야를 좁게 만들어 결국 맥락에 상관없는, 아니 정확히 말하자면 나의 어조, 경직 상태, 이 자연스러운 하모니와는 완전히 다른 차원의 한 옥타브가 뜬금없게 등장해 버린 것이다.

"너네들은 마지막 연애가 언제야?”

-

용화의 당황한 표정을 보는 건 나로서도 당황스러운 일이었다. 그녀들은 얼굴에 생기를 잃었으며 나는 범죄자가 되어버렸다. 그리고 정말 고통스러웠던 것은 내가 뱉은 멘트로 하여금 발생한 이 정적에 책임을 져야 한단 것이었다. 모든 시선이 잠시 나에게 쏠렸다가 다시 사라졌고 난 얼어붙었다. 그 순간 용화는 순발력 있게 바로 이 균열에 또 하나의 이음새를 붙였다.

"그래 애들아. 너는 언제야? 말해봐."

그녀들은 둘 다 머뭇거리며 눈치를 봤다. 그런데 왠지 알 것 같았다. 그녀들은 남자 친구가 있단 사실을 숨기고 싶어 했던 것 같다. 그 머뭇거림 속에서 한 여자애가 웃으면서 비열하게 운을 던졌다.

"언니 왜 망설여. 외국인 남자 친구 있으면서."

그때 그 공격당한 자의 표정은 떨떠름했고 웃어도 웃는 게 아니었다. 그녀는 아무 말 없이 미소만 지었다.

"저는 최근에 헤어졌어요. 근데 별로 이야기하고 싶지 않아요. 잊은 지 오래예요. 용화 오빠는요?"

"음… 글쎄…"

"글쎄라뇨?"

"잘 모르겠어."

그는 이번엔 심취한 듯한 슬픈 표정이 아닌 무언가에 사로잡힌 진실한 슬픔을 띤 표정을 지었다. 그는 제어가 안 되는 듯했다. 한없이 어두워지더니 바로 화제를 돌려버렸다. 난 그게 연기인지 아님 진짜인지 분간이 안 되었지만 하나 확실한 건 그의 모든 행위는 여자들에게 영향을 주었다는 사실이다. 하나하나가 강렬했다. 그건 여자 경험이 없는 나도 인간에 대한 눈치. 그거 하나여도 충분히 파악 가능한 것이었다.

난 열차 시간 때문에 서둘러 지방으로 내려가야 했고 용화와 그 2명의 여인들은 서울에 살았기 때문에 끝까지 자리에 남았다. 난 내 열차 시간이 정말 감사했다.

부산으로 내려가는 열차에서 홀로 곰곰이 생각에 잠겼다. 어떻게 하면 나도 용화와 같은 자신감을 만들 수 있지? 난 포기하고 싶지 않아. 네까짓 것들이 뭔데 날 긴장시키고 힘들게 해? 그래 네까짓 것들이 뭔데? 난 눈시울이 붉어지는 걸 느꼈다. 아까는 긴장해서 몰랐지만 난 나름대로의 상처를 받은 것이었다. 그렇다. 난 치욕이라는 게 무엇인지를 체험했다.

열차 차창 유리막에 비친 내 얼굴을 유심히 보기 시작했다. 한없이 찐따 같았다. 특히 처진 눈초리는 가여워 보였다. 그리고 이 찐따가 이제 기숙사 방문을 잠그고 홀로 보게 될 파격적인 야동들을 생각하니 자멸감을 느꼈다. 익숙하게 해왔던 나의 일상 습관이 갑자기 비참하게 느껴졌다. 나는 왜 태어났는가? 우리 엄마가 나를 뱃속에서 잉태할 때. 내가 Y 염색체를 가지고 태어났을 때. 자지라는 성기를 가진 한 남성으로 탄생했을 때. 나도 한 남자로서 본연의 의무와 본능들을 가지고 태어났다. 지금 이 상황이야말로 엄청난 불효였던 것이다.

 눈에 눈물이 가득 차올랐지만 떨어지진 않았다. 나는 이제 뭘 어떻게 행동해야 하는가? 고뇌에 잠겨 있다가 갑자기 불현듯 아까 내 댄스 파트너 은지가 생각이 났다. 그녀와 한 번은 만나서 보강 연습을 해야 하는데 그걸 빌미로 연락을 해볼 수 있었다! 오! 세상에! 기회는 있다! 난 휴대폰을 켜고 바로 그녀에게 메신저를 보냈다.
 '은지야 보강 연습 날짜 언제로 할래?'
 그러자 바로 답장이 왔다.
 '오~!! 도훈 님! 저는 언제든 괜찮아요'
 나의 위장에 막혀 있던 오물이 소화되어 뻥 뚫리기 시작했고 가슴이 벅차올랐다. 나는 이완 상태에 접어들었고 갑자기 세상이 달라 보이기 시작했다. 불과 1분 전 나는 어떤 존재였는가? 그리고 지금은 또 어떤 존재인가?
 '그럼 내일 하자'
 '네 좋아요. 내일 몇 시~?'
 '오후 2시쯤?'
 '네 좋아요. 그때 봬요. 도훈 님'

은지라면 꽤나 첫 여자 친구로 괜찮을 터였다. 그녀는 아까 춤 연습 때도 용화의 장난꾸러기 짓에도 홀연 도도한 면을 보였었다. 오히려 나에게 더 친절했었던 것 같았다. 그러나 이게 망상일까 봐 확대해석은 안 했지만 이 카톡 답장 속도로 보았을 때 그녀는 꽤나 나에게 긍정적이진 않을까? 하는 바람이 점점 커지기 시작했다. 난 갑자기 그녀에게 빠져들기 시작했다. 그녀는 도도하고 무미건조한 표정을 짓고 있지만 말로는 형언할 수 없는 느낌이 있었다. 그래 느낌! 평범한 외모지만 인상이 깊었다. 그래 인상! 분위기 같은 거였던 거 같다. 난 그런 게 좋은 것 같다.

 난 단번에 10만 원 돈 되는 KTX 열차 왕복 티켓을 다시 예약했다. 그렇다. 지금 서울에서 부산으로 가는 길이지만 내일 다시 부산에서 서울로 가는 것이다. 단 1~2시간의 춤 연습을 위해! 내가 그 춤 연습을 위해 남조선의 끝과 끝 거리를 오고 간다는 사실을 알면 그녀는 꽤나 섬뜩해하겠지만 알 바 아니다. 난 어제 친구 집에서 잔 거로 할 것이다. 그럼 용화가 이 사실을 알게 되면 어떡하지? 몰라. 일단 만나고 보자!

 난 그녀와 춤 연습실을 대여했고 우린 그다음 날 오후 2시에 정말로 단둘이 만나게 되었다. 그녀의 복장은 엄청나게 야했다. 가슴골이 다 보이는 민소매에 씨스루 옷이라서 브라톱이 다 보였다. 나의 상상력을 미친 듯이 자극했고 그녀의 새하얀 피부는 사람을 아주 돌아버리게 만들었다.

그녀가 제일 좋아하는 영화는 〈여인의 향기〉라고 했는데 거기서 탱고를 추는 장면을 보고 남자랑 탱고를 한번 춰보는 게 소원이라고 했었다. 그리고 나만 괜찮으면 그래 줄 수 있냐고 그녀는 말했는데 제안이라기보단 수줍은 요청이었다.

스텝이 엉킬 땐 그녀의 말캉한 가슴이 내 안쪽 팔에 닿았다. 내 생애 첫 유방이었다. 난 더 이상 춤을 출 수가 없었다. 격하게 달아오른 나는 그녀를 눕히고 옷을 찢어 벗기기 시작했다. 그녀는 이러면 안 된다고 하지만 이미 신음 소리를 내며 미간을 찌푸리기 시작했다.

나는 그녀를 눕히고 제일 먼저 그 탱탱한 유방을 만지려 했다. 그러나 잡으려는 순간 가슴이 바람이 다 빠져버린 풍선처럼 쪼그라들었다. 절박하고 아쉬운 마음에 옷을 찢어서 그녀의 하얀 살결을 애무하려 했지만 딱딱하고 바싹 마른 통나무로 변해버렸다. 바지를 벗기려고 시도했지만 바지 지퍼 끈이 뱀으로 변해 내 팔을 물었다.

놀라서 그녀의 곁에서 떨어졌는데 댄스 연습실의 전등은 꺼지고 창문 밖에서 달빛이 실내를 환하게 비추었다. 전신거울에 그녀의 형상이 나타났다 발가벗은 상태였다. 그리고 용화가 거지차림으로 그녀 앞에 서 있었다. 그녀는 용화와 격하게 키스를 하며 용화의 옷을 벗기기 시작했다. 용화의 너덜너덜한 옷이 벗겨지자 타잔 같은 가슴근육과 전사 같은 선명한 복근이 드러났다. 그리고 바지를 벗자 그의 팬티가 어둠 속에서 눈부시게 빛이 났다. 자세히 보니 황금으로 금칠이 되어 있었다.

그녀는 그의 황금 팬티를 잡고 내리는데 마치 마약중독자가 금단증세에 미쳐서 마약 포장지를 뜯듯이 벗겨버렸다. 그러자 거대한 기둥 같은 것이 아치의 형태로 박력 있고 절도 있게 위로 솟아올랐다. 그녀는 뒤로 돌아 엉덩이를 대주고 네발 기기 자세로 미친 듯이 용화의 기둥을 흡입했다. 용화는 고도의 집중된 눈빛으로 예술 작품을 다루듯 그녀를 요리했다. 그의 움직임. 특히 절정을 향해 크레센도를 줄 때의 그의 리듬감은 보는 나까지 달아오르게 했다.

난 심장이 덜컹했지만 숨죽여 조용히 그들이 내 존재를 눈치채지 못하게 문 뒤로 숨어서 그 형상을 보며 자위를 하기 시작했다. 그런데 점점 내가 잡고 있던 성기가 작아지더니 한 손으로 한 움큼 잡고 있던 그것을 이젠 엄지와 검지로만 잡을 수 있게 되었다. 그러다 결국 나의 그것은 방울토마토처럼 변해버렸고 그것이 쪼그라들다가 터지려고 했다.

그 순간 용화와 은지는 마지막을 향해 가고 있었다. 용화는 재빨리 자신의 기둥을 그녀의 엉덩이에서 빼 그녀의 등위에 생명의 정수를 뿌렸다. 어둠 속 그 은빛 물줄기는 밤하늘의 뿌려진 신성(新星) 같았다.

"으악!!!"
난 잠에서 깨어났다. 다시 열차다. 꿈이었다. 나는 이 꿈보다 더 중요한 은지의 답장을 확인하기 위해 바로 핸드폰을 보았다. 답장은 오지 않았다.

그리고 아까 본 꿈속의 형상들을 다시 상기해 보았다. 내 온몸에는 긴장과 분노, 자기혐오, 열등감과 질투, 그 모든 것들이 뒤섞인 바람에 심란했다. 그리고 약이 올랐다. 은지를 용화한테 빼앗긴 것도 충격적이었지만 더 약이 오른 건 용화가 범접할 수 없는 상대처럼 느껴진 것이었다.

"그나저나 꿈에서조차 성 경험이 없으면 섹스는 불가능한 것인가? 그 세계가 궁금하군 씨발거."
그러자 휴대폰에 메신저 알람이 왔다.

은지였다.

-

'오~!! 도훈 님 제가 시험공부 중이어서 지금 봤네요. 제가 이틀 뒤 시험이라 목요일 빼고 다 가능해요'
"황금 팬티의 주인공은 나다. 방울토마토는 너나 해라 용화."
나는 그녀의 응답시간을 세어보았는데 3시간 정도였다. 자연스레 할 일에 몰두하다가 쉬는 시간에 휴대폰을 잠깐 본 것처럼 보이기 위해 그녀의 응답시간의 3분의 1인 1시간 뒤에서야 답장을 했다.
'괜찮아 그럼 금요일에 보자'
그녀는 바로 답을 했다.
'좋아요. 금요일 점심 먹고 봬요'
'굿. 그럼 오후 2시로 하자 내가 댄스 연습실 예약해 둘게'
'좋아요'

적어도 3일간은 무언가를 절실히 기대하는 것이 있단 것 그것 자체가 인생에선 큰 행운이었다. 따분했던 공무원 시험공부로만 가득 차 있던 내 스케줄에 한 줄기 빛이 새어 나와 초점을 만들었다. 나의 뇌는 번뜩였고 가슴은 사랑과 분노로 차올랐다.

"옷이 필요해."

나는 십년지기인 중학교 동창 동환이를 떠올렸다. 내 하나뿐인 친구이며 진솔하게 나의 모든 걸 털어놓을 수 있는 친구였다. 그는 나와 만나면 언제나 음식과 옷 이야기를 즐겨 했다. 그 2가지가 그에게 인생의 전부였다. 난 오랜만에 그에게 연락했다. 물론 그도 좋아할 만한 소식이었다. 난 바로 전화를 걸었다.

"동환아 뭐 해."

"어 도훈. 나?! 치킨이나 먹을까 해."

"우리 같이 쇼핑할래? 너의 도움이 필요해."

"네가 옷을? 왜, 여자라도 만나는 거야?"

"그거 말고 내가 왜 옷을 신경 쓰겠니. 밥 사줄게. 꼭 만나자 당장 내일이라도."

"그럼 너 서울 오면 전부 소개해 줄게. 내가 아는 형님이 빈티지 숍 오픈하셨거든 거기도 한번 가보자고. 지금 뭐 해? 우리 집에 와서 같이 치킨 먹고 같이 잔 다음에, 다음 날 같이 움직이자."

"지금은 부산이니까 내일 올라갈게."

난 다음 날 다시 서울로 향했다. 그와 함께 있으면 안락함을 느겼다. 청소년 시절 자연스레 형성된 유대만의 안정감이 좋았기 때문이다. 그래서 내가 편안하게 솔직해질 수 있는 순간은 오직 그를 만날 때뿐이었다.

그는 중학교 때 모습 그대로 날 반겼다. 인사가 아닌 컴퓨터게임에 열중해 있는 뒷모습으로. 그의 뒤통수는 기름으로 떡이 져 있었고 살이 더 찐 바람에 목이 사라진 것 같았다. 우스꽝스러운 패배자 같았다. 20살이 돼서 그는 대입 대신에 취업을 선택했고 회사는 서울에 있는 인터넷 방송회사였다. 스케줄이 밤낮이 바뀌는 경우가 많아 그의 생활습관은 불규칙했고 버는 돈은 족족 옷이나 먹을 것으로 달랬기 때문에 그의 5평짜리 단칸방은 그가 좋아하는 나이키와 계절별 브랜드 옷, 배달 음식 쓰레기들로 넘쳐났다. 나는 발 디딜 틈을 찾아 쓰레기와 옷더미들을 치우고 그 옆에서 말을 걸었다.
"오랜만이야 동환아."
"그래 전역하고 한 번 보고 6개월 만이지?"
"응 맞아."
"그건 그렇고 드디어 생기는 거냐?" 김도훈 인생 최초로? 누군데?"
"봉사 단체에서 만났어. 아직 아무런 사이는 아니고 같은 팀인데 춤 연습을 같이 해야 해. 그게 다야."

"사진, 사진, 사진."

그녀는 메신저 사진이 없고 SNS는 내가 안 했기에 그녀에 대한 그 어떤 정보도 줄 수가 없었다. 그는 거만하고 음흉한 표정으로 광대를 탐욕스럽게 올리며 웃었다. 그는 확실히 회사 생활을 하며 찌들어 있었다. 내가 기억했던 중학교 때의 그 순수한 소년 느낌의 표정이 아니었다. 난 마음이 아파졌지만 아무런 언급도 하지 않고 운을 뗐다.

"치킨은 내가 사마."

그러자 그는 거금을 치르기 전 받아야 할 물건을 먼저 확인하는 조직 보스의 미소를 짓고는 답했다.

"학생이 무슨 돈이 있어. 내가 버니까 내가 산다."

우린 치킨과 맥주를 그의 방에서 먹기 시작했고 나는 그의 진솔한 이야기가 듣고 싶었다. 난 그의 생활습관과 일 24시간을 유추해서 그의 상태를 짐작해 본 것이지. 그의 입에서 나온 진심 어린 자기 상태에 대한 고백은 없었다. 청소년 시절부터 지금까지. 군대에서조차 난 힘들 때마다 그에게 전화해서 나의 이야기를 하거나 위로를 받았다. 그는 내게 위로를 해줄 때마다 엄청나게 자상하고 너그러운 사내가 되었고 흡족해했었다. 특히 이론적 설파나 진리를 규명하는 것들에 대해서 화려한 어휘들이 맥락에 맞게 배치되고 그 발언들을 자기가 직접 해내었다는 것에 대해 엄청난 희열을 느끼는 듯했다. 그러나, 언제나 그의 이야기는 없었다.

내가 할 말을 다 하고 나면 그는 인스타그램을 강박적으로 보았다. 그는 살이 너무 쪘기 때문에 자는 도중에 무호흡증에 시달려 코골이 소리가 심해지기 시작하면 숨이 막혀 화들짝 놀라 깨기도 했다. 그러면 바로 습관적으로 휴대폰을 켜 인스타그램에 들어갔다. 그는 위태로워 보였다. 꿈과 열망으로 가득했던 청소년 시절이 끝나고 사회 초년생의 아픔과 방황이 그대로 느껴졌다.

그렇게 우리 둘은 쓰레기와 옷더미로 가득한 단칸방에서 잠이 들었다. 나는 그의 코 고는 소리 때문에 일찍 잠에서 깨었다. 그는 보니까 밤새 불편했는지 옷을 다 벗고 팬티 바람으로 자고 있었다. 그의 모든 옷은 브랜드 옷이었지만 팬티는 싸구려 줄무늬 5,000원짜리였다. 그때 거지 차림의 황금 팬티를 입고 있던 용화가 떠올랐다.

난 화장실로 가 변기에 앉았다. 화장실 문은 변기와 마주 보고 있었는데 그의 화장실 문은 청소를 안 한 지 너무 오래되어 하얀 벽지에 까만 곰팡이들이 퍼져있었다. 그는 이 집에서 사는 4년 동안 볼일을 볼 때 이 곰팡이들을 맨날 보았을 것이다. 난 마음이 슬펐고 이 사실을 언급할까 했지만 그의 정신과 물리적인 공간. 이 2가지를 침범하고 싶지 않았다.

"오늘 옷 봐야지."
그는 잠에서 깨어난 듯했다.
"좋아 난 준비 됐어."
그는 나가야 할 시간이 다 돼서도 팬티 바람으로 화장실 거울 앞에 서 있었다. 그리고 거울을 보며 턱을 치켜올리며 큰소리로 말을 했다.
"와 씨발 존나 멋진데?"
"개쩌는데?"
"나 너무 멋있는데?"
"오늘 여자들 다 죽어?"
난 웃음이 터져버렸지만 그가 안쓰러웠다. 그렇게 발가벗은 그의 나체를 계속 보니 그의 몸은 흉측스럽게 나온 배와 고블린처럼 굽어버린 등허리, 짧은 목 때문에 더 괴상했다. 그러나 웃고 있지만 절대로 그 어떤 부분이라도 외관에 관한 농담은 하면 안 될 것 같단 느낌을 받았다. 사람마다 건드리면 안 될 선 같은 게 있는데 그 선이란 것이 너무나 극명하게 보였기 때문이었다.

그는 입을 옷을 선정할 때 입었던 옷을 여러 번 바꾸었다. 그

바꾸는 시간 때문에 우리의 외출 시간은 2시간이 더 연장되었다. 그는 결국 처음에 입었던 그 옷을 택했다. 한여름이었지만 숏 비니에 남색 무지 티에 바지는 베이지색 반바지, 신발은 샌들이었다. 그는 흘러내리는 땀을 닦으며 말했다.
"난 하루에 4번도 옷을 바꿔 입어."
"난 이미 갈 데까지 갔어."

난 말없이 미소 지은 표정으로 답했다. 내 안에 어떤 감정이 발생했지만 그걸 정확히 해석해 낼 능력이 그 당시엔 없었다.

홍대 빨간 벽돌로 된 허름한 구옥에 작게 자리 잡은 빈티지 숍에 우린 도착했다. 그 옷 가게 사장은 젊은 남자였는데 수염을 기르고 긴 장발을 했지만 목소리는 한없이 얇고 모기 같았다. 그리고 그것은 단순히 목소리 톤의 굵기가 아닌 인간의 정신에서 우러나오는 본질의 얇음이었다.
"왔어 동환?"
"형님 오픈 축하드립니다. 이쪽은 제 친구예요. 중학교 동창."
"네 안녕하세요."

가게는 화려하고 히피 느낌의 포스터들과 자유분방함으로 가득했고 인테리어에는 유명 영화 포스터와 배우들 권투선수 타이

슨도 있었다. 그의 옷도 미국 전역을 횡단하는 오토바이 마니아들의 가죽 재킷을 연상케 하는 상의를 입었고 바지는 과하다 싶을 정도로 통이 컸다. 모든 게 이국적이었는데 목소리는 어딘가 모르게 쫄아 있는 투였다. 수줍은 소녀 같았다.

동환이는 뻘뻘 흘린 땀을 닦으며 그와 둘이서 신나게 이야기를 했는데 마치 눈물을 흘리는 것처럼 보였다. 또 하필 의자가 2개밖에 없어서 난 옷을 구경하는 척 뒤로 빠져 천천히 매장 안을 돌았다. 옷은 패션에 대해서 아예 모르는 내가 봐도 다 예뻤다. 가격도 괜찮았다. 그러나 옷보다는 벽면에 붙어 있는 인물들에게 마음이 쏠렸다. 난 타이슨 포스터 앞에서 멈춰 그를 응시했다. 그는 두 주먹을 꽉 쥐고 가드를 올린 상태에서 맹렬한 눈빛을 하고 있었다. 남자의 눈이었다. 난 저 포스터가 가지고 싶었다. 저걸 내 방 안에 붙여놓고 보고 싶었다.
"뭘 그렇게 봐? 타이슨이 그렇게 좋아?"
"멋져서."
"너도 뭐 하나 사야지?"
그는 그 발언을 할 때 사장 쪽을 바라보며 일부러 크게 말했다.
"응 그렇지."
"춤추는 것도 감안해야 하니까 무난하게 신축성 좋은 걸로 가자."
그는 진열된 바지들의 옷걸이들을 두더지처럼 파헤쳤다. 마치 시장통 청과점의 주부들 같았다. 다만 차이가 있다면 가격표는 절대로 보지 않는다는 것이었다. 사이즈와 색상만을 보며 가끔 괜찮은 게 나왔다 싶으면 내 몸에 대보고 갸우뚱한 표정을 짓고는 다시 옷을 찾기 시작했다. 그렇게 일고여덟 벌은 된 것 같았다.

난 피팅룸에 들어가서 아침때의 동환이와 마찬가지로 팬티 바람으로 전신거울 앞에 섰다. 혼자 서 있지만 내 양옆에는 용화와 동환이가 서 있었다. 어느 길을 갈 것인가? 그런데 24년 동안 이미 한쪽 길은 가보았지 않았던가? 나는 나 자신을 구원하고 싶었다.

"운동하자."

-

드디어 결전의 날. 난 은지를 만날 생각에 어젯밤부터 한숨도 잘 수가 없었다. 내가 고른 옷은 비닐 재질에 발끝 부분이 지퍼로 된 나이키 트레이닝복에 나이키 신발 그리고 나이키 후드집업이었다. 빈티지 숍에서만 구할 수 있는 스페셜 에디션이라 유니크함이 돋보일 거란 믿음을 지녔다. 그러나 빈티지였기에 엄청 낡아 보이는 느낌도 있었다. 동환이 말로는 아는 사람만 알아보는 희귀템이니 은지라는 여자애가 센스가 있다면 알아볼 거라고 했다. 난 예약해 둔 댄스 연습실 건물 입구에서 그녀를 기다렸다.

멀리서 낯이 익은 실루엣이 걸어왔다. 난 그녀의 등장을 진작에 알아차렸지만 못 본 척 휴대폰을 보았다. 하지만 너무 긴장되고 떨려서 몸을 꼼지락대며 내 앞 머리카락을 계속 손바닥으로 쓸어 넘기며 만지작거렸고 검은 형체가 내 앞까지 왔다.
"도훈 님?"
"어?! 은지야."
그녀는 입꼬리만 쓱 올리며 미소로 응답했다. 묶음 머리에 하늘색 후드티, 검은색 레깅스를 입었는데 하늘색 후드티가 주는 캐주얼함이 그녀를 10대 소녀처럼 보이게 했다. 그녀는 초롱한 눈빛으로 날 멀뚱멀뚱 쳐다보았다.

어찌해야 할 바를 몰라 바로 본론으로 들어갔다.
"들어가자."

전신거울이 비치는 실내 연습장에 들어서자 머리가 복잡해졌다. 이 드넓은 공간에 단둘이 있으니 야릇했다. 난 확실히 변태 금사빠였다. 아무 사이가 아닌데 나 혼자 너무 멀리 가버린 것이다. 눈을 마주치기가 힘들었다. 몸은 경직되고 무슨 말을 하든 더듬거릴까 봐 걱정되었다. 이것이 나의 현 수준이었다. 나는 얼른 둘만의 과제에 우리를 집어넣어 그 흐름 속에서 시간이 흘러가게 하려 했다.

"우리는 BTS - FIRE 2번 파트부터 다시 해보자."

"그런데 도훈 님 왜 이렇게 비장해요?"

"응?"

"너무 긴장했는데요?"

"아…! 내가 몸치라 그래. 자 시작하자."

그녀는 내 로봇 같은 움직임과 말투에 웃음을 터뜨렸다. 나도 같이 웃었다. 그리고 BTS - FIRE 2번 파트가 시작되고 우린 전신거울 앞에서 춤을 추기 시작했다. 난 춤 말곤 아무 생각도 할 수가 없었다. 그리고 이 순간에 감사한 마음이 들었다. 여성이라는 존재를 이보다 더 가까이서 경험해 보지 못했기에. 난 그다음의 지점을 머릿속에서 그려낼 수 없었고 그저 이 순간이 내 인생 최고의 순간이었고 만끽하기 바빴다. 신이 났다.

같이 땀을 흘리고 숨이 차오르니 긴장이 풀렸다. 그녀는 말이 진짜 없었는데 그게 사람을 미치게 했다. 그녀의 음성을 들으려면 난 춤을 틀려서 지적을 받아야 했다. 그 피드백을 할 때의 그 침착한 음성은 조련당하고 싶은 사육 본능을 일으켰다. 또 그녀는 춤을 출 때 마치 '난 한 번도 이런 춤을 춰본 적이 없지만 한 번뿐인 젊음을 위해서 기꺼이 해주지' 하는 식의 태도였다. 춤선마저 도도했다.

난 신이 나서 춤을 추다가 멈추고 그녀를 향해 말했다.
"우리가 아마 체육팀에서 제일 춤 잘 출 거야."
그녀는 입꼬리가 첫인사 때보다 더 올려서 미소를 지어주었는데 그게 광대까지 올라가게 해서 눈웃음까지 살짝 만들어 주었다. 다만 여전히 말이 없었다.

나는 그 정적 속에서 시도했다.
"끝나고 밥 먹을래?"
"좋아요."
난 내 얼굴의 화끈거림으로 내 귀가 빨개지는 걸 느꼈다. 그리고 더 이상 내 삶에 아무것도 중요한 게 아닌 게 되어버렸다. 은지만이 전부가 된듯했다. 그녀와 잘되기만 한다면 무슨 시련이든 다 이겨낼 것만 같은 예감이 들었다. 그리고 그녀와 오순도순 사귀는 상상을 했고 봉사단원들 앞에서 사귀는 사이인 걸 들켜버려 질투가 담긴 놀림을 받는 일도 상상했다. 싸우는 커플들을 보며 '난 여자 친구한테 저러지 말아야지' 하고 다짐했던 순간들이 현실이 되어 난 다른 사람이란 걸 스스로에게 증명해 보이고 싶었다. 이 모든 상상이 한 번에 중첩되어 날 사로잡았고 날 들뜨게 했다.

반면에 그녀는 표정 변화가 전혀 없었다.

우리는 근처 보급형 레스토랑으로 이동했다. 걸어가는 5분 정도의 시간 동안 나는 무슨 말을 해야 할지를 계속 생각했다. 그녀는 별생각 없이 걷는듯했다. 그녀는 이 정적을 크게 신경 쓰지 않는 듯했다. 그러나 나는 너무나 신경이 쓰였다. 그 이유는 자신감이 없었기 때문이었다. 혹은 배려를 해야 한단 강박 때문이었을 수도 있다. 그런 건 추측일 수도 있다. 다만 제일 확실한 건 난 내 매력에 정말 확신이 없는 사람이란 걸 체감했었다.
"봉사는 왜 지원했어?"
"이따가 말해줄게요."
"어 왜?"
"말하자면 길어요. 지금은 배고파서 체력을 아끼고 싶어요."
"그래 그럼 빨리 가자."
나와 은지는 레스토랑에 도착해 파스타와 고르곤졸라 피자를 주문하고서 음식을 기다렸다. 난 다시 물어보았다.
"봉사는 왜 지원했는데?"
"아 그냥 답답해서요."

"뭐가?"

"뭔가 이상하다고 느꼈어요. 저는 과학교육과를 택한 이유가 과학도 좋아하고 누구 뭐 가르치는 것도 좋아해서인데 내가 생각하는 선생님은 '행동하는 지성인'이라고 생각해요. 선생님이라는 용어를 들었을 때 전 부끄러움을 느꼈어요. 누군가를 가르칠 만한 경험이 하나도 없었어요. 그냥 책상에 앉아서 이론들만 수집하고 짜인 공식만 맞추고 크게 실패할 일 없는 안전한 직장이 예정되어 있는 찐따 같게 느껴졌어요. 그래서 다른 대학생들의 시야도 보고 싶고 생뚱맞은 충동에도 솔직하게 살아보고 산전수전을 다 체험하고 싶어서 지원한 거예요. 이것도 저에겐 도전이에요."

난 할 말을 잃었었다. 난 경찰행정학과를 그 짜인 공식에 맞게 크게 실패할 일 없이 안전한 직장인 타이틀이 보장되어 있단 이유로 지원하고 내 진로를 그렇게 설정해 놓았었는데 그녀는 정반대의 길을 가고 있었다. 그런데 그녀의 말이 내 심장에는 더 좋은 연료인 것처럼 반응했다. 청량감 같은 무엇이 내 안의 무언가를 자극했다.

"멋진데?"

그녀는 대답하지 않았다.

음식이 나왔다. 난 순간 방심하고 음식이 나왔을 때 동환이와 같이 먹었던 전투적인 속도로 게걸스럽게 먹을 예정이었다. 그러나 그녀가 나를 구생했다.

"도훈 님은 왜 지원했는데요?"

나의 내면에선 바로 대답이 나왔다. '여자들을 만날 수 있으니까' 그러나 그 말을 할 순 없다. 난 화끈거림을 느낌과 동시에 그럴듯한 이유를 찾으려 했지만 찾아낼 수가 없었다. 그렇다고 용화를 처음 만났을 때의 대답을 할까도 했지만 그녀도 단번에 나의 음침한 동기를 알아챌 것 같아 우려가 되었다.

"두려워서."

"네?"

"몰라. 홍보 포스터를 보았을 때 가슴이 떨리고 두렵더라. 왜 두렵냐면 원했기 때문이거든. 내가 저기에 가서도 자신감 있게 행동하고 처음 본 사람들에게 인정을 받아보는 경험을 쌓고 싶은데 망신을 당할 수도 있고 마음처럼 잘 안될 수도 있는 거잖아? 그런데 내 성격상 두려우면 해야 해. 모르겠어. 그래야만 직성이 풀려. 그래서 온 거야. 별 이유는 없어."

"인정받고 싶어요? 명예욕이 있으신가요?"

"말하고 나서 알았어. 있는 것 같아. 그게 필요해. 지금은 내 안의 가능성을 발견하는 순간들로 가득 차야 할 것 같아. 그것의 증거물들은 사람들의 인정이야."

"저는 반대예요. 스스로에게 감동하는 삶이 최고의 삶이라고요. 사람들의 인정만 좇다가 그 사람은 내면과 자기만족이 텅 비어요."

"스스로에 대한 감동조차 객관성을 요구로 해. 우리가 춤을 연습해서 성취한 감정이 객관적인 매력까지 이어져서 주변 팀원들에게 감동을 불러일으킬 수도 있는 거잖아?"

그녀는 말이 없었다.

"난 너의 주관에서 비롯된 순수한 그 지성인에 대한 호기심, 그 자체를 달성하는 데에서조차도 누군가의 인정이 필요하다고 보는데? 네가 지성인이 되고 싶은 건 너만의 감동을 위해서 시작되었지만 지성인이 된다는 것. 그 자체의 증거물은 사람들의 인정 아니야?"

그녀는 내면에 섬광 같은 것이 지나간 표정을 지으며 커진 동공으로 나를 말없이 쳐다보고 있었다.

그리고 난 강박적으로 종지부를 찍었다.

"난 세상에 두려워할 건 아무것도 없단 걸 직업 체험할 때까지는 멈추지 않을 거야. 그게 내가 해야 할 일이야."

난 나에게 엄청 놀랐다. 난 여자 앞에서 이렇게 유창해 본 적이 없었는데 특정 신념이 건드려지는 것 같은 순간들이 있으면 제어가 안 되는 영 같은 것이 날 이끌어 가는 것 같았다. 그리고 덕분에 몰입해서 말하느라 앞에 놓은 파스타를 천천히 먹을 수 있었다.

그녀는 생각에 잠긴듯했고 절대로 내가 남자로서 매력 어필을 했다고는 생각이 되진 않았지만 그렇게 해석된대도 크게 여의치 않았다. 무언가 후련했다. 그리고 난 나에 대해서 다시 한번 생각해 볼 필요가 있다고 느꼈기에 우리는 식사를 마치고 바로 헤어졌다. 나는 집으로 돌아가는 열차 안에서 내가 한 말과 나의 진로에 대해서 생각했다. 나야말로 엄청난 모순덩어리였다. 그리고 내가 발설한 대로 내게 다시 질문을 던졌다.

"진짜 내가 현재 두려워하고 있는 게 뭐지?"

역시 내가 두려워하는 건 바로 20대 청춘을 모솔아다로 보내버리는 거지 않을까 했다. 진로는 그다음 문제였다. 파릇파릇하고 가슴이 뛸 시기. 그 시기를 그저 여자 없이 날려보낸다는 것은 나에겐 엄청난 재앙이었다. 이런 사실 앞에서 '난 20대를 모솔아다로 보내도 두렵지 않아' 하는 것은 나 자신에게 거짓말을 하는 것이었다.

그러나 더 두려운 것이 있었다. 여자를 만나기 위해서 원하지도 않은 집단에 들어가는 건 할 수가 없었다. 봉사 단체는 나름대로 여자를 못 만난다 할지라도 대학생으로서 이점이 많은 경험이란 걸 알기에 지원한 것이었다.

그러나 거리를 걷다 보면 가끔씩 러닝 클럽이나 독서 모임, 스터디 모임 등을 볼 수 있었다. 이런 것들은 다 혼자 해야만 하는 것인데 남자 친구나 여자 친구가 없는 사람들은 그 모임들에 들어가서 혼자만의 시간조차 희생해서라도 이성을 만나려는 게 눈에 보였다. 집 앞을 걷다 보면 단체복을 입은 젊은 남녀가 행렬을 만들어서 수다를 떨며 뛰고 있는 게 보였다. 우스꽝스러웠다.
"저럴 바엔 모솔아다를 할래 그냥."
"나를 포기하고 만나는 여자가 무슨 의미야?"
"어차피 그건 죽은 인생이나 다름없어. 내가 먼저 살아 있어야지."

베트남 봉사 전까지는 아직 한 달은 남은 시점이었다. 중간고사는 끝났고 난 내 대학 생활을 조금 더 풍요롭게 채워줄 무언가가 필요했다. 난 어떤 모임에 들어갈 때 나만의 법칙을 만들었다.
"6대 4야."
"어떤 집단에 들어갈 때 6이 나의 주관이 원하는 것들로 채워진 것들이고 4가 만남에 대한 욕구야 언제나 본질이 부가적 요소를 이길 순 없어."

"수어를 배우자."

뜬금없이 초등학교 시절이 떠올랐다. 그때 반 아이들과 학예회 무대로 수어로 만든 율동을 배워 사람들 앞에서 공연했었는데 아름다웠었다. 흰색 장갑을 끼고 밝은 조명 아래에서 나비 한 마리를 날려 보내듯 춤을 추고 표현했었다.

"한번 저질러 보자."

난 부산에서 농아인 협회 사이트에 들어가서 무료로 수어를 배울 수 있는 커뮤니티를 쉽게 발견할 수 있었다. 바로 초급반을 등록해서 다음 주부터 수강할 수 있게 해놓았다.

"집에만 있으면 카리스마가 나오겠어?"

첫 수어 교실에 입장했을 때 강의실 안에는 10명 정도의 사람들이 있었다. 전부 가족 중 한두 명이 농아거나 혹은 자기가 농아여서 수어를 배우는 경우였다. 나처럼 농아와 아무 연관 없는 일반인이 호기심으로 수어를 배우러 온 건 나 포함 2명밖에 없었다.

수어 선생님은 농아였는데 어느 정도 힘겹게 말은 할 수 있었다. 목소리는 안 나오지만 쉿 소리를 낼 수 있었다. 그는 그 쉿 소리로 열성을 다해서 입 모양을 크게 만들어 자기소개를 하였다. 우린 그의 목소리 대신 바람 소리만으로 발음과 의미를 유추해야 했기 때문에 그에게서 한 치도 시선을 뗄 수 없었다.

"수…어…로… 자기…소개를 할… 거예요…!"

난 전달 받은 수어 용지로 내 이름을 찾아 손가락으로 연습을 했다. 내 손 모양이 마음에 안 들었는지 그는 내게 와서 힘겹게 말로 설명하며 교정을 해주었다.

쉬는 시간에 되자 수강생들은 자기들끼리 이미 아는 사이인 듯 서로 수어로 대화를 하며 농담을 하였다. 나도 대화를 시도해 보고 싶지만 수어 실력이 엉망이라 그들과는 대화하기는 어려울 것 같았다. 그래도 멀어져 있단 느낌이 들지 않았다. 그 이유는 아마 내가 먼저 다가서면 언제든 반갑게 맞이해 줄 것 같은 분위기였기 때문일지도 모르겠다. 아님 그들도 나처럼 말을 못 하니 수줍게 멀리서 바라보고 있는지도 모를 터였다.

그러자 나처럼 수어에 대해 문외한인 한 사내가 쉬는 시간에 홀로 책상에 앉아 수어 연습을 하고 있었다. 그의 존재를 인식했을 때 그의 외관 그 자체보다는 느낌이 먼저 다가왔다. 혼자만 다른 중력을 받고 있는 듯했다. 제일 첫 번째로 나를 사로잡은 점은 그의 눈빛이었다. 뱀 그 자체였다. 아니면 용의 눈일지도 모르겠다. 날카롭고 용맹한 정신력이 살벌하게 전해졌다.

   내가 다가서자 그는 나의 인기척에 하던 연습을 멈추고 고개를 돌려 나를 쳐다보았다. 메두사의 눈을 보면 돌로 변한다는 전설 속 신화가 이런 것들을 기원으로 만들어진 이야길까? 매섭고 섬뜩하면서도 날 멈칫하게 하는 힘이 있었다. 용화와는 아예 다른 매력이었다. 여자들이 있었다면 용화를 대할 때처럼 반응하는 게 아니라 어쩔 줄 모르는 수줍은 소녀처럼 반응할 것이 분명했다.

   그의 눈에 대해서 계속 반복해서 묘사하자면 요즘 현대인들과는 아예 다른 삶을 담고 있는 건강미가 느껴졌는데 도파민에 쩔어 있지 않은 자연 그대로의 생동감 있는 야생성이 전해졌다. 얼굴은 갸름하고 코는 오뚝했지만 밋밋하고 평범한 외모였다. 검은색 목폴라 니트에 검은색 슬랙스 바지, 검은색 단화로 깔끔한 올 블랙 차림이었다. 그에게 옷은 말 그대로 옷이고 외모는 말 그대로 외모일 뿐 그는 독자적 영혼과 개성의 광채가 느껴졌다. 그는 자유로운 개인이었다. 이런 걸 기운이라고 한다면 직접 그 사람을 만나봐야만 느낄 수 있는 영적인 기운이 난 분명히 실재한다고 그를 통해 체감했다. 왜냐하면 이런 사람과 아무런 교감 없이 사진으로만 얼굴을 본다면 난 아무것도 느끼지 못했을 것이기 때문이다.

"안녕하세요."
"네 안녕하세요"
그가 먼저 내 이름을 물어보았다.
"성함이 어떻게 되세요?"
"김도훈입니다. 성함이…?"
"김우진입니다. 반가워요. 도훈 씨 수어 왕초보는 우리 둘뿐인 것 같은데요?"

그는 입꼬리를 살며시 올리며 자신의 음성을 자유자재로 조절했다. 그는 20대 남성들이 낯선 사람과 초면에 어쩔 수 없이 들켜버리는 기어들어 가는 쫀 목소리 같은 것이 전혀 없고 묵직하고 군더더기가 없었다. 그런다고 가오를 잡거나 센 척을 하는 것과는 정반대였다. 엄청난 안정감이 그의 중심을 지탱해 주어 외부의 그 어떤 동요에도 흔들리지 않는 견고한 기둥 같은 것이 자신의 내면에 세워진 인간 같았다.

"네 그런 것 같아요."
"도훈 씨는 어떤 이유로 오시게 되었죠?"
"복잡해요."

그는 미동도 없이 날 고요하게 쳐다보았다. 아무런 감정도 읽을 수 없는 표정이었지만 묘하게 따뜻했다.

"그럼 우진 씨는 어떻게 여기 오시게 되셨어요?"

"그냥 좀 답답해서요. 다른 표현들도 두루 익혀보고 싶어서요."

"다른 표현들이요?"

"한국어만 하면 지겹잖아요."

그는 심오한 내막 같은 것이 있을 것 같지만 차분하고 간결하게만 말했다. 목소리의 음성이 두껍고 톤이 낮은데 정확히 말하자면 무게감이 있었다는 게 더 맞는 표현일 것 같다. 인위적이지 않고 그저 체화되어 흘러나오는 자연스러운 인간미 있는 음성이었다.

"다른 표현들을 배울 때 숨통이 트이는 맛이 있어요. 새로운 세상을 얻은 기분이 들어요. 그러니까 체험해 보지 못한 의미를 발견할 때 나의 발현되지 않은 영혼의 다른 구간을 건드리는 것 같아요. 즉 다시 탄생하는 거죠. 그동안 내가 지닌 의미는 재해석되는 거고."

나는 그의 기교 없는 순박한 맑은 분위기에 단번에 매료되었다. 그가 내면에 가지고 있는 은하수가 너무 다채로워서 있는 그대로의 투명함 자체가 이미 강력한 무기인 듯했다. 그의 음성은 한마디로 호소력이 있었다. 사실 진위 여부와는 무관하게 진심으로 자신이 가치 있어 하는 것에 대한 믿음으로 가득 찬 한 사람의 목소리였다.

두 번째 수업이 시작되었고 난 수어 수업보다 그의 열중하는 모습에 더 눈이 갔다. 그의 자세는 흐트러짐이 없었다. 절도 있는 기사 같았다. 누가 봐도 남자 그 자체였다. 수업을 마치고 난 다시 그에게 다가섰다.

"반가웠어요."

"네 저도요. 도훈 씨는 학생이신가요?"

"네 전역하고 이제 복학했어요. 우진 씨는요?"

"학생은 아니고 일해요."

"직장인?"

그는 입꼬리만 씩 올리면서 말했다.

"글과 숫자를 다룹니다."

난 그가 자기 자신을 특별한 사람이라고 여긴다는 것을 단번에 알 수 있었다. 그리고 더 이상 난 묻지 않고 우린 헤어졌다.

난 기숙사 방으로 돌아와 잠시 공상에 젖어 있었다. 스멀스멀 다시 외로워졌고 은지가 생각이 났다. 10일 정도 후에 안 달라붙는 느낌을 주되 팀원의 유대력 같은 순수한 관심으로 조장해서 연습은 잘돼가냐고 메신저를 보낼 예정이었다. 저번 시간에 너무 자기주장을 강하게 해버리는 바람에 고집 있는 남자 이미지를 만회해 볼 전략이었다. 그리고 실토하자면 어찌 됐든 은지와 잘되면 나로선 장땡이었다.

그런데 막상 10일을 기다리려니 그 시간이 10년처럼 느껴졌다. 내 주변엔 당장 아는 여자가 없었기에 홀로 상상해 볼 수 있는 여자는 은지 말곤 없었다. 그렇다고 다른 여자를 시도할 만한 인맥도 없었다. 아니 그럴 용기가 부족했다. 즉석만남을 할 수 있는 데이팅 앱을 깔았지만 차마 회원가입을 하려니 자존심이 상했다. 나는 지독히도 할 일이 없었다. 4년제 경찰행정학과를 갔지만 난 공부가 요즘 극심하게 하기 싫어지고 어차피 공무원 할 거 대학교가 무슨 소용인지 싶었다. 은지만 생각이 났다. 아니 그냥 외로웠다. 답답한 마음에 난 산책을 하러 나갔다.

중간고사가 끝날 즘인 4월 초의 날씨는 벚꽃들이 만개했다. 산꼭대기에 있던 나의 학교의 유일한 이점은 벚꽃이 핀 산등성이들을 아래로 내려다볼 수 있단 점이었다. 기숙사는 산꼭대기에 있었는데 내려올 땐 내 시야 앞에는 벚나무들이 인도에서 나와 촘촘히 뻗어 있었다. 내 발아래부터 내가 가야 할 길 전체 바닥은 벚꽃 가루로 흩날리고 피어오른 벚꽃을 보려고 나무를 보면 그 나무의 배경은 푸른 하늘이 함께하고 있었다. 연분홍 점을 한 가운데 간직한 흰색 나비들이 하늘을 보라며 안내했다. 난 탁 트인 시야 덕분에 하늘을 보며 아래로 내려갈 수 있었고 마치 천상의 세계에서 내려오는 기분이었다. 지금 난 하늘과 땅에 동시에 있었다.

벚꽃 나무들 옆에는 잔디밭 공원들이 있었는데 거기에 돗자리를 깔고 막걸리를 먹는 학생들부터 나무에서 서로 애정행각을 벌이며 사진을 찍는 커플도 있었다. 다들 행복해 보였다. 그들은 전부 벚나무의 요정들 같았다.

"난 살아야 할 이유가 있어. 여자와 사랑을 나누는 것. 그것만 생각하는 거야."

눈물이 났다. 난 곧바로 은지한테 메신저를 보냈다.

'은지야 연습은 잘돼가니?'

바로 답장이 왔다.

'안녕하세요. 도훈 님. 아니요… 그때 이후로 하나도 안 했어요'

'그냥 팀원이랑 같이 맞춰보면서 하는 게 더 좋을 것 같아요'

'도훈 님은 잘돼가세요?'

나는 세 번 연속 오는 답장 속에서 내가 혹시 조울증은 아닐까 의심이 들 정도로 극적으로 화색이 도는 게 느껴졌다. 난 급진적으로 행복해졌다. 난 내 휴대폰 액정에 뜬 은지의 이름을 보며 바로 읽지 않고 이 순간을 음미했다. 안도감과 희열을 느꼈다. 그러고 난 후 최대한 쿨해 보이게 답장을 했다.

'혼자 해보려다 그만하고 쉬는 중이야'

'어디야? 밥이나 먹을래?'

'오늘은 집에 아무도 없어서 제가 강아지 산책을 시켜야 해요'

'다른 날은 안 될까요?'

'다음 주 수요일은 어떠세요?'

다시 3번 연속으로 왔다. 심전도 검사를 했다면 난 인류 최초 심박수가 3박자인 사람이었을 것이다. 다만 그날은 수어 교육이 있는 날이었다. 그런데 눈앞에 여자가 있는데! 눈앞에 새로운 사람이 될 기회가 있는데! 도대체 수어 따위가 무슨 소용이란 말인가?!

'나도 수요일 괜찮을 것 같아'

'그럼 그때 보자'

난 그녀보다 간결하게 2박자로 마무리 지었다.

난 서둘러 통장 잔고의 잔액을 확인했다. 서울-부산 왕복 티켓은 10만 원이 조금 넘었다. 내 수중에는 단돈 23만 원이 있었다. 다음 주 수요일까지는 앞으로 6일. 데이트 비용과 열차 티켓 값까지 합산해 보면 최소 17만 원 정도는 여유 있게 가지고 있어야 했다.

"그날까지 6만 원으로 버텨야 해…"

"하루에 최소 만 원 이하로 생활해야 해. 삼시세끼는 이제 하루로 줄이고 기숙사 밥을 식판에 담을 때 밥을 많이 푸고 군것질만 좀 줄이면 이 게임은 승산이 있어."

저녁 시간이 되자 난 기숙사 식당에서 평소보다 식판에 밥을 3배나 많이 퍼서 먹었다. 그러자 식사를 마치자 바로 설사를 해버렸고 식후에 습관처럼 사 먹던 과자들이 아른거렸다.

"저지방 우유나 먹을까나…"

난 편의점에 들어갔다. 그러나 나는 감자칩 코너 앞에 서 있었다. 한참을 서 있었다. 나의 시야는 좁아지고 점점 식욕의 충동은 거세졌다. 무수히 많은 합리화들이 사방에서 튀어 올랐다.

'그래 6일 동안 무슨 극적인 변화가 있겠어? 먹어도 돼. 그래 너무 극단적인 결심이었어. 주제에 맞게 살아야지'

하고 타협하려는 순간 한 거구가 편의점에 들어왔다. 머리카락이 지저분하게 목 뒷덜미까지 삐죽삐죽 튀어나와 있었고 심하게 떡이 져 있었다. 테가 굵고 돋보기 렌즈로 된 안경을 착용했고 눈이 너무 작아 보이지 않았다. 아마 크게 눈을 떴으면 나무늘보 같았을 것이다. 장바구니를 안쪽 팔꿈치에 끼고 손에는 휴대폰을 가로로 잡고 무언가를 보고 있었는데 아래로 향한 시야 때문에 눈이 감긴 것처럼 보였다. 반대 손은 과자와 즉석 냉동식품을 기계처럼 쓸어 담기 시작했다. 마치 몽유병 환자가 돌아다니는 것 같았다.

그의 얼굴은 관자놀이를 기준으로 아래턱까지 공기가 들어가는 풍선처럼 점점 부풀어 오른듯했다. 특이한 건 입술을 오므렸다 폈다를 반복했는데 한시도 가만히 있지 못했다. 난 하마터면 왜 입술을 그따위로 계속 움직이냐고 물어볼 뻔했다. 더 내려가면 그는 파란색 후드티를 입었는데 배 쪽에 있는 주머니가 뱃살 때문에 길게 늘어져서 튀어나온 배를 더 부각시켰다. 기괴했다. 아마 그는 고개를 숙여도 자신의 성기를 못 볼 체형이었다.
　"여길 벗어나야 해."
　난 충격에 휩싸인 채 아무것도 사지 않고 편의점을 나왔다.

　아까 그 거구 덕분에 입맛이 뚝 떨어졌다. 그 거구는 포기한 나였다. 일종의 알레르기 반응이었다. 지금까지 아무런 의식 없이 쭉 나와 함께해 온 정체성이지만 현재 나의 결심으로 하여금 난 그것을 인식했고 날 둘러싸고 있던 그 비계 같은 정신을 탈피하려 했다. 난 극심한 혐오감을 느꼈다. 그 거구는 나의 생활과 상당 부분 공통점이 많을 터였다. 모니터 책상 앞에 흘린 과자 부스러기들과 안 씻은 몸과 파격적인 야동들. 방 안에 아무렇게나 널브러진 정액 묻은 휴지들이 보였다. 끔찍했다. 구토가 나올 것 같았다. 지금껏 왜 이렇게 살았는지 한탄의 쓰나미가 내 심장을 덮쳤다. 소용돌이가 나의 내장을 깊이를 알 수 없는 심연으로 잡아당기는 느낌이었다.

고뇌에 잠겨 운동장 트랙을 걷기 시작했다. 밤하늘엔 극명하게 빛나는 보름달이 원형의 완전체를 이루고 있었다. 나와 달뿐이었다. 그리고 혼자라는 것에 대해서 재해석하기 시작했다. 현재 내가 결심하고 외부로부터 위협을 받은 것을 거부하며 인내하는 모든 과정은 오로지 나만이 짊어진 짐이었다. 지금 여길 걷고 있는 것도 나의 의지였다. 아무리 사랑을 한들 영원히 이런 유의 짐들은 철저히 개인만의 짐일 터였다. 난 스스로에게 동기를 부여하기 시작했다.

"어차피 은지를 만나도 건강하고 멋진 모습은 계속 유지해야 하는 거 아니야? 지금부터 연습한다고 생각하지 뭐."

그날 밤. 난 내 인생 최초로 야밤의 폭식을 참아내었다. 아침에 눈을 떴을 때 승리자가 된듯한 기분으로 하루를 시작했다. 막상 아침이 되니까 야밤에 그렇게 먹고 싶던 과자들이 별로 먹고 싶지 않았다. 이런 기분은 처음이었다. 은지한테 고마웠다.

"지더라도 이기는 싸움을 하자."

난 바로 운동장 트랙을 뛰기 시작했다. 무릎이 아프고 숨이 차올랐고 폐에선 피 맛이 느껴졌다.

"10바퀴만 채우자."

그러나 3바퀴도 안 돼서 타협이 하고 싶어졌다. 그러자 어젯밤에 본 파란색 후드티의 거구가 생각이 났다.

"그러면 여기서 분명히 포기했을 거야. 난 그와 반대로 간다."

난 거의 걷는 속도로 뛰었지만 결국 10바퀴를 모조리 채워버렸다. 짜릿했다. 난생처음 성취감이 무엇인지를 피 맛의 호흡으로 생생히 체감했다. 살아 있음을 느낀다는 것이 이런 건가 싶었다.

"승자의 신분으로 그녀를 만난다."

다음 날 아침은 무리한 운동 때문에 엄청 피곤하게 일어났다. 잠시 그냥 자버릴까 망설였지만 일어나서 뛰기 시작하자 졸음이 다 깨고 오히려 더 개운해지는 것을 느꼈다. 항상 활력을 얻고 하루를 시작하게 되었다. 그리고 나만의 전략을 짜기 시작했다. 야밤에 배가 고프면 탄산수로 하루를 마무리했다. 탄산수의 씁쓸한 청량감은 입맛을 떨어뜨리는 데 제격이었다. 배고픔의 고통은 언제나 힘들었지만 그 힘든 것을 어느 정도 다룰 수 있게 되었다.

4일 차가 되자 모닝콜보다 눈이 더 빨리 떠졌고 개운했다. 탄수화물 양이 줄어서 머리가 맑아지고 밤에 잠들 땐 항상 공복이었기에 내장 기관들이 밤새 일을 하지 않아도 됐던 것이다. 더 이상 뛸 때 무릎도 발바닥도 아프지 않고 폐에서 피 맛도 안 났다.

-

"드디어 내일이군."

기다리는 6일 동안 긴 모험을 한 것 같은 기분이 들었다. 난 그저 은지를 만나는 날만을 기다리며 하루를 허비했던 것이 아니었다. 더 나은 나를 만들기 위해 결심하자 날이 선 신경은 내 시야에 더 많은 것들이 눈에 들어오게 하였고 내가 예민하고 나약해지는 순간들에서 오히려 나에 대해 더 많은 걸 배울 수 있었다. 난 밤에 폭식이 하고 싶을 때마다 A4용지에 있는 그대로 나의 상태와 마음가짐을 고백했었다. 그 공간엔 나밖에 없었기에 솔직할 수 있었고 그 행위가 엄청난 자유라는 것을 깨달았다.

"오늘은 승자의 밤이군."

난 흡족한 기분으로 그동안 썼던 글들을 펼쳐보았다.

> 도훈아 지금 많이 고통스럽고 힘들지? 갑자기 떠오른 생각이 있어. 단군신화 이야기야. 곰이 100일 동안 쑥과 마늘을 먹는 것을 견뎌내어 결국 인간이 되는 신화 속 이야기. 왜 우리는 태초부터 고난과 시련을 부여받았을까? 인간을 인간답게 만드는 건 무엇일까? 내 생각엔 곰은 '인간이 되고 싶다'는 하나의 열망을 가슴에 품었고 그 결단을 그대로 감행할 때. 즉 그 다짐한 바를 지켜내기 위해 분투하고 자신을 다스리며 분명히 인내심을 배웠을 거야. 그리고 그 인내심이 형성되었다는 증거

물이 바로 쑥과 마늘을 100일 동안 먹으며 견뎌냈다는 사실이 지 않을까? 그러는 사이 곰은 여러 가지 감정을 느꼈을 거야. 그때마다 자신에 대해 정말 많은 것들을 발견해 냈을 거야.

'지금의 너처럼'
'도훈아 방금 산 감자칩 환불하고 오자'
'곰도 100일을 버티는데 넌 고작 6일을 못 버티니?'
'심지어 넌 인간으로 태어났는데 왜 이걸 못하니?'
'자존심이 있다면 일시적인 충동에 굴복하지 말고 무한한 순간에 널 집어던져'

-

다음 날 난 서울행 열차에 올라 햇살이 비치는 창가 자리에 앉았다. 고된 전투에서 승리한 전사가 고향으로 가는 길도 이랬을 것 같다. 무언가 내 안에 당당함이 솟아올랐다. 은지와 사랑을 나누는 상상에 잠겼다. 그녀가 눈앞에 있는 것처럼 선명했다. 입꼬리가 올라가고 도취감에 젖어들었다. 지금까지 이 순간은 현실이다. 난 웃고 있다. 4시간 뒤엔 어떤 일이 펼쳐질지 아무도 알 수 없다. 그러나 지금 이 순간만큼은 지금 내가 느끼고 있는 감정은 진실로 현실이었다. 난 이 순간을 최대한 만끽하며 차창 밖

스쳐 지나가는 풍경을 바라보았다.

  열차를 타고 먼 거리로 이동하는 기분은 다른 세계로 진입하는 기분을 불러일으켰다. 아마 이랬던 적이 몇 번 있었기도 했고 그냥 아무렇지 않게 이동할 때도 있었다. 곰곰이 생각해 보니 난 그 차이를 식별해 낼 수 있게 되었다. 그건 바로 이동하는 지점을 통해 내가 어떤 사람이 되어가고 있는지였던 것이다. 난 도착해서 은지에게 차일 수도 있는 거였다. 그러나 난 6일 동안 최선을 다해 살아보았다. 내가 기특했다. 그거면 된 것이었다. 그리고 감히 솔직하게 말해보건대 난 은지와 잘되고 싶었다.

  서울에 도착하자 그 전사의 도취감도 잠시 난 너무 떨리기 시작했다. 갑자기 얼굴이 붉어지고 내가 홀로 상상했던 기류와는 전혀 다른 전개가 펼쳐질 것만 같은 걱정이 흘러들어 왔다. 점점 초조해졌다. 그러나 운명의 주사위는 던져졌다. 난 만나기로 했던 일본 전통 꼬칫집에 도착해 입구에 서 있었다.

-

  약속 장소를 선정할 때 나름 데이트코스 분위기가 나는 곳을 찾았는데 리뷰 사진을 보니 여기가 딱이었다. 나는 여성과 함께

갈법한 장소에는 입장 경험이 없었기에 선택의 기준이 딱히 없었다. 그저 예뻐 보이는 인테리어와 예뻐 보이는 음식, 그게 내 기준의 전부였던 것이다. 딱히 선택에 크게 심혈을 기울일 수가 없는 수준이었던 것이다. 그나마 하나 염두에 둔 나만의 대비책은 자리가 없으면 안 되니 예약을 한 정도였다.

택시를 타고 가고 있는데 연락이 왔다. 은지였다.
'먼저 도착했어요. 휴대폰에 배터리가 없어서 맡겨두고 있을게요. 오시면 절 찾아주세요'
'아무렴 널 찾으러 가마'
"널 찾음으로써 사랑꾼 김도훈은 후다도훈을 탄생시킨다."
난 은지의 연락 한 번에 또 긴장 상태에서 흥분으로 감정이 전환되었다. 난 마치 조울증 환자가 된 기분이었다. 누군가 나의 표정을 열차에서부터 택시까지 계속 보고 있었다면 그 사람은 나를 미친놈으로 봤을 것이다. 아! 미친놈이긴 하다. 사랑에 미친놈.

이태원 골목에서 택시로 1분 거리임에도 불구하고 차가 꽤 막혔다. 특히나 여긴 골목골목들이 죄다 경사가 져 있어서 너무 느리게 이동하는 느낌이었다. 난 급한 마음에 택시에서 내려서 뛰기 시작했다. 영어로 된 간판들이 경사진 곳마다 나를 반겼다.

외국에 온 느낌이었다. 그리고 여자를 만나러 간다. 이 2가지 사실이 마음에 들었다.

"그래 그 2가지 사실만 생각해."
"긴장하지 마, 기죽지 마, 김도훈."
"아직 시작도 안 했어."
"왜 벌써부터 안 될 걸 생각해?"
"용화 앞에서 다짐했잖아. 내 인생에서 이제 그런 건 없어."
난 내면을 향한 열변이 증기처럼 솟아올랐고 결심을 연료 삼아 목적지로 향하는 기관차였다.

도착한 데이트 장소의 입구는 클럽 골목 후미진 곳 경사면에 걸쳐 있었는데 1층인지 반지하인지 헷갈릴 애매모호한 위치였다. 에스키모의 따뜻한 비밀동굴을 연상케 하는 주황빛 전등이 갈색 문만 따뜻하게 비추고 있었다. 그리고 문 옆 벽면에는 투명 유리막이 있어서 내부를 볼 수 있었는데 따뜻하고 아늑해 보였다. 지금 같은 한여름이 아니라 겨울에 왔었어야 한다.

문을 열려는 찰나. 오른쪽 옆에는 빨간 플라스틱 의자가 나란히 두 개 있었는데 한 여자가 앉아서 담배를 피우고 있었다. 은지였다.

"도훈 님!"

"어! 은지야!"

난 무신사 스토어에서 그대로 카피한 무지 검은 티에 데님 청바지, 반스 단화. 나름대로의 착장과 올리브 영에서 산 향수. 은지는 안 감은 떡 진 머리에 해리포터 안경을 쓰고 누구 건지도 모를 빅사이즈 검정 무지 티에 검은 추리닝 반바지. 맨발에 슬리퍼 차림이었다. 남자에 크게 미련이 없고 밤새 이력서를 쓰다가 나온 사회에 찌든 취준생 같았다.

홀로 기대했던 분위기와는 전혀 다른 기류가 느껴졌다. 무언가 편안하고 가깝지만 은지는 절대로 나를 남자로는 안 볼 것 같은 기운이 피부를 뚫고 들어왔다.

"자리 예약해 놨어. 들어가자."

내부에 입장하자 바로 오픈 키친이 눈에 들어왔다. 에스키모들의 비밀 생선이 그 오픈 키친의 불판 위에서 구워지고 있는듯 했다. 가게 직원들은 그 불판 위에 꼬치들을 올려놓고 피어오르는 연기에 미간을 찌푸리며 힘겹게 꼬치들을 굽고 있었다. 그리고 오픈 키친을 중심으로 그 둘레를 곡선의 테이블이 아치를 이루며 뻗어 있었다. 손님들이 오픈 키친에서 불판 위에 구워지는 꼬치들을 구경하며 식사를 즐길 수 있게 해놓은 것이다.

커플들은 테이블 위 술병들만큼 가까이 붙어 앉아 스킨십을 하거나 오순도순 이야기를 정겹게 하고 있었다. 나도 그들과 같은 배경을 이룬단 사실에 흡족했다. 은지도 좋았지만 은지보다 더 좋았던 건 내가 이런 곳을 여자와 왔단 사실 그 자체였다.

"2명 예약했는데요."
"성함이 김도훈 님 되실까요?"
"네."
"예약석으로 안내해 드리겠습니다."

우리의 자리는 서로 마주 보고 앉아 서로의 얼굴만 볼 수 있는 테이블이었다. 테이블의 길이가 생각보다 길었다. 그래서 앉았을 때 우리는 몇 인치 멀어졌지만 내 기분은 몇억 광년은 멀어진 것 같았다. 그리고 우리의 테이블 옆에는 기둥이 하나 있었는데 기둥 위에는 음악이 흘러나오는 스피커가 있었다. 예약석에 앉으니 음악의 진동이 너무 크게 느껴졌다. 음악은 Official Hige Dandism - pretender였다.

"그동안 어떻게 지냈어?"

음악 소리에 내 목소리가 묻혔는지 은지는 미간을 찌푸리며 말했다.

"뭐라고요?"

"그동안 어떻게 지냈냐고!"

"아! 중간고사 공부하고 좀 정리할 게 있어서 바빴어요. 도훈님은요?"

"수어를 배웠어."

은지는 내 목소리가 안 들렸는지 귀를 내 쪽으로 내밀었다.

"수어를 배웠어."

"수어요?"

그녀는 자기가 이해한 게 맞는지 손가락을 움직여 보였다.

"응 버킷리스트였는데 이제 한 번 가봤어."

"재밌어요?"

"그런데 아직은 잘 모르겠어. 하지만 왠지 계속 가야 할 것 같아."

"왜요?"

"멋진 사람들이 있어서랄까?"

"멋지네요. 그런 걸 시간 내서 배우는 사람은 처음 봤어요."

정적이 흘렀다. 나는 왠지 억지로 이어나가지 않고 무게감 있어 보이고 싶었다. 지난주에 봤던 우진이가 떠올랐다. 그러나 망할 놈의 스피커 때문에 난 계속 몸을 움직이거나 크게 말하기 위해 목소리가 경박해지는 걸 느꼈다. 몇 번이고 다시 말을 해야 하고 귀를 기울이고 서로 소통하는 과정이 계속 반복되다 보니 진이 빠졌다. 심지어 오픈 키친에서 나오는 연기가 우리 쪽 좌석으로 직방으로 흘러들어왔다. 눈이 따가웠다. 나도 저 꼬치를 굽는 직원들과 같은 표정을 짓고 있을 것 같았다.

"담배 피울 건데 같이 나갈래요?"
"그러자."
듣던 중 반가운 소리였다.

-

나는 아까 은지를 처음 만났던 장소인 매장 흡연실로 왔다. 빨간색 플라스틱 의자 2개에 우리는 나란히 앉았다. 은지의 어깨가 내 어깨에 부딪혔다. 은지의 옆태는 각져 있었다. 콧날이 머리칼을 뚫고 오뚝 솟아 칼이 각으로 내려와 있었다. 검은 머리카락들 안에는 황금색 머리카락들의 다발들이 조금씩 보였다. 탈색의 흔적이었다. 눈을 가까이 들여다보니 눈동자가 새까맣게 빛이 났다. 명안(明眼)이었다.

은지는 담배 한 모금을 깊게 들이마셨다가 뱉었다. 영혼에 곪아 있는 한 응어리를 연기로 뱉는 것 같았다. 신경질적이고도 외로운 것들, 머리로는 다 알고 있지만 받아들이거나 행동하기 힘든 것들, 자기 자신에 대한 의문들. 어쩌면 단순한 어리광일 수도 있는 것. 자기를 할퀴는 이 모든 감정들에 대한 유일한 위안인 것처럼 보였다.

"여기 너무 시끄러운 것 같은데 다른 데 가요."
"좋아."

난 값을 치르려고 계산대로 향했는데 은지가 날 가로막으며 직원에게 카드를 건넸다. 그녀가 전부 냈다.
"고마워 잘 먹었어…"
"케밥 좋아해요?"
"먹어보고 싶었어."

우린 바로 걸어서 3분 거리의 케밥집으로 향했다. 기분이 묘했다. 난 머릿속이 복잡해졌다. 나를 제일 사로잡은 것은 바로 은지의 옷차림이었다. 내가 그나마 알고 있는 정보에 의하면 여자들은 관심 없는 남자한테 돈과 시간은 안 쓴다던데 은지는 돈과 시간은 쓰고 마음만 안 쓰는 느낌이었다. 딱 하나 본능적으로 알 수 있던 것은 은지에게 무슨 남자로서의 매력 어필 같은 것으로 접근하면 절대로 안 될 것 같은 직감이었다. 우리 사이엔 무언의 벽이 있었다.

그러나 난 생각했다. 언젠간 마음의 문을 열지 않을까? 난 좋은 사람으로 신뢰를 계속 쌓아나가다 보면 은지도 언젠가는 나를 남자로 보지 않을까?

소용돌이치는 바다 위에 갑자기 은지가 나타났다.

"무슨 생각 해요?"

"아… 아니야."

"말해요."

"어 케밥집이다! 들어가자."

우리는 싱글벙글 웃었다. 꽤나 친근하고 몇 마디의 농담도 주고받기도 하고 특정 구간에선 굉장히 솔직하기도 했다. 서로가 서로를 향해 열변을 토하기도 했다. 그러나 난 무언가 마음에 들지 않았고 점점 그 이유를 알 것 같았다. 우리는 친구가 되어가고 있었다.

"표정이 왜 그래요?"

"아… 아니야."

"도훈 님 오늘 좀 이상해요."

은지는 나에게 휴대폰으로 피부과에서 찍은 민낯 사진을 보여주었다. 모공과 피부 나이를 알 수 있는 사진이었는데 눈을 감고 이마를 다 깐 상태에서 찍은 거라 무슨 갓 태어난 신생아 같았다. 난 그 휴대폰에 손을 올려 사진 속의 은지의 콧구멍을 크게 확대했다.

"아 왜 그래요! 제 피부 나이가 18세로 나왔어요. 21살치곤 아직 파릇하죠?"

"그렇네."

은지는 아무런 동요 없는 표정으로 무미건조하게 말했다.
"오늘은 피곤해서 이제 그만 가야겠어요."
"그러자."
시간은 8시 50분이었다. 약 1시간 50분가량 데이트를 한 것이다. 내 인생 첫 데이트다.
"미안해요. 제가 이것저것 준비할 게 많아서 제정신이 아니에요. 너무 두서없이 막 떠든 건 아닌가 싶어요 하여튼 다음에 봐요."
"아니야 괜찮아. 다음에 보자."

-

난 동환이에게 전화를 걸었다. 난 그 당시 유일하게 솔직할 수 있는 친구가 동환이 말곤 없었다. 이 모든 상황을 나 혼자 집어삼켜도 될지 확신이 서질 않았다. 차라리 공유하고 다른 시야를 얻고 싶었다. 난 사실 그게 너무나 중요했다. 객관화를 하고 싶었다. 혼자선 사고할 수 있는 힘이 없었고 그럴만한 경험도 부족했다. 동환이도 여자가 없었지만 그래도 털어놓고 의지할 사람이 필요했다.
"방금 여자랑 데이트를 했어."
"어디야?"
"서울."

"걔는 집에 간 거야 그럼?"

"응. 할 이야기가 많아. 술 한잔할래?"

"오 김도훈이가 술을? 오늘 널 다른 세계로 데리고 가마. 주소 보낼 테니 그쪽으로 와."

우리는 교대역 근처 육회 집에서 만났다. 육회 한 접시에 5만 원이 넘는 고가의 술집이었다. 나와 동환이의 식욕이라면 아마 30만 원어치가 나올지도 모를 일이었다. 동환이는 털 비니에 나이키 네이비색 반팔 티와 병아리색 반바지, 쪼리를 신고 왔다. 특히 그의 털 비니는 독일산 명품브랜드였는데 30만 원 넘는 털 비니였다. 동환이의 모든 착장 금액을 도합해 보면 적어도 50만 원은 나올 것이었다. 동환이의 방 월세는 45만 원이었고 그의 월급은 180만 원. 딱 최저시급이었다. 또 키 168에 130kg의 체중이라면 절대로 그는 삼시 세끼만 먹진 않았을 것이다. 옷값, 방세, 야식 비용과 술값들 그 모든 비용들을 합산해 보았을 때 문득 그의 삶이 어떻게 유지되나 싶었다. 그러나 물어볼 수 없었다. 왠지 물어보면 절대로 안 될 것 같았다.

"야 너 그나저나 살 좀 빠진 것 같다?"

"그녀만 생각하며 뺐다. 조금이라도 멋져 보이려고."

동환이는 음흉하고 저열한 눈빛으로 입꼬리만 살짝 웃었다.

마치 한 포경선의 선장이 전설의 모비딕을 찾아 떠날 거라고 말했는데 나침반을 파는 상인이 그딴 건 다 만들어 낸 이야기라며 비웃는 표정이었다.

"그런데 걔는 오늘 머리도 안 감고 민낯에 추리닝 차림으로 왔어. 그래서 기가 푹 죽었지. 그래도 희망을 가져보려 했어. 만약 내가 신뢰를 받는 사이를 유지해서 장기전으로 가면 이 게임이 나름 승산이 있지 않을까? 하는 바람으로 말이야. 그런데 그 다짐도 잠시 계속 마주 보고 앉아서 웃고 떠들고 있지만 무슨 벽 같은 게 느껴졌어."

"널 그냥 친구 사이로 보나 본데? 도훈아 네가 느끼기에 은지가 너를 알고 지내서 얻을만한 메리트가 뭐가 있다고 생각해? 굳이 사귀지 않고 친구로서만?"

"글쎄…"

"냉정하게 네가 키가 크거나 잘생긴 것도 아니야. 학력이 좋거나 집이 잘사는 것도 아니야. 그렇다고 네가 재밌는 것도 아니야. 이유가 뭐라고 생각해?"

난 가만히 그를 응시했다. 배신감이 느껴졌다. 난 최선을 다해 동환이의 자존감을 지켜주려 했지만 이 녀석은 나를 그대로 아주 극사실적으로 표현했다. 그러나 그 분노를 누르고 난 대답을 해야 했다.

"그걸 내가 어떻게 알아? 사람의 마음은 당사자조차도 자신의 마음을 잘 모르는 경우가 있단 말이야. 어쩌면 자기 마음을 알기 위해 먼저 행동해 보는 것. 그것이 인간 아니야?"

"인간… 그거야. 넌 사람이 참 좋아. 솔직하고 투명해. 구체적으로 설명할 순 없지만 너만의 신념도 있지. 언제나 상대방의 말을 듣고 자신을 되짚어보고 배우려는 자세가 있어. 특히 네가 중요하다고 여기는 것을 말할 땐 사람이 참 단단해 보여. 그런데 남자로서의 매력은 아니야 .개인의 색깔 같은 거지."

"색깔?"

"넌 개성이 있어. 그건 일종의 생명력이야."

"맞아. 은지가 특정 순간에 나에게 온전히 집중하고 있다고 느꼈던 적은 있어. 마치 중요한 사람의 이야기를 자신의 이야기처럼 듣는 걸 말이야. 그런데 난 그런 순간에 맞닥뜨릴수록 내 안의 모순된 모습을 더 많이 보게 되어 이런 나의 고집스러운 부분이 싫을 때가 많아."

"도훈아."

"난 너의 그런 진실한 솔직함이 좋아. 그리고 자신의 모순된 모습을 스스로 알아채고 직시하여 더 이상적인 자신의 모습을 만들어 내려 하잖아. 아마 은지도 네가 그런 순수한 인간성을 지녔기 때문에 신뢰할 수 있다고 여겨서 시험공부로 바쁜 와중에도 너에게 돈과 시간을 쓴 거지 않을까? 알고 지내고 싶은 거지."

"그게 남녀 사이에 가능해? 어떻게 남녀 사이에 친구가 가능해? 나는 변태라고!"

동환이는 흐뭇한 아버지 같은 미소를 지으며 말했다.

"여자를 그저 여자로만 보려고 할 필요는 없어. 그저 하나의 배경과 역할을 가진 개인으로 바라보고 여자이기 전에 나와 다른 성을 가진 사람으로 바라봐. 사회라는 전쟁터를 헤쳐 나가는 데 있어서 협력자가 될 수도 있지."

"도훈아 넌 조금 유연해질 필요가 있어. 특히 너의 신념이 단단해질수록 말이야."

동환이의 말은 꽤나 그럴듯했다. 말 그 자체의 논리성과 합당함보다는 내 친구의 진심 어린 조언이라는 사실과 안정적인 목소리 톤. 정확한 발음. 막힘없이 유창한 그의 분위기에 난 맹목적인 신뢰를 해버렸다.

"계속 알고 지내볼게."

"좋은 결정이야. 자! 그럼 다음 계획은 뭐야?"

"이제 2주일 뒤면 베트남으로 한 달 동안 떠나. 거기서 전국 대학생들이 한 팀을 이루어 베트남의 고등학생들에게 봉사를 하지. 거기서 은지와 조금 더 가까워지는 것. 그게 나의 목표야. 그날이 다가오기 전에 나 자신을 레벨업시키려고. 운동도 꾸준히 하고 수어도 열심히 배우고. 아! 용화를 한번 만나봐야겠다. 내가 본 남자 중에서 여자들이 제일 환장하는 사내야. 엄청 잘생겼고 유쾌해 처음 보자마자 생각했지. 저 녀석을 카피해야 한다고.

보고 배워나가야겠다고. 하여튼 바보 같든 말든 난 내 인생의 황금기인 20대를 무한한 가능성을 발견하는 순간들로 가득 채우는 것, 나의 가슴이 반응하는 것들에 과감히 솔직해져 보는 것, 마음에 안 들었던 나의 과거들에 이질감을 느끼고 다 태워버려서 다시 태어나는 것. 나는 새로운 사람이 되고 싶어. 있는 그대로이길 거부해."

동환이의 눈은 탁하고 썩은 물이 어쩌다 한번 달빛을 받아 빛이 난 것처럼 은은했다. 그 물결 위에 누리끼리한 필터가 막으로 덮여 있어 초점을 흐릿하게 보이게 했다. 그 순간 그는 진심으로 나에게 감동한 것 같지만 그럴수록 그를 구성하고 있는 본질은 더 선명하게 잘 보였다.

"포기하지 마."

"넌 그랬으면 좋겠다."

우리는 잔을 부딪쳤다. 그날따라 동환이는 술을 많이 마셨다. 육회를 종류별로 주문하고 소주도 5병이 넘어가기 시작했다. 특히 육회를 씹을 땐 화가 난 고릴라가 입을 꽉 채워서 풍선처럼 부풀렸는데 풍선 꼬리 같은 입술을 하고서 오물오물 씹어 먹었다. 눈은 광기로 뜨여 있지만 초점은 어디에도 향하지 않았다. 아마 내면인 듯했다. 위험했다.

술에 점점 취해가던 그는 날 알아보지 못했고 그의 안에 숨어 있던 다른 영혼이 그의 육체를 지배하는 듯했다. 나를 마치 처음 본 수상한 사람처럼 바라보았다. 의심이 많은 심술궂은 두꺼비 같았다. 그는 어떤 악마의 꼭두각시 돼지 인형처럼 조종당하듯 의식 없이 일어나더니 갑자기 술값도 내지 않고 유리문을 세차게 밀치며 자기 집으로 향했다. 나는 땡전 한 푼 없었기에 황급히 얼른 나의 신분증과 전화번호를 남기고 동환이를 따라갔다. 그는 걸어가다 야채 가게의 컨테이너들을 발로 차거나 편의점 의자들을 손으로 넘어뜨리며 자기 앞길을 막는 게 무엇이든 전부 밀치며 나아갔다. 내가 옆에 있는지 모르는 듯했다.

그렇게 빠른 걸음으로 걷다가 그가 사는 빌라의 맨 꼭대기 층 현관문에 도착하여 문을 열었는데 그는 나도 같이 따라 들어가려 하자 다시 그 의심 많은 두꺼비의 표정을 하고선 내 가슴팍을 밀치고 자기 혼자 문을 닫고 들어가 버렸다. 나는 동환이의 이런 모습을 처음 봤지만 하나도 놀라지 않았다. 오히려 어렴풋이 예감하고 있었던 그의 본모습을 이제서야 본 느낌이었다. 문을 두드릴까 했지만 막상 열어준다 해도 갑자기 들어가기 싫어졌다.

시간을 확인해 보았다. 12시 15분이었다. 부산행 KTX는 종료된 시점이었다. 그때 머릿속을 번뜩이는 누군가가 스쳐 지나갔다.

"용화…"

난 곧바로 용화에게 전화를 걸었다.

'이게 누구야 도훈?'

'어 용화야 뭐해?'

'나만의 현기증과 싸우고 있었어. 지금 생활비가 부족해서 다시 호빠 클럽에 출근할지 말지 고민 중이었거든'

'나 지금 서울인데 당장 갈 곳을 잃어서 볼래?'

'오 도훈 서울이야?! 그럼 딱 1시간 30분 뒤에 만나자 한 타임만 당겨서 바짝 벌고 올게, 기다리고 있어'

나는 시내 심야버스를 타고 용화가 일하는 곳 근처로 갔다. 거리 건물들은 유흥업소의 간판들로 치장했고 온통 오피스텔 천지였다. 그 돈의 세계에 찌든 건물들이 하늘을 가려서 달의 위치가 보이지 않았다. 그 아래에는 양복쟁이 배 나온 회사원들이 술 취한 모습으로 담배를 피우고 있었고 다들 표정이 영적으로 허망해 보였다. 입술은 앙다물었고 무언가에 짓눌려 있었다. 그 무언가의 무게는 아마 가족들의 안녕이나 사회적 기준에서 그나마 덜 낙오됐다는 안도감일 것이다. 아마 삶의 큰 낙이 무엇이냐 물어본다면 그들은 통장에 꽂히는 돈이나 자식 자랑 아니면 휴

가만 보는 삶일 것 같았다. 그들은 서로 열변을 토하거나 실성한 듯한 웃음을 짓기도 했는데 그들의 대화 내용을 유심히 들어보니 직장 상사의 뒷담 파였다. 싫어하는 사람과 하루 8시간을 붙어서 함께 일을 하고 있는 것이다. 나는 그들이 안쓰러웠다.

난 저런 썩어빠진 표정을, 그러니까 어딘가 모르게 음울하고 찌질한 표정을 하고서 인생을 살 바엔 자살을 하거나 꿈을 좇거나 둘 중 하나가 맞다는 생각이 들었다. 왜냐하면 내 부모님도 저들과 똑같은 표정을 짓고 살았기 때문이다. 난 언제나 의아했다. 가슴이 뛰지도 않는 것들을 단지 집단의 평균적인 기준에 소외되기 싫단 이유로 자신의 인생을 다 바쳐서 할 이유가 있는가? 저들이나 내 부모님도 언제나 스스로 느끼기에도 감동이 없는 것들로만 자신의 건강과 시간을 갈아 넣으며 인생을 살았다. 건강과 행복이 목적이었다. 그러나 그곳으로 가는 수단은 건강과 행복을 희생할 것을 요구했다. 나는 혼란스러웠다.

고뇌에 잠겨 있을 무렵 패배자들의 얼굴들 사이에서 밤의 황제가 나타났다. 그는 마치 나의 고뇌에 정답을 안겨주는 것처럼 등장했다. 그의 피부는 도심의 간판 빛을 받아 더 하얗게 빛이 났고 홀로 격식을 파괴한 자유로운 영혼이 발칙하게 자태를 뽐냈다. 절대로 한 인간의 광채는 아니었지만 유쾌하고 신이 나는 유연함 같은 것이었다. 더러운 활력 같은 게 느껴졌다. 좋지만 어딘가 모르게 내 마음에 불미스러운 감정을 유발했다. 그걸 정확히 이해하거나 설명할 순 없었다. 날 부르는 그의 목소리는 비밀스럽고도 파격적인 야릇함이 섞여 있었다.

"기다렸지?"

"어! 용화야! 너 눈빛이 되게 퇴폐적인데?"

그는 입꼬리만 살짝 올리며 대꾸했다.

"너 보려고 대어 한 명 그냥 뿌리치고 왔다. 무슨 일이야?"

막상 그에게 여자를 목적으로 연락했다고 말하기엔 무안하고 쑥스러웠다. 그래도 진심을 말했다.

"너랑 같이 여자들이랑 놀고 싶어서."

그는 내 말을 듣자 전에 보았던 귀여운 햄스터 보듯이 표정을 짓더니 마치 나의 햄스터가 이런 기특한 면이 있은 줄은 몰랐다는 흐뭇한 미소를 지었다.

"잠시만."

그는 휴대폰을 켜서 아는 여자들에게 전화를 돌리기 시작했다. 어떤 여자가 그의 전화를 받으면 그의 입가에는 미소가 번졌는데 마치 남초과의 여왕벌이 남학생들의 사랑과 관심을 자신의 자존감 척도로 보는 것 같았다. 특이했던 건 그의 목소리 변화였다. 갑자기 애교를 부리고 목소리 톤이 중학교 사춘기 소녀처럼 변했다. 메스껍고 구토가 날 것 같았다. 또 어떤 여자에겐 한

없이 권위적인 목소리로 대하기도 했다. 남자다워 보인다기보단 센 척을 하는 느낌이었다. 또 다른 여자에겐 남자 친구처럼 평온한 목소리로 다정하게 대했다. 난 그가 통화하는 광경을 볼 때마다 심장이 떨리고 온몸이 경직되기 시작했다. 긴장되고 두려웠다. 이 모든 생리적 반응의 이유는 나의 영혼이 진심으로 원하기 때문이었다.

"되는 애들 3명 정도 확보했어. 마음에 드는 애 한번 골라봐."
그는 그러면서 그녀들의 메신저 프로필 사진들을 보여주었다. 다 너무 말도 안 되게 예뻤다. 저런 미녀들과 실제로 눈을 마주쳐 본 적이 있을까 싶다. 가상 VR 야동을 볼 때가 전부였을 것이다. 아마 용화와 함께 그녀들과 한 테이블에 앉는다면 나는 어쩔 줄 몰라 할 것이다. 아마 목소리 톤이 두 옥타브 정도 올라가고 몸을 배배 꼬며 용화 옆에서 기가 죽을 수도 있다. 저번에 경험했던 것처럼 내 앞에 있는 여자 둘은 오로지 용화에게만 시선이 쏠려 나는 없는 존재가 될 수도 있다. 몇 마디를 던졌다가 무미 건조한 반응에 망신을 당할 수도 있다.

그러나 이런 것들보다 더 고통스러울 미래는 바로 내가 이 순간 겁먹고 도망가는 것일 테다. 용화는 내가 용기를 낼 기회를 주었고 나는 그 순간을 온몸으로 만끽할 수 있음에 감사하면 되는 것이다. 그건 분명히 어제의 나보다 더 건설적이고 다채로운 확장일 것이다. 난 남자가 되어야 한다. 그것 말곤 이제 아무것도 모른다.

나는 가슴이 제일 커 보이는 여자 한 명을 골랐다. 이유는 없었다. 그저 원초적인 이끌림이었다.
"애가 마음에 들어?"
"응 걔야."
그 여자애는 아까 용화가 따뜻하고 온화한 목소리 톤으로 전화했던 여자애였다.
"그런데 어떻게 알게 된 애야?"
"국제학생회에서 알게 됐어."
"국제학생회?"
"외국인들이랑 좆목질 하고 노는 거 있어. 외국에서 온 교환학생들이랑 놀러 다니는 거야. 걔네들이 학교생활 잘 적응할 수 있게 도와주는 거지. 또 여기서 잘 보이면 나도 교환학생으로 유럽에 갈 수도 있어. 정말 매력 있는 시스템이지. 그곳은 걔 덕분에 들어갈 수 있던 거고 여자는 그렇게 이용해 먹어야 해."

가슴이 흠칫했다. 그는 본 적 없던 비열한 표정을 지었다. 사기꾼 같은 눈매였다. 어떻게 반응해 줘야 할지 난 혼란스러웠다.

난 여자란 존재 자체를 체험해 보지 못한 사람이었다. 그저 사람을 그렇게 이용해 먹는단 것 자체가 거북했다. 자세히는 모르겠지만 분명히 자연스럽게 인연이 닿아서 국제학생회에 들어갔을 것이다. 그러나 그는 자신이 여자 위에 있다는 우월감을 꼭 확인해야 직성이 풀리는 듯했다. 그래서 꼭 그런 식으로 어휘를 사용하는 건 아닌지 의심이 들었지만 그는 꽤나 유쾌했다. 그 유쾌함이 나의 감정을 애매모호하고 흐릿하게 만들었고 또 이후에 만나게 될 여자들 때문에 잊혔다.

-

"걔가 같이 데리고 오는 친구도 정말 노는 거 좋아하고 개방적인 애야. 직업이 영어 강사래 오늘 너의 신고식으로 딱이야."

그는 야비하게 웃었다. 나는 분명히 사진 속 여자를 원했는데 갑자기 그녀의 친구를 내 짝으로 바꿔치기해서 홀로 이야기를 전개시켜 나가는지 의아했다. 그러나 뭐가 됐든 감사했다. 도전할 수 있음에 감사하려 했다. 따지고 보면 지금 내가 느끼는 이 흥분과 긴장이야말로 청춘 아닌가? 이게 살아 있단 증거 아닌가? 난 부정에 빠져 있을 시간 따위는 없었다.

우리는 거리의 한 이자카야에 갔다. 나와 용화는 어묵탕 하나에 소주를 시킨 뒤 그녀들을 기다렸다. 용화는 아까 호빠 일을 하면서 몇 잔 먹고 온듯했다. 온몸이 유연한 날쌘 상어 한 마리 같았다. 신나 보였고 무엇에 중독된 야만적인 눈빛으로 도취되어 있었다. 나는 계속 나를 떨게 하는 이 긴장감을 주체할 수가 없었다. 남몰래 내가 써놓은 시가 읽고 싶었다. 내가 흔들릴 때마다 바로잡기 위해 보았던 시들이 생각이 났다.

그러나 지금은 그럴 수 없다. 나는 그녀들이 왔을 때 얼어 보이지 않기 위해, 또 용화의 아우라에 짓눌리지 않기 위해 여유 있어 보이려고 삐뚤어진 자세로 턱을 치켜올린 뒤 옆 의자에 팔꿈치를 올리고는 테이블 위에 놓인 강냉이를 불량하게 씹어 먹었다.

"긴장돼? 내가 초짜 때 좆밥처럼 보이지 않으려고 했던 짓을 하네?"

"그거 존나 찐따 같아 보이는데."

뜨끔했다. 얼굴이 화끈거리고 노골적으로 날 공격하는 그의 발언이 신경에 거슬렸다. 그러나 그가 좋았다. 아니 좋아하고 싶어 했던 건가? 잘은 모르겠다. 분명히 감정이 상하고 무언가가 내 안에서 팽창하는 느낌이었지만 일단은 그가 좋았다. 왜냐하면 여자를 만날 수 있다는 사실과 그에게선 배울 점이 있다고 느꼈기 때문이다. 기준이 불명확했지만 2가지 이유는 자명했다.

난 자세를 고치고 분을 삭이기 위해 소주를 계속 들이켰다. 얼굴이 빨개지고 코가 막히고 말을 할 땐 목소리가 갈라졌다. 취기는 올랐지만 오히려 나의 이런 상태가 더욱 신경 쓰여 긴장이 풀리지 않았다. 오히려 우울해졌다. 그렇다. 나는 용화처럼 신이 나지 않았다. 떨리던 몸에 마비 증세까지 더해져 난 더 내 안에 갇힌 노예 같았다. 그렇게 고뇌 속에서 허우적대다 익사 직전이었을까? 내 오른쪽 시야에 인기척이 느껴졌다. 여자 2명이 서 있었다. 그 둘은 용화에게만 반가운 인사를 건넸다.

"오빠~~!"

사진 속에서 봤던 그 가슴 큰 여자는 용화를 사랑스럽게 바라보며 눈웃음을 지었다. 나의 내부 어딘가에서 강한 수치심과 질투를 감지했다. 가슴 라인이 그대로 다 부각되어 보이는 쫙 끼는 검은 니트를 입고 있었고 그것이 내 상상력을 미친 듯이 자극했다. 겪어보지 못한 신세계가 내 눈앞에 살아 숨 쉬고 있었다.

그리고 그 옆엔 용화가 추천해 준 한 여자가 있다. 탈색 머리에 검은색 염색을 했다가 색이 다 빠져 주황빛이 된 머리칼이 눈에 들어왔다. 빗자루 같았다. 그리고 그 빗자루 안 얼굴에는 쌍꺼풀 수술 흔적이 벤 눈꺼풀과 빨간 좁쌀 여드름이 코 주변에 달의 거친 표면처럼 흩뿌려져 있었고 좁은 입술이 눈에 들어왔다. 그 좁은 입술은 넓죽하고 네모나게 각져 있는 얼굴형을 더 부각시켜 보였다. 그리고 신기했던 것은 얼굴을 보았지만 단 10초만 지나도 어떻게 생겼는지 잊어버릴 것 같은 느낌이었다. 다만 짙은 쌍꺼풀 수술 흔적 때문에 그녀의 특징 단 1가지 아아! 쌍꺼풀 수술. 그 사실 하나만 인상 깊게 기억할 것 같았다.

용화와 나는 각자의 옆 의자를 비워둔 상태로 마주 보고 앉아 있었고 용화는 재빨리 일어나 그녀들을 반갑게 맞이한 다음, 자기 옆에는 그 가슴 큰 여자를 앉히고 내 옆에는 그 주황 머리 쌍꺼풀을 앉히려 했다. 나와 그 주황 머리 쌍꺼풀은 합석을 하려는 찰나 서로 머뭇거리며 망설였다. 그녀는 자신의 인위적인 쌍꺼풀로 떨떠름한 표정을 지었다. 나와 똑같이 경직된 듯했다.
"애들아 인사해. 내 친구 도훈이야. 이번에 봉사 단체에서 만났는데 정말 진국이야."
"아 네 안녕하세요!"
"네 만나서 반갑습니다."

갑자기 취기의 우울함은 사라지고 어떻게든 저번의 참패를 만회하고 싶은 욕구로 가득 차올랐다. 용화와 그 여자 2명 앞에서 나의 존재감을 어필하고 싶었다. 그와 동시에 도망치고도 싶었다. 모든 감정이 여기에 다 있었다.
"용화 잘생겼죠?"

"그럼요. 제가 학교에서 처음 보고 와 너무 잘생겨서 무조건 친해져야겠다고 생각했었어요. 그런데 운이 좋게도 국제학생회에서 같이 활동하게 되었죠. 그때부터 친해졌죠."

"음 그럼 국제학생회에서 처음 본 게 아니고 원래 알고 있던 사이였어요?"

그녀는 옆에 있는 용화를 힐끔 보더니 말을 멈추고 수줍게 웃었다가 다시 말을 이었다.

"글쎄 제가 가는 곳마다 눈에 띄는 거예요. 이미 내적 친밀감이 있었어요. 기숙사 식당. 학교 잔디밭. 학생회관 복도부터 눈도 몇 번 마주쳤죠. 그때 든 느낌은 '아! 진짜 잘생겼다.'였어요. 그러다 어느 날 국제학생회실로 오더니 자기도 여기에 들어오고 싶은데 어떻게 하면 들어올 수 있냐고 물어보더라고요. 제가 학생회장이고 영향력이 좀 세거든요. 그래서 바로 국제학생회 모집 면접 때 합격시켜 주었죠."

"고마운 줄도 모르고 진짜…"

하면서 그녀는 용화를 향해 뾰로통한 표정을 지었다. 그러자 용화는 그녀의 귀에 손을 올리며 머리카락을 귀 뒤로 넘겨주었다. 난 무엇보다 용화의 자연스러움이 부러웠다. 한 여자에게 손을 댈 때 마치 나라는 인간은 당연한 행동이란 듯이 자연스럽게 만졌다. 여자 쪽도 아무런 거부감 없이 내적으로는 은밀히 그의 손길의 따뜻함을 음미하는 게 보였다.

나도 저런 조련사의 기질을 지니고 싶었다. 도대체 저런 건 어떻게 만들어지는 걸까? 그저 잘생긴 게 단가? 아니! 난 부정하고 싶었다. 여기서 체념해 버리면 도대체 나는 왜 사는가? 가슴이 뛰고 사랑과 분노로 가득한 부분이 극명한데 이걸 외면해 버리면 나는 인생을 살아가면서 어디서 기대를 얻고 어디서 하루의 동력을 얻겠는가?

나는 내 옆에 주황 머리 쌍꺼풀에게 말을 건넸다.

"몇 살이세요?"

"29살이요."

단칼적인 음성에서 벽을 느꼈다. 마치 '난 당신을 거부해요.'라고 들렸다. 주황 머리 쌍꺼풀은 더 이상 말을 이어가지 않았고 테이블에는 정적이 발생했다. 그때 용화는 그 짧은 순간을 절대로 그냥 흘려보내지 않았다.

"애들아 도훈이는 24살이야."

그 순간 그녀들은 내가 왜 이렇게 긴장했는지를 대충 알 것 같은 뉘앙스의 눈빛을 보냈다.

"나 처음에 얘 봤을 때 팀원 중에서 30살 있다고 들어서 도훈인가 싶었지. 그런데 24살이라고 하더라. 도훈이가 보기보다 어려."

그때 그 가슴 큰 여자가 용화의 품속에서 예쁨을 받으려는 듯 내 이야기에 반응해 주었다.

"용화 오빠한테 이야기 많이 들었어요. 맑고 투명하면서도 삶에 절실한 착한 사내가 있다고."

"저 안 착해요."

"그럼 착한 사람이 뭔데요?"

난 그 질문에 내 휴대폰 웹사이트 방문 기록에 남아 있는 파격적인 야동들이 생각이 났다. 그런데 왜 이게 나쁜가? 아니! 나쁘다. 난 모니터 앞에 앉아서 바지를 내리고 좆 잡을 시간에 지금 이 순간처럼 옷도 멋지게 입고 용기도 내보며 내 자연스러운 본능에 솔직했어야 했다. 그것이 진정한 순수함이다. 난 너무 나 자신에게 불미스러웠다. 키가 작고 못생겼단 이유로. 학력이 좋지 않단 이유로. 집이 잘살지 않는단 이유로. 난 위축되고 살았다. 그래서 난 나에게 기회를 줘보기 전에 도망치기 바빴다. 그러나 도망가면 도망갈수록 그 누구보다 사랑에 목말라하는 영혼이 느껴질 뿐이었다. 안도감을 좇는 것은 고통이었다. 순수한 성취를 좇는 것도 분명히 고통일 것이다. 그러나 생산성과 매력도 측면에서 이점을 안겨주는 선택은 더 나은 인간이 되기 위한 성취의 길일터였다.

내가 내면에 잠겨 정적이 흐르자 용화가 재빠르게 운을 던졌다.

"자기 입으로 직접 착하다고 말 안 하는 사람."

우린 다 같이 웃음을 터뜨렸다. 그 분위기에 이어 나도 과감히 웃겨보려 했다. 주목을 받은 김에 이곳을 장악해 보고 싶었다.

갑자기 취기가 나의 패기를 끌어올려 주었다. 나는 목소리를 크게 해서 말했다.

"오늘은 아무도 집에 못 갑니다. 알겠어요?"

"오! 도훈 씨가 오늘 다 사는 건가요?"

아뿔싸! 난 지금 돈이 없다. 은지와의 데이트 때문에 내 수중에 있는 돈이라곤 부산행 차표 값밖에 없다. 순간 천만 개의 폭풍이 심장에서 몰아쳤다. 그 폭풍우 속에서 돌멩이 하나가 무작정 테이블 위에 던져졌다.

"나 오늘 손님이야! 누나들이 날 모셔야지?"

나는 0.001초의 찰나로 그 음절을 뱉는 순간 나 자신의 수준을 알아챘다. 하나의 유머조차 대담성이고 그 유머를 사용하려면 자신의 삶에서 결단력, 용맹함. 자기를 향한 터프가 이루어져 있어야 한다는 것을. 나는 냉정하게 말해서 무엇 하나 인정받아 본 적 없는 찌질이였다. 그런 존재가 갑자기 영향력을 행사하려 한다고 해서 남자가 되는 것도 센스가 생기는 것도 아니란 걸 체감했다. 그녀들은 대꾸하지 않았다.

"저희 담배 피우고 올게요."

그 가슴 큰 여자와 주황 머리 쌍꺼풀은 담배를 태우러 나갔다. 용화는 비흡연자였다.

"용화야 넌 왜 담배 안 피워?"

"마지막 자존심이야. 호빠 생활은 극악의 음지 세계야. 더럽고 추잡하지. 맨날 일하면서 그곳을 벗어난다는 다짐 아래 돈을 모았어. 일을 하다 보면 제일 위험한 건 초기의 결심을 망각한 채 나를 잃어버릴 수 있단 거야. 손님들이 폭탄주를 먹일 때가 있어. 그때 난 테이블 위에 올라가서 바지를 벗고 자지를 흔들어서 춤을 추기도 하지. 심지어 손님들은 대부분 창녀들이야. 난 손님들과 같이 어울려 놀면서도 그들과 동일한 미래로 휩쓸리지 않을만한 장치가 필요했어. 그게 바로 담배를 태우지 않는 거였어. 그렇게 함으로써 난 일반적인 호빠와 창녀들과 구별될 수 있다고 믿었고 그게 현재 나만의 개인적인 의식(儀式)이야."

나는 용화의 이야기를 들으면서 점점 안정감을 느꼈다. 그의 진솔한 의지가 느껴졌다. 한 인간에 대해 더 알게 된다는 느낌에 몰입감이 있었다.

"이미 구별되는 게 많은걸. 넌 그렇게 모은 돈으로 학비까지 내고 베트남 봉사까지 자원했잖아 그런 호빠가 어디 있니?"

그는 소리 없이 입꼬리만 시니컬하게 올렸다. 그리고 다시 우리 옆에는 검은 그림자 2개가 담배 냄새를 머금은 먹구름처럼 우리 시야에 들어왔다.

"우리 이제 그만 가려고요. 시간이 늦어서요."

"아이 씨."

용화는 위협적인 태도를 취하며 그녀들을 노려보았다. 그렇다고 그녀들이 무서워하진 않았다. 다만 왕가슴은 미안해하는 표정을 지으며 어쩔 수 없이 엄격한 부모님으로부터 귀가 조치를 당하는 소녀의 표정을 지었다.
"대신 우리가 살게 즐거웠어. 둘이 좋은 시간 보내…"
그녀들은 가버렸다.

—

용화는 날 노려보며 한마디 했다.
"넌 너무 안달 났어."
그는 나의 잘못을 지적했다. 분했지만 할 말이 없었다. 나는 그녀들이 떠난 사실을 피부로 알고 있었다. 주황색 쌍꺼풀이 날 마음에 들어 하지 않아서 왕가슴은 친구와의 고상한 의리를 지켜야 했기에 둘이 함께 떠난 것이다.
"아이씨… 적적한데 서울에 아는 여자 없냐?"
"내가 있겠어?"
"한 명 있잖아."
"누구?!"
나는 사춘기 소녀의 비밀을 들킨 듯 심장이 덜컹했고 얼굴이 새빨개졌다. 사실 잘못한 건 없다. 그러나 나와 은지 둘만의 관계에 음침하고 타락한 영혼이 침범하지 않았으면 하는 바람이었다.
"은지랑 춤 연습 아직 안 했어?"

"했지…"

"언제?"

"오늘…"

그는 음흉한 미소를 지었다. 나는 저번 열차에서 꾼 꿈이 생각났다.

"지금 걔는 뭐 하는데?"

"몰라."

"한번 연락해 봐, 뭐 하고 있냐고. 나도 있다고 해. 그럼 솔깃해서 나올지도 몰라."

나는 극심한 눈치를 보았다. 나와 은지는 객관적으로는 아무 사이가 아니다. 하지만 그 누구의 개입도 없이 둘만의 특별한 관계이고 싶었다. 내 삶의 야심 찬 혁명을 그가 깨뜨리려 하는 것 같았다. 왜 여자도 많은 그가 모솔아다의 하나뿐인 여자를 갈취하려 하는지 이해가 안 됐다.

"아니 왜? 너 아는 여자도 많으면서?"

"그럼 넌 왜 망설여? 너 걔랑 무슨 사이인데?"

나는 아무 말도 할 수가 없었다.

"좋아해?"

"잘해보고 싶어. 호감이 가는 애야."

"그럼 전화해서 이리로 오라 해. 내가 한번 보게. 어떤 여자인지 감정을 내려줄게. 나만 믿어."

"지금은 새벽 2시야. 늦었다고. 자고 있을지도 몰라. 그리고 만약 전화를 안 받고 자고 있었다면 다음 날 아침 휴대폰을 확인했을 때 새벽 2시에 전화한 나를 이상하게 생각할 거야. 애초에 이 시간에 전화할 만큼 가까운 사이도 아니야."

"넌 너무 평판을 신경 써. 사람들이 너에 대해 어떻게 생각할지 정신이 얽매여 있어. 도대체 무슨 상관이야? 네가 전화하고 싶다는데? 네가 무슨 연예인이야? 아니면 숨겨둔 아내가 있어? 이 시간에 전화했단 사실이 세상에 밝혀지면 아침뉴스 헤드라인을 장식이라도 해? 아무도 너한테 관심 없어."

정곡을 찌르는 말이었다. 용화의 발언 때문에 24년의 내 삶의 잔상들이 순간 광속으로 스쳐 지나갔다. 사실 여자 친구를 사귈 수 있는 기회는 도처에 널려 있었다. 중학교 시절 다니던 수학학원에서 매일 내 옆자리에 앉던 여학생에게 말 한번 걸어볼 수 있는 것이었다. 고등학교 축제 시절 여고에서 놀러 온 댄스부 여자애들에게 연락처 한번 물어볼 수 있는 것이었다. 대학교가 아무리 남자들만 바글거렸어도 사막 속에서 오아시스를 찾는 건 자명한 이치였다. 아님 과대가 주선하는 과팅에 나도 한번 나가고 싶다고 말해볼 수도 있었다.

그러나 난 다 이런 것들을 시도하지 않았다. 그 이유는 거절당할까 봐 두려워서였고 나처럼 못난 사내가 여자한테 집적대는 이미지가 다른 사람들 사이에서 형성될까 봐 더 두려웠다. 그래서 그나마 내세워 볼 만한 유일한 무기는 바로 순수함이었다. 여자에게 관심 없는 척, 혹은 자기계발에 열중인 척, 진지하면서도 선비 같은 이미지. 하! 기가 차다! 그런 것들이야말로 거짓말쟁이였다. 진정한 순수함이란 자기 본연의 감정에 솔직하게 용기를 내보는 것이었다.

"그래 연락해 볼게."

나는 새벽 2시에 은지에게 전화를 걸었다. 은지와 노는 데에 목적이 있지 않았다. 나 자신이 조금은 더 과감해져 보는 걸 연습해 보고 싶었다.

"도훈 님…?"

은지가 바로 전화를 받아버렸다. 난 그녀의 당황한 목소리를 처음 들었다.

"이 시간에 무슨 일이에요?"

"그냥 잠이 안 와서. 넌 뭐 하고 있어?"

"남자 친구랑 같이 있어요."

나의 말은 뇌를 안 거치고 거의 반사적으로 튀어나왔다.

"아 그래? 좋은 시간 보내."

하고 난 당황해서 전화를 끊어버렸다. 용화는 짓궂은 표정으로 무슨 일이냐는 표정을 지어 보였다.

"남자 친구랑 있대."

용화는 씩 웃어 보이며 동환이가 나한테 조언할 때처럼 우월감과 삶의 정복감을 느끼는 듯한 거만한 미소를 지었다.

"거봐. 만약 네가 내 말을 안 듣고 전화를 안 했으면 얼마나 오랫동안 혼자서 은지만 생각하면서 망상에 빠져 있었겠니? 잘 시도했어. 아직 밤은 끝나지 않았어. 또 시도해 보자. 클럽이나 가자."

나는 은지의 남자 친구 소식에 허무감을 느꼈다. 공허했다. 감사한 마음으로 오늘 데이트에 임했다 해도 막상 패배의 사실을 알게 되니 마음이 무거워졌다. 그러나 알 게 뭐냐? 나에겐 용화가 있다. 파도는 또 몰아친다. 그다음 파도를 위해 눈을 크게 뜨고 내가 해야 할 일에 집중해야 한다.

-

새벽 2시 30분의 클럽 거리는 환락의 밤 그 자체였다. 양복쟁이 배불뚝이들은 사라지고 거리엔 짧은 쇼트 팬츠에 가슴이 파인 옷을 입은 젊은 여자들이 걸어 다녔다. 그녀들이 지나치자 매혹적인 향수 냄새가 났다. 그것들은 소리 없이 은밀히 다가와 도전 정신을 자극했다. 또 동시에 초조했다. 망할 놈의 자그마한 의심들. 즉 나를 향한 의심들이 지네처럼 내 심장을 더듬거렸다.

나는 클럽 거리의 음악 소리에 압도당했지만 옆에 용화가 함께였기에 든든했다. 용화는 앞장서서 한 클럽 입구 앞에 줄을 섰다. 입구 앞에는 키는 나보다 작은데 옆으로만 비대하게 큰 근육 덩어리 둘이 서 있었다. 그들은 짜증과 가오가 반반씩 섞인 양념 반 간장 반 닭가슴살 치킨 같았다. 아마 삼시 세끼 주식이 전부 닭찌짜리! 난 왠지 모를 경멸감을 그들에게서 느꼈다. 일종의 알레르기 반응이었다. 병명은 바로 허세 알레르기.

그 경호원들 앞에 가까워지자 공항 검색대 앞에서 임무를 완수해야 하는 마약 운반자가 된 기분이었다. 갑자기 나를 잡아서 입장을 저지하는 건 아닌지 두려웠다. 왠지 나는 들어가서는 안 될 사람처럼 느껴졌지만 곧바로 나의 의식적인 자존심이 내 안의 그 겁쟁이를 저지했다. 내 안의 경호원이 그 겁쟁이에게 속삭였다.

"너는 이런 것들을 먼저 해야 해. 두려움을 깨는 것. 인생에서 가장 큰 죄는 단 한 번도 네 멋대로 안 살아본 거야. 네가 왜 두려운 줄 알아? 원하기 때문이야. 네가 먼저 너 자신을 제압할 수 있어야 너 앞에 경호원들 앞에서 당당해질 수 있어. 전사가 된 자만이 저 문을 입장하고 여자들을 누릴 권한이 주어지는 거야 전진해!"

내면의 소리에 귀를 기울이던 사이. 어느새 우리 차례가 왔다.

용화는 신분증을 검사받고 그대로 들어갔다. 그다음 나도 신분증을 보여주었다. 그 뭉땅한 바위 같은 경호원은 내 신분증을 보면서 의심과 짜증 섞인 날카로운 눈매로 나를 위아래로 훑어봤다. 무미건조한 표정으로 다시 신분증을 돌려준 뒤 내 오른쪽 손등에 도장을 찍어주고 엄지를 올린 손을 뒤로 가리키며 입장을 허락해 주었다.

드디어 내 인생 첫 클럽 입장이다.

-

입장하자 시끄러운 EDM 음악과 조명들이 쉴 새 없이 나를 쏘아댔다. 내부는 족히 천장높이가 3층은 될 정도로 높았고 실내가 한눈에 다 들어왔다. 위층에는 테이블을 잡은 남자 여럿이 각자 자기 옆에 여자 한 명씩을 끼고 술을 먹고 있었다.

1층 중앙에는 바텐더들이 술을 만들 수 있는 테이블이 위치해 있었고 술을 만들고 있는 한 남자가 눈에 띄었다. 나처럼 키도 작고 못생겼었는데 압도적인 카리스마가 느껴졌다. 왼쪽 귀에 귀걸이와 하얀 반팔 티에 갈색 면바지를 입고 있었다. 어깨는 좁고 등허리도 살짝 굽어 보였다. 머리도 까치 같은 더벅머리에 여드름이 볼에 흩뿌려져 있었다. 얼굴 자체도 밋밋했지만 술을 제조하는 그만의 경쾌한 모습과 리드미컬한 움직임이 섹시해 보였다.

그는 이 순간을 즐기고 있었다. 난 그가 부러웠다. 내 또래처럼 보였는데 저렇게 자유분방해 보이는 분위기. 평소 독단적인 자기만의 삶. 그 덕분에 자기 본연의 매력이 무의식적으로 새어 나와 표면적인 외관은 껍데기에 불과했다. 가장 큰 이유는 자기가 그걸 신경을 안 쓰고 있었기 때문이었다. 난 그를 보며 희망감을 느꼈다.

"아! 독자적 분위기와 개성. 나도 저런 걸 가져야만 해. 분명히 용화도. 우진이도. 저 바텐더도. 자기만의 느낌을 가지고 있어, 그런 건 도대체 어떻게 얻을 수 있지?"

그때 그의 옆에 있던 여자 바텐더가 용화에게만 칵테일을 건넸다.

"뭐야? 저 여자랑 아는 사이야?"

"아니 그냥 잘생겨서 줬나 보지."

나와 용화는 수컷들 사이에서 고개를 끄덕거리며 한 손에는 칵테일을 들고 여자들을 스캔했다. 앞장서 가는 용화의 걸음은 너무 빨랐고 유연했다. 너무나 당연하단 듯이 클럽의 영혼들과 합류하는 그가 미치도록 부러웠다.

나는 그를 따라다니기엔 너무 힘들었다. 그는 자신의 기력지를 다 쓰는듯했다. 그는 어느샌가 내 시야에서 사라졌다. 두려웠다. 나는 그가 없다면 아무것도 할 수가 없을 것이다. 같은 공간이지만 나 혼자 다른 세계에 내던져진 기분이었다. 스피커의 베이스음이 나를 심연의 파동 그 심부까지 잡아당겼다. 시야를 돌려보니 큰 테이블이나 벽기둥 쪽에는 남녀가 짝을 이루어서 음악 소리에 자신의 소리가 묻히지 않게 서로 귓속말로 이야기를 주고받거나 남자가 여자를 뒤에서 껴안고 배에 손을 올려 춤을 추고 있었다.

"어떻게 저런 게 가능한 거지? 처음 본 남녀가 저렇게 대담하게? 보기만 해도 심장이 떨려. 애초에 저들은 나와 다른 존재라서. 나는 불가능한 존재라서. 내가 이렇게 경직되어 있는 거고 내가 저들처럼 행동하지 못하는 건 어쩌면 나는 태초부터 이런 공간과는 안 어울리는 사람인 걸까? 제길… 그냥 스터디 모임 같은 데서 썸이나 한번 타보려고 발악하는 편이. 언제나 본능적인 관능에 솔직하기보단 음침한 동기를 숨기고 선량한 척 행동해야 하는 게 내 인생이란 말인가?"

그때 누군가 내 어깨를 쳤다. 용화였다.

그는 망사스타킹에 검은 가죽 재킷을 입은 아담한 검은 머리칼의 소녀와 팔짱을 끼고 있었다. 그리고 그는 댄싱 홀에 홀로 놓인 그녀의 친구를 가리키며 나보고 다가서라고 명했다.

"기회다."

얼떨떨하지만 무작정 그녀 앞으로 돌진했다. 나는 내 칵테일 잔을 잠시 옆 테이블에 올려놓고 그녀와 춤을 추려고 했다. 그러나 그녀는 오만상을 지으며 고개를 돌려 나를 피했다. 무안해진 나는 그대로 뚝심 있게 여러 번 시도했지만 그녀는 완강히 거부하며 도망갔다. 용화의 파트너는 자기 친구를 혼자 내버려두지 않기 위해 용화의 곁을 떠났다.

일단 제일 신경이 쓰였던 건 용화가 여자를 잃었단 사실이었다. 그에게 미안했다. 그는 벌써 나 때문에 여자를 두 번이나 놓쳤다. 그는 평정심을 유지하려는 듯 보였다. 깊은 빡침이 느껴졌다. 그렇다고 나에게 화를 내는 것도 썩 좋은 방법은 아니라는 것을 그도 알고 있는 듯했다. 시간은 새벽 3시 30분이었고 클럽엔 다들 짝을 이룬 남녀와 짝을 못 찾은 남정네들의 음울한 표정들만 보일 뿐이었다.

"한번 나가서 다른 곳에 가보자."

"응…"

클럽 밖으로 나오자 거리의 분위기는 완전히 뒤바뀌어 있었다. 곳곳엔 흑인 무리들이 단체로 건물 입구 계단 쪽에 모여서서 농담을 주고받거나 쪼그려 앉아서 휴대폰을 보고 있었다. 아까는 보지 못했던 다양한 외관의 남녀들이 눈에 들어왔다. 얼굴이 내 엉덩이만 한 여자. 레게머리를 한 흑인 여자. 코끼리 같은 다리에 망사스타킹이 터질듯한 여자. 이레즈미 문신을 온몸에 도배한 고도비만의 남자. 말라깽이 소년들. 눈 화장이 너무 진해 기괴한 여자들까지 거리의 냄새도 달라져 있었다. 하수구 냄새와 땀과 향수가 뒤범벅된 악취가 내 인상을 찌푸리게 했다.

그렇다! 그들 모두 패잔병들이였다.

-

"찌꺼기들…"
용화는 역겨운 표정을 지었다. 아무리 거리를 둘러봐도 압도적인 비율의 남탕이었다. 도전 정신을 불러일으킬 만한 여성들도 보이지 않았다. 우리는 배가 고팠고 피곤했다. 이젠 체념하고 그냥 잠이나 자고 싶었다. 새벽 3시 30분의 밤은 쓸쓸했다. 이 시간까지 거리를 걸어 다녀본 기억이 있었나? 아마도 처음인 것 같았다. 기분은 별로였다. 마찬가지로 거리의 패잔병들도 할 짓거리가 없어 보였다. 나도 저들과 같은 패배의 먹구름이었다.

그때 용화가 내 어깨 위로 팔꿈치를 대고 삐딱한 자세로 서기 시작했다. 그 동작은 중고등학교 시절 양아치들이 가오를 잡기 위해 주변 따까리들을 이용하던 센 척 중 하나였다. '넌 내 아래에 있어.'라는 일종의 사인 표시였다. 난 이걸 극도로 민감하게 감지해 낼 수 있는 센서가 있다. 왜냐하면 내가 언제나 그 센 척에 이용되는 대상이었기 때문이다. 내 심장이 화끈해지는 걸 느꼈지만 그 시절 찐따의 본능을 기억하는 몸은 얼어붙었고 치욕스러움에 잠겼다. 난 용화의 낌새가 이상해 고개를 돌려 주변을 보니 앞에선 백인 여성들이 홍해가 갈라지듯 위풍당당하게 걸어왔다. 그의 행위는 여자들을 의식한 것이었다.

난 한 여자가 눈에 들어왔다. 금발에 푸른 눈을 가진 여성이었다. 난 그녀를 보자마자 얼어붙어 버렸다. 그 어느 때보다도 강렬히 떨렸다. 가슴이 벅차오르게 예뻤다. 나는 그림의 떡처럼 바라만 보고 있었다.

용화는 내 어깨에 팔꿈치를 올린 상태를 유지하면서 고개를 돌려 물어보았다.

"왜? 원해?"

"응 강렬히…"

그 백인 여자 무리들은 한 댄스 펍으로 들어갔다. 가게 이름은 'LAST CHANCE'였다. 우리는 곧바로 따라 들어갔다. 입구 안에는 지하로 향하는 계단이 있었다. 그곳을 내려가자 한 한국 여자와 백인 남성이 올라오고 있었다.

"저 녀석 한 명 잡았네 씨발거. 도훈아 서두르자."

용화는 며칠을 굶주린 아사 직전의 상어가 마지막 피 냄새를 맡은 듯 무서운 속도로 건물 내부로 향했다.

들어온 내부는 온통 빨갛게 보였다. 빨간 조명들이 모든 공간을 더 매혹적으로 보이게 했다. 그 공간은 전 세계 인종들이 다 있는 듯했다. 나는 아까 보았던 푸른 눈에 금발을 가진 그 백인 여성을 찾기 시작했다. 이번엔 나도 용화도 서로를 잊어버린 듯했다. 내 머릿속에는 온통 그 백인 여자였다. 2층 홀로 올라가 보니 그녀가 칵테일바 앞으로 가 술 한 잔을 사고 있었다. 그녀는 민소매 한 장만 걸쳤는데 육중하고 하얀 속살이 내 심장을 저릿하게 했다. 특히 가슴골이 다 보였는데 그렇게 큰 가슴은 실제로 처음 본 것 같았다. 그러곤 그녀는 술잔을 한 손에 든 채 홀로 춤을 추기 시작했다. 그녀는 사람들 사이에 있지만 혼자 자신만의 세계에 접속해 있었다. 그 정신이 독자적으로 보여 더욱 눈에 띄었고 자유로워 보였다.

"저렇게 춤을 출 수 있다니! 저런 건 도대체 어떻게 가능한 거야? 저 자신감과 아랑곳하지 않음은 도대체 어디서 어떻게 만들어지는 거야?"

　난 조금 더 가까이서 관찰하고 싶어 다가섰다. 그리고 다가설수록 극심한 떨림을 내 안에서 느꼈다. 그녀의 카리스마는 압도적이었다. 넘을 수 없는 산처럼 느껴졌다. 난 왜 떨리는 거지? 난 왜 그녀를 넘을 수 없는 산처럼 느끼는 거지? 내 심장에서 느껴지는 신호에 난 끊임없이 질문들을 던지기 시작했다. 그렇게 홀로 내 안에 또 빠져 있을 때 한 남자가 그녀에게 다가섰다.

　용화보다 훨씬 스펙이 떨어져 보이는 남자였다. 그나마 키가 커서 장신인 그녀와 동일한 높이에서 눈을 마주치며 대화를 이어나갔다. 난 그 광경을 보고 격하게 분노와 비참함을 느끼며 그가 한없이 부러워졌다. 저 백인 여자에게 말을 걸 수 있는 자신감과 자신이 그럴만한 자격이 있단 듯이 당당한 분위기와 차분함을 보여주는 저 모습이 내 심장을 옥죄여 왔다.

　난 너무 화가 났다. 그 어느 때보다도 치가 떨렸다. 고통스러웠다. 이제 더 이상 이곳에 있고 싶지 않았다. 그녀와 그 남자는 둘이 웃음을 주고받더니 어딘가로 사라졌다. 저 남자는 저 백인 여자의 하얀 살결을 손에 넣을지도 모른다. 그 순간을 이입해서 상상만 해도 심장에 쥐가 날 것 같았다. 너무 서러웠다. 이토록 심장의 요동이 고통스러웠던 적이 없었다. 난 내 주제 파악을 끔찍하게 하기 싫었다. 한번 도전해 보고 싶었다. 그러나 그 백인 여자를 보자마자 돌이 되어버렸다. 그래서 다가설 수가 없었다. 내가 느끼고 있는 건 단순한 아쉬움의 범주가 아니었다. 아예 차원이 다른 격분 속 한가운데에 서 있었다. 자존심이 너무 상해서 죽어버릴 것만 같았다.

용화는 내 시야에서 사라진 지 오래였다. 이번엔 그가 나타나질 않길 바랐다. 왜냐하면 난 집에 가버릴 테니깐 말이다. 난 내 감정에 지성을 부여할 시간이 필요했다. 오늘은 꽤 많이 도전했다. 꽤 많이 낙심하고 기가 죽었다. 이 패배의 원인을 본능적으로 알 것 같지만 그것만이 전부라고는 규정해 버리고 싶지 않았다. 난 나의 원초적 욕구 앞에서 무한한 순간을 기대하고 싶었다. 내 안에 겁쟁이를 죽여버리고 싶었다.

"남자가 되지 못할 바엔 자살해 버릴 거야."

그랜드 캐니언(土)

우린 홀로 그들과 반대편에 서 있네.
우리 뒤엔 그랜드 캐니언이 있네.

한 번뿐인 삶이라며
하고 싶은 것들만 잔뜩 나열해 놨네.

그것들을 못 이룰 바엔
그랜드 캐니언의 장엄한 경치를 보고
그냥 뛰어내려 버릴 거라 소리치네.

사람들은 돼지의 야망을 품고 산다네.
그들에겐 삶의 활력을 느껴볼 수가 없다네.

그들에겐 집과 차 여자와의 사랑은 있지만
감동을 느끼는 삶은 찾아볼 수가 없다네.

왜일까?
난 사실을 안다네!
멋진 죽음을 자기 뒤에 두지 않고 살아서라네.

나는 펍을 나와버렸다. 시간은 새벽 4시 30분이었다. 서서히 하늘이 푸른빛을 띠기 시작했다. 난 무작정 걷기 시작했다. 화를 삭일 시간이 필요했다. 계속 걷다 보니 앞에는 국밥집이 하나 있었다. 안에는 내 또래로 보이는 남자들이 가득 들어서 있었다. 나도 허기가 져 그 국밥집에 들어갔다. 남자들은 서로 센 척을 하며 큰소리로 농담을 주고받았다. 주변을 의식하며 욕하는 듯했다. 카운터 앞에 줄지어 서 있는 남자들은 서로 자기네가 먼저 왔다며 여자 직원을 앞에 두고 말다툼을 벌이기도 했다. 또 옷을 너무 펑퍼짐하게 입었지만 너무 소심해 보이는 체형을 가진 청년들도 조신하게 국밥을 뜨고 있었다. 줄을 서려고 들어가니 내 분신들도 보였다.

분명히 어젯밤부터 나와 비슷한 감정을 느꼈을 거야.

패잔병들의 식탁은 그들의 상태에 걸맞게 조촐하고 돼지 비린내가 섞인 싸구려 프랜차이즈였다. 고기도 몇 점 없다. 간판만 화려한 실속 없는 놈들이었다.

나의 배고픔에 가려져서인지 국밥은 맛있고 한없이 부족하게 느껴졌다. 나는 쉴 틈 없이 빠르게 국밥을 먹기 시작했다. 나도 동환이처럼 폭식을 하기 시작했다. 분노와 설움이 터져 나왔다. 난 그저 여자들 앞에서 떨기 싫었을 뿐이다. 난 그저 그 누구 앞에서도 당당하고 싶었을 뿐이었다. 난 그저 외로움에 굴복하지 않고 그걸 비웃어 버릴 만큼 강해지고 싶은 것이었다. 사랑은 누구와 하게 되든 상관없었다. 그저 멋있고 싶었다. 그런데 그게 왜 이렇게 어려운 걸까? 난 혹시 내가 망상가가 된 건 아닌지 우려가 되었다. 객관적인 결과물이 처참했기 때문이었다.

그 순간 전화가 왔다.
용화였다.
전화를 받자 한 여자의 목소리가 들렸다.
"여보세요? 용화 친구죠? 지금 용화가 너무 취해서 뻗어버렸거든요? 너무 무거워서 제가 어떻게 할 수가 없네요. 와서 좀 데려가 주시겠어요?"

난 그녀의 목소리를 듣자마자 심장이 녹아내렸다. 여자의 음성은 그 자체로도 명약이구나. 난 내 마음 안에 쓰나미가 사라지고 산뜻한 태양이 구름 한 점 없는 천고마비를 만들었다.

"네 갈게요."

그녀와 용화는 근처 뼈해장국 집에 있었다. 그곳에 들어서니 그곳 역시 패잔병들의 아침 식사가 이어지고 있었다. 그러나 칙칙하고 요란 떠는 침팬지들 사이에서 홀로 여성과 단둘이. 그것도 같은 선상에 나란히 착석한 한 쌍이 보였다. 그들만이 수사자와 암사자 같았다. 그들만이 오리 무리들 속 백조 같았다. 그들의 자리만이 침팬지들의 소굴을 내리깔고 위로 솟아오른 정상이자 황금빛 들판 같았다. 마치 어둠 속 동굴의 탈출구 같기도 했다. 그들만이 승자의 아침밥을 먹으며 남녀의 결합을 이룬 채 청춘의 신화를 쓰고 있었다.

용화는 사자의 권위를 누리듯 그 여자의 무릎 위에 머리를 대고 누워서 잠들어 있었다. 그 여성은 레드 와인 머리를 가슴골까지 내리고 앞머리의 볼륨이 귀여웠다. 초롱한 눈을 가진 토끼상이었다. 그녀는 혼자서 감자뼈를 손가락으로 발라서 먹고 있었는데 두꺼운 입술이 국물 때문에 빨갛게 되어 있었다. 물어뜯고 싶었다.

"용화 씨 친구…?"

"네!"

가까이 다가서서 앉으니 눈 화장이 세련되게 되어 있었다. 화장 톤이 어젯밤에 한 화장이 아닌 것 같았다. 잠을 자다가 씻고 방금 나온 신선한 이슬을 머금은 토끼였다.

"목소리가 잘생겨서 궁금해서 오라 그랬어요."

난 그 말에 내 광대 근육이 올라간 걸 느꼈다 심장이 녹아내렸다. 난 여자에게 처음 받아본 칭찬에 황홀감을 느꼈다. 티를 안 내려고 했지만 어쩔 수 없이 내 입꼬리가 올라갔나 보다. 그녀는 내 표정을 읽고는 엄연히 선을 그으려는 듯 다시 한번 강조했다.

"목소리 말이에요 목소리… 아시겠죠…?"

우린 둘 다 웃음을 터뜨렸다.

"둘은 어쩌다 여기까지 오신 거죠? 용하랑 오늘 만난 거예요?"

"아니요. 용화 일하는 곳 손님으로 와서 만났어요. 용화 오빠 무슨 일 하시는진 아시죠?"

"네 알고 있어요."

"용화가 많이 신뢰하나 봐요. 자기 일 얘기는 잘 안 하는데. 하여튼 갑자기 전화가 와서는 보고 싶다고 얼마나 애교를 부리는지, 이따가 출근해야 하는데 급하게 화장하고 빨리 튀어나왔어요. 만나자마자 저한테 배고프다고 징징대길래 여기 왔거든요? 그런데 많이 취했는지 뜬금없이 잠들어 버린 거예요. 그것도 제

무릎에! 저 혼자 용화 오빠를 업어 갈 순 없잖아요? 그래서 바로 오빠 휴대폰 뒤져서 제일 마지막으로 통화한 사람한테 전화한 거예요. 그게 도훈 씨라고요."

용화는 정말 대단했다. 그는 적적해서 전화하면 새벽 6시에도 한걸음에 튀어나올 여자가 있는 건가? 그러나 그녀의 눈에는 자기 한탄적인 아쉬움과 슬픔이 보였다.

"저는 아직도 이렇게 흔들려요. 얘는 날 진중하게 생각하지도 않는데 이런 늦은 새벽에 전화가 오면 화장을 하고 나오게 되죠. 알고 지낸 지는 한 4년 정도 되었어요. 용화가 너무 독보적으로 잘생겼잖아요? 매력적이고 유쾌하고 난 속수무책으로 당해버렸죠. 얘를 처음 만난 날이 처음 호빠 클럽에 놀러 갔을 때예요. 그때부터 지금까지 돈도 엄청 많이 썼어요. 같이 만나서 데이트할 땐 얼마나 어깨에 뽕이 올라가던지 내 인생 최고의 자랑거리였죠!"

난 말없이 그녀를 바라보았다. 아직 미성숙한 아기 토끼가 자신이 따 온 세잎클로버가 네잎클로버라 순진하게 믿고 자랑하는 것 같았다. 그러나 나의 감정을 의식했는지 바로 그 세잎클로버를 찢어버리기 시작했다.

"너무 한심해요. 난 얘한테 썼던 돈과 시간을 내 미래와 꿈을 위해 썼어야 했어요. 내가 왜 용화한테 미쳐 산지 아세요? 나 자신을 궁극적으로 파고들어 가면 결국 자신감이 없었기 때문이에요."

"예쁘신데… 자신감이라뇨?"

"내가 말하는 건 그런 자신감이 아니에요. 내면을 말하는 거예요. 난 그와 같이 있으면 웃고 떠들고 있지만 혼자 있게 되면 난 그로부터 답답한 감정을 느꼈어요. 때론 미친년처럼 혼잣말로 그에게 화내는 연습을 하기도 했고 그가 나에게 아무 생각 없이 내뱉었던 말들에 대해 극도의 분노를 느끼며 혼자 빠져들어 갔어요. 그런데 이상하게도 그에게서 전화가 오면 난 웃으면서 받아요. 그를 사랑하는 감정이 있다고 느껴요. 온순한 다람쥐가 돼요. 그의 앞과 그 위 뒤에서 내 감정은 갈수록 양극화가 벌어졌어요. 그는 진짜 신기하게도 '내가 이상한 건가?'라는 기분을 느끼게 만들었어요. 하지만 확실한 건 나의 내부에서 나 자신이 가치 있어진다는 느낌은 메말라 갔어요."

"왜 이런 말을 처음 보는 저한테 하시는 거예요?"

"모르겠어요. 왠지 해도 될 것 같은 느낌을 받았어요. 그럼 물어볼게요. 왜 용화랑 친하게 지내시죠?"

"그는 유쾌하고 매력 있어요. 그냥 좋아요."

"거짓말 마요! 왜 친하게 지내는지 본심을 말해요!"

차마 여자 앞에서 나는 24년째 모솔아다인데 그와 함께 있으면 여자들이랑 놀아볼 수 있고 그로부터 남자가 되는 법을 배울 수 있지 않을까? 하는 이유를 날것으로 솔직하게 말하기엔 본능적인 거부감이 들었다. 나는 안다. 단 1퍼센트의 확률이라도 이 여자와 내가 만남의 가능성이 주어지지 않을까? 하는 나도 알 수 없는 미래 때문이었다. 그리고 비밀스러운 자존심이었다.

"그는 내 친구예요."

"그럼 또 하나만 물어볼게요. 여자 경험이 있으세요?"

나는 순간 안면마비가 온듯한 환자처럼 얼굴근육이 경직되었다. 악마가 억지로 한쪽 입꼬리만 치켜올리는 듯 떨떠름한 웃음을 지었다.

"없죠?"

그녀는 자기 멋대로 넘겨짚고 수도꼭지가 터져 나오듯이 말을 이어가기 시작했다.

"그렇다면 위험해요. 그는 호빠들과 창녀들, 사회 친구, 동창, 학교 친구들, 스폰서까지 관계가 무지막지해요. 그러나 그는 거기서 가면을 쓰고 있을 뿐이에요. 진짜 자신의 심부를 다 보여줘도 되겠다 싶은 순수한 영혼을 보면. 그러니까 그의 진짜 자신의 집인 다 허름하고 낡은 구옥부터 진실의 민낯. 역겨운 실상까지 그런 모습을 보여줘도 되겠다 싶은 사람을 보면 그는 게임을 시작해요. 왜냐하면 그는 혼자이기 때문이에요. 자기를 무한정으로 알아줄 사람에게 거머리처럼 달라붙어요. 그러면서 미친놈 같은 본성은 절대로 못 숨겨서 상대방을 기분 나쁘게 해요."

레버가 이미 수압에 날아가 버렸기 때문에 수압조절이 안 되었다. 내가 레버 역할을 할 필요성을 느꼈다.

"무슨 일이 있었는지 알 수 있을까요?"

"복잡해요. 그는 삶을 함께해도 되겠단 생각이 드는 남자는 아니었어요. 잘생겨서 좋지만 그것 말곤 메리트가 없었어요. 조금만 자기가 희생했다고 느끼면 바로 생색을 내고 조금만 기분 나쁜 일이 있으면 무의식적으로 욕하고 충분히 혼자서 이겨낼 수 있는 일인데도 그는 제 앞에서 은연중에 불쌍한 척을 하며 도와주길 바랐죠. 그는 혼자 있는 순간을 극도로 못 견뎌 해요. 아마 도훈 씨를 심심풀이 장난삼아 매일 전화해서 징징댈지 몰라요. 명심해요. 도훈 씨에게 가족 같은 사이처럼 지내려고 한다면 이 기생충 같은 새끼는 또 시작해요. 부담을 주기 시작하면서 애매모호한 구간에서 언제나 당신을 답답하게 할 거예요."

"듣겠어요."

"괜찮아요. 완전히 맛탱이 갔어요. 제 무릎 위에서 미동도 없어요."

"그를 너무 증오하는데요?"

"이렇게라도 제가 말을 해야 쪽팔려서라도 애를 차단해 버릴 수 있을 것 같아서요."

그녀는 부들부들 떨기 시작했다 진정이 안 되는지 맥주 한 병을 주문하고는 내게 말했다.

"한잔하세요?"

이 여자도 내가 용화에게서 느낀 감정을 동일하게 느꼈다. 나 또한 용화와 같이 있을 땐 그와 진중하고 분별 있는 대화보다는 그로 인해 얻을 수 있는 사익, 그가 내 친구라는 사실 그 자체로 얻게 되는 허영심. 그리고 그 감정의 기원은 결핍이었다.

우린 둘 다 멍청했다. 그러나 난 그녀와 달랐다. 난 남자였기 때문이다. 내 안에 알 수 없는 사이코패스가 그를 이겨먹고 싶어 해 안달이었다. 난 용화 옆에 있으면 떨어지는 떡고물이나 주워 먹으려고 여기에 있는 게 아니었다. 난 그의 매력을 훔치기 위해 온 것이었다. 난 진심으로 그를 좋아하지 않는다. 그의 시야와 삶에 흥미를 느낀 것이다. 그녀가 용화를 삶을 함께하기엔 힘든 사람이라고 말했듯이 나 또한 그와 우정을 나누고 있진 않았다. 언제나 그를 압도해야 할 무언가로 여겼을 뿐이었다.

"네 한잔하죠."

일단 이 여자와는 연인 사이가 될 가능성이 전혀 있어 보이진 않았지만 한 남자에게 미쳐서 파멸적으로 망가진 한 여성의 감정을 느껴보고 싶었다. 난 이런 것들에 강박적인 집착을 보였다. 더 구체적으로 알고 싶었다.

"도훈 씨 모솔이죠?"

그녀는 씩 웃으며 범인의 실체를 간파한 듯한 표정을 지었다. 옆 테이블에 있던 남정네 3명이 우리의 이야기를 엿들은 것 같았다. 그들은 서로 눈길을 주고받으면서 그들만의 표정으로 신호를 주고받았다. 재미있는 웃음거리를 발견한 짓궂은 아이들 같았다. 그들 중 한 뚱뚱한 사내는 먹는 속도가 원래 엄청 빨랐는데 잠시 먹는 걸 멈추고 입안의 음식을 천천히 곱씹으며 나의 대답을 기다리는 듯했다.

    사실 뭐 모솔아다인 게 잘못한 거도 아니지 않은가? 내가 왜 답변을 망설이는가? 아니! 잘못했다. 난 24년 동안 남자의 권리를 무시해 온 대역 죄인이었다. 내 옆 남정네 3명은 내가 죄를 실토하길 기다리는 칼에 막걸리를 뿜는 망나니들 같았다. 내가 어떻게 답변을 하느냐에 따라 내 인생이 달라질 것 같았다. 떨림이 나를 압박해 오고 있었다. 이 압력은 무엇을 위해 존재하는가? 순진하게 인정해 버리면 난 어디로 가는가? 난 나의 내부에서 극도의 저항감을 느꼈다. 난 하나의 예술 작품이 필요했다. 진정한 유머와 위트. 벼랑 끝에서도 우아함을 잃지 않는 태도를 솟아오르게 할 압력이 주어졌다. 남자가 된다는 것은 이런 순간들로 가득한 현재에서 언제나 의식의 끈을 놓지 않는 정신일 테다. 나의 말과 행동을 다루는 것. 이 모든 고뇌의 파편들이 광속으로 스쳐 지나갔다. 나의 무의식은 이런 것들로 가득 채워져 있던 것이었다. 곧바로 뇌를 거치지 않고 순간적으로 답변이 튀어나왔다.
    "닥쳐 씨발년아."

그녀는 얼굴이 새빨개지면서 웃음을 터트렸다. 옆에 있던 덩치 큰 사내도 웃음이 터져 입안에 있던 국밥이 튀어 맞은편 남자 얼굴에 튀었다. 그녀는 웃음을 멈추지 못했다. 고개를 내리고 실신하기 일보 직전까지 갔다. 웃다가 호흡곤란이 와서 사람이 죽었다는 뉴스의 주인공이 되는 건 아닐지 걱정이 될 정도였다. 눈에 눈물이 고이더니 다시 고개를 들고 눈물을 닦으며 또 웃음을 참지 못해 고통스러워했다. 난 그녀의 반응을 보며 묘한 희열감을 느꼈다. 그녀를 자지러지게 만들었다는 승리감일까나? 아! 분위기를 역전시켰다. 난 그녀의 압박에 휘말리지 않았다. 그래! 씨발거 난 전사다. 황제다. 승리자다.

그녀는 호흡을 진정시키더니 말했다.
"아 미치겠네 진짜…"
그러고는 다시 웃음을 터뜨렸다. 옆에 있던 남정네 셋도 웃음을 참느라 끙끙댔다. 꽤나 힘겨워 보였다. 똥이 급함과 동시에 너무 행복하면 저런 표정일 라나?

그녀는 휴대폰으로 시간을 보더니 이제 출근해야 한다면서 급하게 자신의 무릎 위에 누워있던 용화를 일으켜 반대편으로 눕혔다. 용화의 머리가 들리는 와중에도 그는 단 한 번의 뒤척임도 없이 죽은 오징어처럼 흐느적거리며 벽면으로 눕혀졌다.

"이제 가봐야 해요 용화 오빠 잘 부탁해요."

난 돈이 없었기에 반사적으로 말이 튀어나왔다.

"계산은…?"

"아까 그 터프함은 어디 갔어요?"

그녀는 다시 나의 위치를 재확인시켜 주는 듯한 우월한 미소를 지었다.

"이번엔 제가 살게요. 새벽에 전화해서 불렀는데 와주셔서 감사해요. 용화 오빠 잘 부탁해요."

그녀가 나가고 이제 잠들어 있는 용화와 나만 덩그러니 국밥집에 남겨져 있었다. 그런데 놀랍게도 그녀가 떠나자마자 용화는 멀쩡하게 일어나서 똘망똘망한 눈빛으로 날 쳐다보았다. 그는 비열한 눈웃음을 지으며 내게 인사를 건넸다.

"안녕 도훈."

그러고는 아무 말 없이 그녀가 먹다 남긴 국밥과 수육을 먹기 시작했다. 전에 삼겹살집에서 보았던 미개한 침팬지가 다시 나타났다. 신발은 벗은 오른쪽 발을 소파 위에 올려놓고 젓가락을 쓰지 않고 침팬지가 과일을 따 먹듯 수육을 입에 집어넣었다. 날 음흉하게 쳐다보는 눈빛은 한없이 음탕하고 야비했다. 음식을 다 씹어 삼킨 후 국밥 그릇을 그대로 들어 국물을 들이켜고는 교양 없는 야만인처럼 트림을 했다.

"놀랐어?"

"계속 깨어 있던 거야?"

"그럼."

"이래서 내가 여자를 안 믿어. 봤지? 결국 여자는 이거야."

그는 말하면서 검지와 엄지를 맞대 동그란 구멍을 모양을 만들었다.

"다 똑같아 허영의 동물이야. 내가 여자를 진지하게 안 좋아하는 이유는 여자들이 날 좋아하는 이유 때문이야."

순간 난 그도 참 외롭겠단 생각이 들었다. 그는 자신의 오류를 아마 자각하진 못했을 것이다. 그는 집이 못살고 힘들단 이유로 호빠가 된 것이다. 그러나 그보다 잘생기고 멋진 남자들이 돈이 없단 이유로 다 남창이 되진 않는다. 그의 본질은 돈 때문에 여자에게 자존심을 파는 영혼일 것이다. 노래방 테이블 위에 올라가서 팬티를 벗고 자지를 흔드는 와중에 그의 내면은 무너져 내렸을 것이다. 돈다발이든 종이컵을 받기 위해 폭탄주를 마셨을 것이다. 그는 자신의 선택이 그를 망가뜨렸음을 깨닫지 못하고 여자들이 자기를 괴롭게 만들었다고 믿고 있었다.

그러나 그는 딱 한 가지 사실만큼은 정확히 알고 있었다. 호빠에 놀러 온 손님들은 용화의 외모와 키, 유쾌함, 그리고 명품을 걸치듯 걸어 다닐 때 좋은 액세서리 정도로 여길만한 남자라는 이유로 그를 좋아했었다. 그도 내심 가슴 깊은 곳에서는 자신의 남자다운 면모로 여자에게 인정받고 싶은 열망이 있었을 것이다. 그러나 그 열망이 돈에 대한 탐욕 때문에 증오로 변질된 것이다.

"비린내가 나."
"무슨 비린내?"
"너에게서 비린내가 나 썩어빠진 비린내."
그는 정색을 하며 나를 쳐다보았지만 이상하게 하나도 무섭지가 않았다. 이 녀석은 먹고사는 게 두려워서 여자에게 기생해서 삶을 영위하는 벌레 새끼지 않은가?
"지금부터라도 충분히 자존심 팔지 않고도 돈은 벌어볼 수 있는 거잖아?"
"지금은 안 돼. 언젠간 벗어날 거지만. 지금은 안 돼. 난 돈이 필요해. 난 등록금도 생활비도 다 일해서 번 돈으로 충당하고 있어. 또 신용카드 빚도 갚아야 한다고. 지금은 내 스폰서에게 받는 돈으로 집과 차를 소유하고 있어. 유지비가 상당하다고. 돈을 더 모아서 대학을 졸업하고 취업하면 그때 어차피 자연스레 은퇴하게 될 거야. 벌 수 있을 때 바짝 벌어야 해."
"너 돈을 모으는 목적이 뭐야?"
"그 누구 앞에서도 기죽지 않고 당당하고 싶어. 그게 내가 돈이 있어야 하는 이유야."
"돈이 있다면 제일 가지고 싶은 게 뭔데?"

그는 진심으로 가슴에서 우러나오는 설움으로 한숨과 함께 말을 뱉었다.
"명예…"
그는 모순된 생각을 가지고 있었다. 명예는 돈으로 살 수 없는 것이기 때문이었다.
"그렇다면 네가 돈을 버는 목적은 누구 앞에서도 기죽지 않고 당당하기 위함이라고 했는데 그 목적을 이루기 위한 수단은 여자한테 돈을 받고 자존심을 파는 남창 생활이란 말이지? 아니 정정하자. 여자를 등 처먹는 불명예스러운 행위들일 테지? 네가 말하는 명예로 가기 위한 길이?"
그는 눈에 핏기를 머금고 미간을 찌푸리며 말했다.
"이건 계단 같은 거야. 밟고 올라서고 다음 단계로 넘어가는 거지. 넘어가면 또 다른 세계로 가는 거고. 그렇게 벗어나는 거지. 어디서 감히 철학자 행세야? 나에 대해 알지도 못하면서?"
"난 네가 여자들 앞에서 팬티를 벗고 자지를 달랑거리면서 돈을 번단 것쯤은 알아. 이 걸레 남창 새끼야."
"이 개새끼가."
그는 일어나서 내 멱살을 잡았다. 한없이 찌질해 보였다. 감출 수 없는 못 배운 티가 났다. 교양 없는 밑바닥이 다 드러났다. 아픈 여드름을 짜인 듯 그의 쪼잔한 고름이 튀어나왔다. 난 그 고름을 다 짜내서 마지막 피가 나올 때까지 박멸해 버리고 싶었다. 어젯밤부터 나에게 모욕감을 준 대가였다.

그는 흥분해서 멱살을 잡았지만 막상 이러지도 저러지도 못하는 자기 상황을 뒤늦게 알아챘는지 잡던 손을 내려놓고는 자리에 주저앉았다. 눈가는 공허로 가득했다. 홀로 우주에 남겨진 조난자가 어떻게 지구로 돌아가야 할지 막막해하는 눈빛이었다. 내면을 향한 분노가 보였다. 나는 그의 감정이 어떻게 구성되어 있는지 낱낱이 파헤쳐 보고 싶었다. 한 인간의 고유한 감정을 보았을 때 내 심장은 그런 식으로 반응했다.

"넌 어떤 사람을 좋아해?"
그는 대답 없이 생명력을 잃은 눈으로 멍하니 날 응시했다. 최면에 걸리기 직전의 눈동자였다.
"가진 게 없을 때 여자 등 처먹으면서 돈 버는 사람이야? 아님 막노동이라도 뛰어서 자신의 존엄성과 자존감을 지켜가며 분수에 맞지 않는 사치를 하지 않는 사람이야?"
"너조차도 호빠들을 싫어하고 신뢰하지 않잖아?"
"넌 왜 네가 싫어하는 사람의 행동을 해?"

그는 조용히 덤덤하게 마지막 변호를 하기 시작했다.

"이 생활에서도 배우는 게 꽤 많아. 사람을 유혹하는 법을 배우지. 또 사람을 무장해제시키고 처음 본 사람들에게조차 친화성을 발휘해 볼 수 있지. 나의 그 음지 생활 덕분에 난 여기까지 온 거고. 말했잖아. 계단을 하나씩 오르는 듯이 왔다고. 너도 날 처음 봤을 때 좋아했잖아?"

"대신 신뢰를 얻는 법을 잃어버렸지."

"무슨 소리야? 날 신뢰하는 사람은 많아."

"아니 너 자신과의 신뢰. 자존감."

우린 서로를 이겨먹고 싶어 안달이 난 듯 노려보았다. 서로의 신념을 굽힐 것 같진 않았다. 내 안에서는 이미 저 녀석은 비인격적인 놈이었다. 아무리 내가 여자 경험이 없다 하더라도 딱 하나 알 수 있는 사실이 있었다. 저런 남자를 좋아할 여자는 100퍼센트 얼마에 골 빈 년들일 테다. 처참하게 훈육을 당하고 조바심으로 어쩔 줄 몰라야만 그것이 사랑이라고 여길 동물적인 본능이 다뤄지지 않는 원시 상태에 머문 여자들일 것이다. 처음엔 그의 매력적인 외모와 키, 유쾌함과 친화성 때문에 매혹당할 테지만 그를 소유하기 위해 썼던 젊음과 돈은 분명히 기대할 만한 요소들이 있었을 것이다. 그 여자는 용화와 걸어 다닐 때 주변 사람의 시선과 자기 친구들의 부러움을 독차지했을 것이다. 하지만 삶이 다가오기 시작할 때 여자는 자신의 더 큰 고통을 감내해 줄 전사를 원하기 시작한다. 그러나 몇 년이 지났지만 아직도 자기에게 용돈을 타 쓰고 집에 얹혀살며 밤엔 호빠 클럽에 출근해 다른 여자들과 어울려 잠자리를 가지는 그를 도대체 누가 사랑해 줄 수 있단 말인가?!

그는 어쩔 수 없이 나이를 먹고 늙으면 그 자리에서 물러나게 될 것이다. 그러나 그가 20대 시절 놓친 가장 중요한 건 무엇일까? 바로 가치관 형성에 실패했다는 것이다. 그는 호빠를 벗어났겠지만 그의 안에 뼈대로 형성된 자아상이 다른 형태로 나타날 것이다. 회사원이 된다면 여자 상사에게 자존심을 파는 건 일도 아닐 거다. 돈이 많아 보이는 여자라면 거머리처럼 달라붙어 결혼을 하려 할지도 모른다. 자신이 위협을 받는다고 느끼면 협상보단 협박을 하려 들 것이다. 홀로 고민을 정리하지 못하고 여자에게 책임을 전가하면서 징징댈지도 모른다. 또 순수해 보이고 세상 물정 모르는 사람을 보면 자신의 더럽혀진 영혼을 채우려고 다가와 친해지자고 하겠지만 꼭 그 사람을 하수인 취급할 것이다. 그리고 다시 만약 땡전 한 푼 없는 사람이 된다면 제일 소중한 무언가를 팔아먹을 것이다. 즉 그의 원리는 바뀌지 않을 것이다. 그것이 그의 부의 구성물이었기 때문이다.

"이제 그만하자."

"만나서 즐거웠어 베트남에서 보자."

난 칼같이 돌아서서 국밥집을 나왔다. 밤의 거리는 이제 아침이 되었다. 연두색 형광색 옷을 입은 환경미화원들이 음식점 주변의 쓰레기봉투들을 트럭에 싣고 있었고 거리 바닥엔 담배꽁초들과 토사물들이 있었다. 공원으로 올라가는 계단에는 술 취해 드러누운 남자가 보였다. 계단으로 올라가니 공원 안에는 집에 가지 않은 패잔병들이 벤치에 앉아 있었고 그들의 꾸며 입은 옷이 왠지 우스꽝스럽게 보였다. 그들끼리 재미있게 놀았다며 컵라면을 들고 웃고 떠들고 있지만 여자와 놀지 못한 아쉬움이 드러났다. 아무리 여유 있는 척을 해도 갓 20살이 되어 처음 클럽에 가본 소년의 모습이었다.

그럼 나의 모습은 어떨까? 모르겠다. 더 이상 알 바도 아니다. 난 극심한 분노로 모든 게 잿더미로 변해버렸다. 나의 어두운 밤은 고통의 연속이었고 처참했다. 그러나 새벽의 끝에서 태양은 다시 떠오른다. 태양 빛에 떠밀려 난 하나의 결단을 내렸다.

용화 그 자식을 넘어서야 한다.

-

세 번째 수업 시간은 첫 시간과 완전히 달랐다. 왜냐하면 오직 단 한 명의 일반이었던 김우진이 농아들과 유창하게 수어를 주고받으며 웃고 떠들고 있었기 때문이다. 그가 사람들과 눈을 마주쳐 수어를 할 땐 자기가 더 반가운 표정으로 그들을 대했다. 내면에 궁전을 가진 사람 같았다. 도대체 저 한 사람의 광채는 어떻게 하면 가질 수 있는 거지?

"오랜만이에요 도훈 씨."

눈웃음을 짓고 있던 그가 나를 향해 동공의 초점을 정면으로 조정할 때 귀신 같은 무언가가 스쳐 지나갔다. 뱀 같은 눈에 강의실 형광등 빛이 맺혔는데 밤하늘에 뜬 보름달 같았다.

"네 안녕하세요. 우진 씨 벌써 수어 실력이 원어민인데요?"

"네 짜릿해요. 내 안에 또 다른 사람을 만들어 내는 것 말곤 즐거운 일은 없어요. 처음엔 다른 언어를 배워보고 싶은 단순한 호기심이었죠. 그런데 제 상상과 실제로 배워보는 건 너무 달랐어요. 처음엔 새로운 언어를 배워서 새로운 세계를 또 손에 넣었다는 감정이 있었지만 그 감정만으로는 지속성을 유지하는 데는 한계가 있었어요."

"그래서 생각을 조금 달리해 보기로 했어요."

"나의 인간적인 부분에 대해서."

"흔히 사람들은 보통 선량해 보이기 위해 약자들에게 귀를 기울이고 편견과 차별을 없애야 한다고 떠들어 대잖아요. 그러나 그들의 행동을 유심히 보면 구체적 실체가 전혀 없는 것들뿐이었어요. 아무것도 하지 않고 말로만 떠들어 댄다면 그것에 대해 아무런 관심 없는 사람과 무슨 차이가 있는 거죠? 심지어 모르는 사람은 일관성이라도 있지. 떠들어 대는 자들은 모순적이기까지 해요. 난 그런 것들이야말로 정신병이라고 생각해요."

"이곳은 일반인들도 무료로 수어를 배울 수 있는 공간인데 전부 농아 직계가족이거나 농아들뿐이에요. 우리 둘만 일반인이죠. 난 여기서 수어를 배움으로써 편견과 차별이 없는 사람이라는 증거물 하나를 내 안에 세우고 있는 거예요. 남들과 구별될 수 있다는 것. 난 그것이 좋아요. 돈과 여자가 없어도 살 수 있지만 내가 만약 특별하지 않다면 난 죽어요."

그의 미소는 생명력으로 충만해 있었다. 보면 나도 덩달아 웃게 되는 이완감이 있었다. 마음이 편안해졌다. 난 그에게서 무언가를 찾고 있었다. 그게 뭔지는 모르지만 자꾸만 무언가가 솟구쳐 올라왔다. 극단적일 정도로 나에게서 벅차오르는 예감이 올라왔다. 하나 확실한 건 난 그의 모든 걸 훔치고 싶었다.

"여자 친구 있으세요?"

"네."

그는 오늘 아침 먹었냐는 질문인 듯 무미건조하게 답했다.

난 무조건 그에게서 그의 여자 친구와의 관계 유지 비법을 하나도 빠짐없이 알고 싶었다. 더 친해진다면 그의 초라했던 과거 같은 건 없었는지 나의 저번 밤처럼 처참했던 사건이 있었는지도 모조리 알고 싶었다. 난 넋이 나간 채 그를 영웅을 보듯이 보고 말했다.

"한잔할래요?!"

그는 이미 내 마음을 다 알고 있는 표정으로 답했다.

"막걸리로 하죠."

우린 같이 시내버스를 타고 이동했다. 좌석은 널찍했는데 그는 창가에 2인 좌석을 혼자 앉았다. 난 본능적으로 그의 옆에 앉으면 왠지 안 될 것 같은 느낌이 들었다. 그가 먼저 말했다.

"따로 앉아서 가죠."

그는 창밖을 계속 보고 있었다. 난 그의 뒷좌석에 앉아 있었기에 계속 그의 뒷모습을 관찰할 수 있었다. 골똘히 창밖을 바라보는 뒷모습은 흐트러짐이 없고 정갈했다. 무슨 생각을 하고 있는 걸까? 분명히 무언가를 생각하고 있었다. 난 계속 그에게 눈이 가서 딴생각에 빠져 있을 수가 없었다. 신비로 가득 차 있었다.

절대로 알 수 없었다. 그가 지금 내 생각을 읽고 있는 건 아닌가? 하는 두려움까지 들었다.

왠지 점점 무서워졌다. 그는 왜? 나와 떨어져서 가길 원하는 거지? 결벽증이 있나? 아님 남자랑 가까이 접촉하는 행위를 싫어하나? 아님 그냥 내가 키가 작고 못생겨서 같이 붙어 다니기가 창피한 걸까? 하긴 나와 그는 이미 20대 중반이었다. 이미 서로 각자의 정체성이 형성되어 있을 것이다. 개별적인 인격체이기에 사적으로 엄청 친해진다는 것은 힘들 수도 있다. 그러나 나는 그가 나의 진실하고 가까운 친구 사이가 되었으면 좋겠다고 바랐다.

난 나약했기에 강해 보이는 그가 필요했다. 10대 시절 친구들을 다시 만난다면 난 또 놀림을 받고 무시를 당할 것이다. 난 우정에 대해서 다시금 생각해 보고 새로운 관계가 필요했다. 과거의 내 모습을 기억하는 사람들을 볼 때면 격한 이질감을 느꼈다. 숨 막혀 죽어버릴 것만 같았다. 때문에 김우진! 난 그가 필요했다. 결국 난 결단을 내렸다. 지나치게 솔직하기로. 내 모든 이야기를 그에게 투명하게 하기로. 이것은 용화를 볼 때와는 다른 감정이었다. 내 욕구의 기원은 여자가 아니라 인간에 대한 사랑이었다.

버스에서 내려 우리는 한 막걸릿집에 들어갔다. 테이블에 앉아 주문을 하자마자 난 그동안에 있었던 일을 그에게 전부 다 이야기했다. 그는 내 말을 단 한 번도 끊지 않고 그 어떤 개입 없이 주의 깊게 들어주었다. 다 듣고 난 후 그는 뱀의 눈으로 날 보더니 더 날카롭고 새까매진 동공은 핵심을 던졌다.

"도훈아 넌 처음부터 다시 시작해야 해."

"지금 이것이 나의 첫 결심인데 무슨 말을 하는 거야?"

"틀렸어. 너의 결심의 배경에는 여자에 대한 결핍이 지나치게 쏠려 있어. 지금부터 살 빼고 멋 좀 부리고 여자들한테 막 들이대는 게 너의 결심이야? 그렇게 해서 베트남에 가면 갑자기 매력이 생겨서 용화보다 더 인기가 많은 남자가 된다는 거야? 무슨 말도 안 되는 소리야?"

"그럼 나한테 어떻게 해야 기회가 생기는데?"

"돈과 여자를 위해 하지 않는 것. 거기에 기회가 있어 넌 지금 무슨 길을 가고 있어?"

"길…? 난 지금 경찰행정학과에…"

"아니! 직업 말고 길!"

"모든 직업과 외부적인 요소들은 너의 인간성 달성을 위한 수단으로 활용해야 해. 그 지점에서 남성성의 열매를 맺을 수 있어. 넌 너를 기준으로 세상을 보지 못하고 있어. 그런 애가 관능을 좇는다면 넌 이도 저도 아닌 사람이 되어버려. 난 자신의 길을 가지 않는 남자와는 여자와 관련된 건 아무것도 동참하지 않아."

"날 보고 뭘 어쩌라는 거야? 그런 걸 내가 어디서 배워봤어야 알지? 먹고살라면 일단 형식적인 직업이라도 필요하잖아?"

"아니! 제발 살려 하지 마. 한번 그냥 죽으려 해봐. 죽음을 향해 미친놈처럼 작정하고 달려간다고 생각해 봐. 뭘 해야겠어?"

그는 본 적 없는 심각한 표정을 지었다. 그의 중저음에는 엄청난 호소력이 담겨 있었다. 몰입감이 엄청나서 저항할 수가 없었다. 그는 자신이 말하고 있는 것에 대해 아주 강하게 사로잡혀 있었다.

"그럼 강연이 한번 해보고 싶어."

"왜?"

"모르겠어. 그냥 혼자 있을 때 무대 위에 서서 청중들에게 아주 중요한 걸 이야기하는 모습을 상상하곤 했어. 사람과 사람이 일치되는 순간들 있잖아. 난 그런 것들에 너무 매료돼. 때론 너무 빠져들어서 이미 혼잣말로 중얼거리기도 해."

"어떤 길을 가고 싶어?"

난 어렴풋이 나의 아득히 먼 꿈을 떠올려 냈다. 경찰 공무원이 되고 결혼도 하고 나의 아이들이 다 자라서 자립하고 경제적으로 여유도 생기면 나머지 노후는 편안히 글이나 쓰면서 보내겠다고. 아마 그때 내 나이는 적어도 65세는 넘어 있을 것이다. 그러나 내 심장은 언제나 현재에 있었다. 그 아득히 먼 시기가 다가오면 과연 그때의 나가 지금의 나일지도 의문이었다.

"저기 옆 테이블에 동창회하고 있는 시끄러운 아저씨 아줌마들 보여? 아마 다들 집에 남편과 와이프가 있을 거야. 저들도 너처럼 너 나이 때 꿈이 있었겠지. 그러나 미래를 대비하겠다고 돈만 계속 벌었을 거야. 그것은 무엇을 위한 돈이었을까? 잘 먹고 잘살려고 벌었을 거야. 자신의 욕구보단 자식의 가족의 먼 미래에. 사회적 기준에 조금이라도 덜 떨어지는 데에서 안도감을 느꼈겠지. 그 안도감은 동력이 약하고 쉽게 지쳐. 노동으로 피로에 찌들면 퇴근 후엔 자기가 고된 하루를 보냈단 보상으로 술과 모임으로 또 여가로 혹은 사치로 적적함을 달랬을 거야. 그러는 새 늙어 있는 몸과 만난 거지."

"그들의 노고를 폄하하지 마! 저 세대가 있었기에 우리가 있는 거야."

"아니 그렇지 않아. 저 세대는 지금의 미친 세대를 만드는 데 이바지했을 뿐이야. 진정한 자식 교육은 물질적 지원이 아니라 부모가 자신의 삶을 사는 모습을 보여줌으로써 진행되는 거야. 조금만 더 생각해 보면 쉬운 문제인데 그들은 꿈을 좇기가 두려워서 자식에게만큼은 최고의 시간과 꿈, 지원을 주려는 망상을 품지. 그건 틀렸어. 인간을 교육하는 방법은 자신을 교육하는 데에서 시작돼. 난 늙어빠진 녀석들의 비겁한 정신을 옹호하지 않아. 꿈을 좇는단 건 자신에게 솔직해지는 법을 배우는 과정일 뿐이야."

내 기저에 있던 영혼이 역류하며 입에서 쏟아졌다.
"난! 작가가 되고 싶어. 전 세계를 누비면서 글을 쓰고 다양한 사람들을 만나고 내 생각을 이야기하고 지구 전체와 호흡하고 싶어. 아! 그래 전 세계를 여행하는 거야. 나중에 경제적인 여유가 생기면…"
그는 처음으로 내 말을 끊었다.
"닥쳐! 나중이란 없어. 그딴 건 환상이야 지금부터 떠나 차라리."
"지금은 돈도 없고 학기도 마쳐야 해. 빨리 취업을 해서 휴가를…"
"닥치라고! 내가 뭐라 말했어? 살려 하지 말라고. 제발 지금 우린 작정하고 죽음을 향해 돌진할 거야. 넌 막노동이라도 뛰어서 자금 마련은 충분히 할 수 있는 건데 왜 당장 안 떠나지?"
"자격증 공부도…"
"제발 그만해. 자꾸만 너만의 자유가 말살되잖아!"
그는 단호하고 엄격했지만 굉장히 흥분했다는 것을 눈동자를 보고 알 수 있었다. 그의 내면에서 엄청난 반항 같은 것이 느껴졌다.

"이제 우린 죽기 위해 미친 짓을 시작할 거야. 세상을 떠나기 전에 무슨 일이 해보고 싶어? 가족도 국가도 친구도 다 좆 까라 그래. 지금부터 오로지 너만을 체험할 거야."

"내 꿈을 말할게. 난 세계적인 기업가가 될 거야. 내 회사를 차릴 거지. 그럼 우린 이제 기업 가고 예술가야. 세상을 이끄는 주역들이지. 외면적인 직업이 아닌 내면의 정신으로부터 말이야. 나 자신이 천문학적인 자산을 만들어 낼 수 있다는 믿음. 그 믿음으로 가득 찬 현재가 선물인 거야. 가장 큰 축복은 돈이 아니라 오늘 하루를 자신감 있게 살아낼 수 있단 생명력이야. 꿈이 이루어지지 않더라도 좋아 우린 이미 성공한 거야."

갑자기 엄청난 고독 속에 높여진 기분이었다. 그곳엔 탐욕이 없었다. 여자도 없었다. 나 자신만이 있을 뿐이었다.

"다음 주 주말엔 양양으로 가자. 서핑도 하고 여자들도 만나는 거야. 그러기 전에 네가 해야 할 일이 있어. 실패하면 망신스러울 거 같은 일을 하나 해봐. 했는지 안 했는지는 확인하려 하지 않을 거야. 다만 난 느낄 수 있을 뿐이야. 우린 서로 행동으로만 대화할 수 있어."

난 그의 말을 몰입해서 듣고 있는 와중에 깨달은 사실이 있었다. 내 앞에 놓인 전과 막걸리를 빠르게 폭식하지 않고 느리게 천천히 먹고 있었단 사실을. 그러는 새 배는 불렀고 음식에 대한 욕심도 사라졌다. 어쩌면 인간이 폭식을 하고 살이 찌는 건 원초적으로 자신의 영혼을 파고드는 무언가를 하고 있지 않은 상태일지도 모를 일이었다. 앞으로도 크게 먹고 싶지 않아질 것 같았다. 난 작가니까 멋져지고 싶었다. 치킨 한 마리 값이면 책 한 권을 살 수 있었다.

우린 마지막 잔을 비우고 바로 헤어졌다.

-

내 삶이 예술적이었으면 좋겠다는 열망으로 나를 가득 채웠다. 엄청난 해방감을 맛보고 있었다. 무한한 자유가 느껴졌고 절로 미소가 나왔다. 가끔가다 한없이 밝은 미소를 지닌 중년들을 본 적이 있었는데 난 그들이 어떻게 그런 미소를 지으며 사는지 조금은 공감이 되었다.

만약 나의 수많은 공상들이 나의 노력을 통해 하나의 예술적 형태를 확보하면 나는 망상가가 아니라 천재성을 지닌 예술가로 거듭날 것이다. 내가 특별한 사람이라는 생각. 그 하나만으로도 세상을 얻은 기분이었다. 우진이의 말이 맞았다. 지금 바라보고 있는 대학교 기숙사는 평소엔 감옥이었지만 오늘은 예술가의 숙소였다. 야심작이 탄생할지도 모르는 성스러운 공간으로 탈바꿈한 것이다. 그렇다. 외부 것들은 완전한 무(無)였다. 나만이 의미를 가진 생명체이며 오직 나만이 현실이었다.

"제대로 한번 죽어볼까?"

-

내가 다니고 있는 학과는 9 대 1의 아주 극한의 성비를 구성하고 있는 남자 초과였다. 10퍼센트의 비율로 이 정글에서 요정 대우를 받는 여학생이 있었다. 그 여학생은 학생회였는데 난 그게 정확히 뭔지도 몰랐다. 듣기로는 '학교를 위한다.'는 명분으로 각 부서들을 만들어 자기들끼리 기조나 슬로건 따위를 만들고 과대들에게 공지도 내리고 MT나 각종 모임과 행사를 총괄하는 집단으로만 알고 있었다.

그러나 나의 눈에는 새로운 관계 형성에 대해 자신감이 없거나 군대를 다녀와 복학한 남자 선배들이 굶주린 야성의 본능으로 갓 20살 된 새내기를 자연스럽게 만날 수 있는 연결망처럼 보이기도 했다. 난 그들의 등록금이 부모님의 지원을 받은 거라면 학생회 친구들의 지능검사를 다시 해봐야 한다고 가히 철학적 신념까지 내비칠 것이다. 허락만 한다면 전 세계가 볼 수 있는 방송 채널을 틀고 토론회까지 할 의향이 있다.

다만 예외 사항은 있다. 몇몇 예쁜 새내기는 천진난만한 호기심과 청소년 시절 미디어로만 접하고 엿듣기만 했던 캠퍼스 라이프의 상상을 가지고 학생회에 들어온 경우도 있었다. 그중 엄청 예쁜 여학생이 그 집단에 있는 경우도 있었는데 그런 애들일수록 1학기만 하고 그만두는 경우가 태반이었다. 그녀들은 무언가 잘못되었음을 깨닫고 얼른 그곳에서 도망친다.

다만 끝까지 남아서 열심히 학생회 활동을 하고 공식적인 활동이 끝나도 어떻게든 그 집단에서 소속감을 느끼며 사적인 모임도 열성을 다해 참여하는 자들의 공통점이 있었다. 그들은 매력이 없었다.

그럼에도 불구하고 우리 과 학생회에는 꽤 예쁜 여학생 한 명이 있었다. 귀엽고 아담했는데 옷을 정말 잘 입었다. 매일 바뀌는 옷값을 어떻게 충당하는지는 미스터리였다. 그녀는 기숙사생이었는데 그렇게나 많은 옷을 어떻게 보관하는지도 궁금했다.

그녀의 옆에는 항상 2명의 남자가 번갈아 가며 그녀의 옆에 붙어 있었는데 한 명은 학생회장 또 다른 한 명은 부학생회장이었다. 아무리 봐도 그들은 저 여자애를 둘러쌓고 실랑이를 벌이는 것 같았다. 그 둘은 표면적으로는 친해 보이지만 무언의 긴장감이 팽배해 있었다. 그럴만한 자명한 사실은 그들 3명이 전부 솔로였기 때문이었다.

그들은 지나치게 많이 붙어 다녔다. 왜냐하면 셋 다 기숙사생이었고 산속에 있는 나의 대학교 특성상 학과 수업이 끝나면 그 학생회 메인 멤버 3명은 학교 강의실에 남아 있었기 때문이었다. 뭘 하는지는 정확히 모르겠지만 하여튼 맨날 거기에 있었다. 가끔 강의실 복도를 지나가다 보면 그 3명은 책상에 앉아서 배달 음식을 시켜 먹거나 빔프로젝터로 영화를 보고 있었다. 그들의 부모님이 이 일과를 보신다면 참으로 대성통곡할 일이었다. 제발 등록금은 자기가 냈길!

어느 날 난 부회장의 옆자리에 앉아 수업을 들을 기회가 생겼었다. 그는 누군가와 메신저를 주고받고 있었는데 그 여왕벌의 이름이 떠 있었다. 부회장은 그녀의 답장 속도가 마음에 안 드는지 여러 번 휴대폰을 만지작거렸다. 아마도 그녀의 답장을 애타게 기다리는 듯했다. 난 별로 안 궁금했으나 부회장의 반응이 너무 흥미로워 그의 휴대폰을 몰래 곁눈질로 목을 돌리지 않고 힐끔 보느라 눈앞이 밑으로 빠질뻔했다.

하나 알아낸 사실은 무조건 부회장은 그 여왕벌을 좋아한다는 것이었다. 난 그가 휴대폰을 볼 때마다 미소 짓는 표정이 너무 우스꽝스러웠다. 평소 남자애들 앞에선 터프 가이로 무장하지만 그 여왕벌의 놀음에는 수줍은 소녀가 되어버렸다. 귀여웠다. 난 오히려 남자 쪽이 여자의 역할을 하고 있는 것처럼 보였다.

더 웃겼던 건 난 그 광경을 보았지만 실제로 그 여왕벌은 그의 라이벌인 학생회장과 학교 식당에서 단둘이 밥을 먹고 있었다. 제3자인 내가 봤을 땐 둘은 이제 막 사귀기 시작한 커플처럼 서로 사랑스러운 표정을 지으며 둘만의 시그널을 보내고 있었다. 또 이 둘이 부재할 땐 최소 두세 명의 다른 남정네들이 그 여왕벌의 빈 공간을 채워주었다. 그녀는 절대로 혼자 다니는 법이 없었다.

그러나 그 여왕벌 입장에서도 보호할 장치는 하나 있었다. '과에 남자밖에 없는 걸 어떡하란 말인가?' 그래 좋다. 그렇다면 질문해 보자. 왜 너는 마스크팩 하는 사진을 부학생회장에게 보내냔 말이냐! 그는 너 때문에 밤에 잠을 못 잔단 말이다!

남자애들은 누구나 그녀의 친화성 덕분에 손쉽게 그녀에게 장난을 칠 수 있는 사이가 될 수 있었다. 그녀는 확실히 학생회의 신분 활용을 제대로 뽕을 뽑고 있었다. 심지어 남초 현상 때문에 본래의 외모보다 훨씬 더 예뻐 보였고 여자 없는 남자들이 도전해 볼 법한 가능성도 심어주는 부담 없이 예쁘장한 외모까지 더해져 학생회의 모든 수컷들이 그녀의 주변을 어슬렁거렸다. 오히려 학과에서 아싸 생활을 하는 내가 그녀의 호기심을 자극하진 않을까? 하는 상상을 할 정도였다.

난 우진이가 나에게 준 과제를 수행하고 싶었다. 난 저 여자애를 혼내주고 싶었다. 그리고 내심 원하기도 했다. 만약 여왕벌에게 대시한다면 까일 가능성이 매우 높고 과 전체에서 웃음거리가 될 터였다. 그런데 나도 저 애가 웃는 걸 보면 한번 도전해 보고픈 욕망이 타올랐다. 그 이유는 학생회 새끼들과는 다른 동기였다. 남들과 구별되고 싶단 감정. 즉 내 안의 특별함을 원했다.
"평판 좆 까."

난 저 여왕벌에게 어떻게 다가설지 머리를 굴리기 시작했다. 흐릿하던 날씨는 갑자기 천둥번개를 내리치며 비를 쏟아내기 시작했다. 그 천둥번개의 소리는 내 영혼을 때리기 시작했다. 왠지 과감한 방법을 써야만 할 것 같은 직관이 자꾸만 내 영혼을 때렸다. 심장이 무궁무진한 감정을 발산했다. 이게 뭔지는 모르겠지만 무언가 엄청난 게 내 안에서 느껴졌다. 빗발은 더욱 거세지며 기숙사 창문을 더 세게 때렸다. 천둥번개는 더 높은 빈도로 여러 번 내리치기 시작했다. 내 안에서 폭발적인 감정이 분화구의 용암처럼 샘솟았다. 그리고 이 모든 순간은 0.01초보다도 짧았을 것이다. 뇌를 거치지 않은 영감이 탁! 튀어나온 것이었다.

"지금 우산을 들고 가서 여왕벌에게 주고 오자. 아마 빈 강의실에 있을 거야."

난 기숙사 편의점에서 우산을 사서 바로 강의실로 뛰어갔다. 갑자기 내린 비 때문에 학교 거리엔 아무도 없었고 주황색 가로등과 어둠만이 전부였다. 나 홀로 강의실로 뛰어가는 길은 고독했다. 그 순간을 진하게 느끼며 빗발을 뚫고 학과 건물로 빠르게 들어서니 건물 내부는 불이 전부 꺼져 있었다. 미지의 동굴이 내 앞에 펼쳐졌다. 그냥 돌아갈까? 없는 거 아니야? 아! 이건 미친 짓이야! 나의 내부는 타들어 갔지만 몸은 이미 한 발짝씩 더듬거리며 가차 없이 앞으로 가고 있었다. 자동 센서 등이 내 움직임을 인식하고 형광등 불이 들어왔다. 내가 앞으로 한 걸음씩 걸어갈 때마다 천장에선 길을 열었다. 덕분에 앞을 볼 수 있었고 난 마침내 익숙한 강의실 문 앞까지 도달했다. 난 문고리를 돌려 문을 열었다.

환한 강의실 안에는 여왕벌과 회장과 부회장 그리고 갓 20살 된 신입 남자애 한 명. 총 3명의 수컷들이 존재했다.

"씨발… 쟨 또 뭐야?"

나의 갑작스러운 등장에 그들 모두 놀란듯했다. 난 아랑곳하지 않고 여왕벌에게 다가가서 우산을 건넸다.

"너 이거 써."

그녀는 자연스러운 상황인 듯 웃으며 천진난만한 감사함으로 반응했다.

"오! 감사합니다. 덕분에 살았어요."

"그래 전화번호 좀 알려줘. 받으러 갈게."

"네 선배님."

하며 그녀는 웃으면서 장난스레 고개를 숙인 뒤 내 휴대폰에 번호를 찍어주었다.

번호를 받자마자 난 얼른 뒤돌아 강의실 밖을 나갔다. 복도는 자동 센서 불이 계속 켜져 있었기에 나가는 입구까지 환하게 빛나 있었다. 돌아가는 길은 완수한 자의 기쁨으로 넘쳐났다.

-

"우산을 주고 번호를 얻었다."

"씨발거 짜릿하군."

난 과거의 나를 죽였다는 데서 엄청난 정복감을 느꼈다. 나도 여왕벌의 어항 속 물고기가 되었지만 보통의 생선들과 차이가 있다면 난 잃을 걸 두려워하지 않았다는 것이다. 난 그녀에게 차여도 리스크가 전혀 없다. 왜냐? 난 이미 죽은 목숨이니깐 말이다.

생각해 보니 학생회야말로 엄청난 함정이었다. 그 집단에서 한 여자에게 차이면 그곳에서 부여된 임무를 어떻게 책임지고 1년 동안 수행할 것인가? 그리고 셋이 아는 비밀이란 없다. 누군가가 차이면 그 차였다는 소문이 금세 학과 전체에 다 퍼져나갈 것이다. 그래서 그들은 쉽사리 고백도 함부로 못 하고 있는 것이었다. 그깟 고상한 이미지 때문에! 학생회 남자들의 본질이야말로 클럽이나 헌팅 포차에서 여자에게 말 걸어볼 용기가 없었기에 여기 학생회에 들어와 여왕벌에게 구애 활동을 하고 있는 것이었다.

"하! 여왕벌을 쟁탈한다."

자고 일어나 보니 그녀에게 메신저가 하나 와 있었다. 덕분에 비에 젖지 않고 집에 잘 들어갔다는 내용이었다.
'도훈 선배 우산 감사합니다. 깜짝 놀랐어요. 갑자기 우산을

다 가져다주시고… 덕분에 안 젖고 기숙사에 잘 들어갈 수 있었어요'

난 벅차오름을 느끼며 문자를 읽지 않고 운동장 트랙으로 가서 무작정 뛰기 시작했다. 너무 긴장되고 떨려서 날 가만히 둘 수가 없었다. 어떤 큰일을 하기 전엔 난 무조건 운동장을 뛰게 되는 습관이 생겨버렸다. 대부분 그 큰일이란 건 여자 관련 문제였다. 난 조금이라도 똑똑하고 맑은 상태의 나를 생성해야 했다. 달리기를 하고 나면 뇌에 혈류가 잘 공급되는 느낌이었고 얼굴에 부기가 빠지고 거친 호흡 끝에 찾아오는 이완감이 나를 더 명료하게 깨어 있게 했기 때문이었다.

샤워기 물을 틀어놓고 뭐라고 답장을 해야 할지 계속 생각하였다. 난 좆밥들과의 차별성을 확보하고 싶었다. 그녀에게 임팩트를 주고 싶었다. 차여도 좋으니 망신을 당해도 좋으니 어제보다 더 대담해지고 싶었다. 난 더 고양된 나를 얻고 싶었다. 그리고 아무리 생각해도 행동해 보지 않은 자가 어떻게 글을 쓰는가? 내가 글을 쓰는 이유는 더 강해지고 멋진 남자가 되기 위함이지 방구석 타자기에 숨어 사는 망상가가 되는 것이 아니었다.

그 순간 밤늦은 새벽. 용화의 전화 한 통에 화장을 풀 메이크업을 하고 나타났던 그 여자의 말이 생각났다.

"목소리가 잘생겼어요."

"전화를 하자 씨발거. 호소력을 증가시키자!"
 난 샤워실에서 나오자마자 얼굴에 달팽이 크림을 떡칠하고 향수를 뿌렸다. 그다음 주제넘게 삐져나온 코털을 쪽가위로 제거했다.
"이왕 하는 거 즐겁게."
 전화를 걸었다. 여왕벌의 컬러링은 처음 들어보는 R&B 사운드의 음악이었다. 헤드셋을 착용하고 컬러링 음악을 들으며 혼자만의 공상에 잠겨봤을 그녀를 상상해 봤다. 확실히 그녀는 제일 어리고 예쁜 시기에 남자들의 애정과 관심을 제대로 뽕을 뽑으려는 태도가 그 컬러링에서조차 느껴졌다. 대학 새내기의 권리를 만끽하려는 사운드였다.

 컬러링이 끊기고 그녀가 전화를 받았다.
"도훈 선배?!"
"응 수민아 뭐해?"
"방금 토스트 먹으려고 했어요."
"안 돼! 먹지 마. 고기 먹게 나와."
"네?! 고기요?! 왜… 왜요?!"
"내가 먹고 싶으니까. 나와 지금 우산도 가지고 오고."

"둘이요?!"

순간적으로 난 왠지 조금 더 강압적으로 나오면 허락해 줄 것 같은 느낌을 본능적으로 받았다. 아마 그녀는 모든 게 처음이었을 것이다. 특히 인간관계에 대한 주관이 형성되기엔 까마득히 어렸다. 그녀는 인스타그램 계정도 5개였다. 몰래 염탐을 해보니 기숙사 생활 VLOG, 운동 계정, 먹니스타그램, 스터디 계정 아주 가지각색이었다. 심지어 블로그도 운영 중이었다. 1주일 간격으로 인스타그램에 올리지 않은 다소 사적인 부분까지 정산하는 느낌으로 업로드를 했다.

자신의 행동반경과 생각을 모조리 다 공유하면 할수록 그것들은 자신과의 비밀스러운 약속이 아니라 남과의 약속이 되어버린다. 그건 자존감 향상에 큰 효과가 없다. 일상이 남과의 표면적인 대화들로 가득해 보였고 그런 사람일수록 그만큼 내면에 새워진 건물들이 단단하고 성숙해야 한다. 그러나 역설적으로 내면이 다채로운 사람은 관심을 구걸하지 않는다. 그녀는 자신과 이어지지 못했기 때문에 계속 남들과 이어져 있는 순간에 미련하게 매달리는 것이었다.

아마 그녀는 이런 사실에 대한 실체적 자각이 없었을 것이다. 그렇기 때문에 자기도 모르는 답답함이 무의식 속에 내재되어 있을 것이다. 아마 그녀 안의 소녀성을 구제해 줄 수 있는 것은 남성성일 것이다. 그러나 그녀를 둘러싼 남자들은 전혀 용맹함을 지닌 전사로는 보이지 않았다. 어쩌면 그래서 그녀는 남자들에게 둘러싸여 있으면서도 제대로 된 남자를 선택하지 못하는 것일까? 그 누구도 여왕벌을 소유하려고만 했지 인간으로서 대화를 시도한 사람이 있었을까? 나의 내면에서 또 다른 내가 속삭였다.
"최초의 인간은 나다."

"응 둘이. 5시까지 남해뒷고기로 와."
"네…"

-

여왕벌은 꾸민지 안 꾸민 건지 헷갈리게 옷을 입고 왔었다. 꽤나 세련된 복장이었는데 '당신에게 착각을 주긴 싫어서 안 꾸몄지만 나라는 사람이 외출할 땐 절대로 촌스러운 사람이 되진 않는다.'라는 메시지를 주는듯했다. 화장은 안 했지만 분홍색 입술이 눈에 들어왔다. 가볍게 선크림만 바르고 틴트만 칠하고 온 것 같았다.

막상 단둘이 마주치니 여왕벌은 꽤나 굳어 있었고 이등병과도 같은 군기 든 모습도 보였다. 하긴 우리는 강의실 복도에서 눈인사 정도만 가볍게 주고받던 사이였으니 이렇게 가까이서 마주 보는 행위는 서로가 처음이었다. 아마도 그녀는 고학년 선배의 강압적인 부름에 인맥 관리 차원이거나 혹은 자기도 모르게 뜬금없이 놀라서 여기에 온 것 같았다. 아님 마침 고기가 당겼나.

이런 추측들은 다 부질없다. 결국 대학생 때는 이런 권리를 제대로 누려야 한다. 비싼 등록금은 배우고 익히는 것을 목적으로 우리에게 시간을 제공한다. 그 시간은 돈과 엮이지 않은 순수한 시간이었다. 그 남아도는 시간을 어디에 쓰고 있는지에 따라 자기의 본모습을 발견해 낼 수 있단 걸 난 깨달았다. 난 여기였다. 날 한없이 고통스럽고 무겁게 하는 것 그와 동시에 엄청난 성취가 기다리고 있는 것 떨게 하는 것 흥분되는 것.

생각해 보니 단 한 번도 구인구직 사이트나 경찰 공무원 시험에 대해서 찾아본 적이 없었다. 가장 큰 이유는 난 내 안에 고질적으로 해소되지 못한 응어리가 있기 때문이었다. 이것은 무의식의 바다일 수도 있었다. 때문에 오직 나의 의무는 그 심연의 파동을 외면하지 않고 직시하여 태양처럼 작열해 바싹 말려버리는 데에 있었다. 나의 햇살이 바다를 황금으로 물들여 나의 지구

전체가 광채로 빛날 수 있게.

"안녕 들어가자."
"왜 갑자기 고기를 먹자고 하신 거예요? 저번엔 또 갑자기 우산도 가져다주시고 왜 그러시는 거예요!?"
 난 대답하지 않고 문을 열고 가게 내부로 들어갔다. 초조하고 떨렸지만 덤덤하게 벽 쪽 좌석에 그녀를 앉히고 말했다.
"뭐 먹을래? 삼겹살?"
"네."
 주문을 마치자 여왕벌은 한 번 더 나를 건드리고 싶은 벌집을 보듯이 쳐다보았다. 그녀는 호기심이 너무 막강해 그것이 자제력을 앞서간 미성숙하고 과하게 용감한 아이 같았다. 드디어 못 참겠단 듯이 또 말이 터져 나왔다.
"아니 왜 갑자기 보자고 하셨냐고요!"
"그냥 달라서."
 잠깐 정적을 음미하며 그녀의 눈을 보며 말을 이었다.
"너도 알다시피 나는 맨날 혼자 다니잖아. 별로 가슴 깊이 친해지고픈 느낌 오는 애들도 없고 그런데 너 혼자 유일하게 내게 웃으면서 인사해 줘. 그게 참 좋더라. 그래서 밥 한번 먹고 싶었어 나와줘서 고마워."

근원적인 동기는 밝히지 않았으나 이것 또한 사실이었다. 이때였을까? 난 누구 앞에서도 거짓말을 해본 적이 없는 사람이란 걸 자각한 것이. 남자다운 척을 못 해 먹겠다. 도대체 그게 뭔가? 나를 보여주는 것. 그것이 진정한 남자다움 아닌가? 그러나 너무 있는 그대로 다 보여주면 은지와의 기류처럼 친구처럼 흘러갈 게 뻔했다. 결국 은근한 긴장감으로 서로의 신비감을 에워싸며 순수한 호기심을 서로 주고받는 것뿐 그것 말곤 아무것도 할 수가 없었다.

"회장. 부회장 둘 중 누가 네 남자 친구야?"

우린 서로 웃음을 터뜨렸다. 그리고 그녀는 답변을 하지 않았다.

점원이 삼겹살과 집게와 가위를 가져다주었다. 엄마가 잘라준 고기 말고는 먹어본 적이 없었던 나였기에 꽤나 어수선하게 고기를 굽고 잘랐다. 결국 보다 못한 그녀가 나의 집게와 가위를 뺏어 직접 구워주기 시작했다.

난 갑자기 왈칵 눈물이 날 듯 가슴이 뭉클해졌다. 집게로 불판 위 고기를 잘 정돈해 가면서 가위질하는 모습이 한 가정의 어머니 같았다. 손과 팔꿈치가 빠르게 움직였고 난 본능적으로 '저 여자와 결혼을 해야 해! 저 여자가 차려주는 식탁이야말로 모든 남성의 종착지가 되어야 해!' 하고 영혼이 반응했다.

"잘 굽네."

"저 고깃집에서 일했었어요. 등록금도 제가 냈어요. 지금은 PC방 아르바이트하면서 생활비도 내가 벌어다 써요."

그녀는 자랑스러운 표정을 지으며 말했고 카리스마가 느껴졌다. 그녀의 친화성과 활발함은 거저 주어진 게 아니었다. 자체 생활력에서 나오는 자신감과 일터에서 사람들과 부대끼고 치이며 다듬어진 정신력이었다.

"때론 한탄스러울 때가 있어요. 다른 애들은 다 부모님 지원받고 방학 때는 놀러 다니잖아요. 전 엄마 빚 갚느라 일만 하고 입학 전엔 등록금 모은다고 고깃집에서 풀타임으로 근무했었어요."

그녀는 말을 할 때 놀랍도록 예뻤다. 얼굴이 예쁜 게 아니었다. 그냥 모든 게 예뻤다.

"난 그래서 네가 더 좋은걸."

갑자기 그녀의 휴대폰에 전화가 왔다. 엄마인 듯했다. 그녀는 수화기 너머의 목소리를 듣더니 한없이 걱정스럽고 모성애적인 말투로 답했다.

"그럼 빨리 병원 가야지? 많이 아파?! 이따가 돈 줄 테니까 먼저 병원부터 다녀와."

난 저런 모습을 우리 누나와 내 엄마 사이에서 자주 본 적이 있었다. 나의 엄마는 정신질환을 앓고 있었다. 아버지와는 이혼하고 홀로 우리 둘을 양육했지만 사실상 방치에 가까웠다. 상관은 없었다. 내 하나뿐인 엄마였으니 사랑하려 했으나 언제나 돈과 관심을 요구했고 뜻대로 안 될 땐 굴복하길 강요했다. 난 진절머리가 나서 매정하게 연을 끊었지만 누나는 그러질 못해서 우울증이 걸렸다.

그녀는 전화를 끊고 말했다.
"우리 엄마는 내가 조금이라도 빌려 간 돈이 있으면 1,000원짜리 한 장도 안 까먹고 다 받아 가요. 그래서 집에 들어가면 나는 나사가 하나 빠진 척을 해야 해요. 아직도 집 안에서 철없는 척, 생각 없이 사는 척을 해야 돈을 달라고 안 해요."
몰입감이 엄청났다. 이런 모습을 다른 남자들도 보았을까? 이게 그녀의 무기일까? 여자라기보단 보호해 주고픈 딸처럼 느껴졌다.
"아버지는? 안 도와주셔?"
"어릴 때 낳고 도망갔어요. 가끔씩 밤마다 술 먹고 들어와서 엄마를 때린 것 말고는 기억이 안 나요. 엄마는 아버지한테 맞을 때마다 울면서 날 노려보더니 '이게 다 너 때문이야!' 하고 물건을 집어던지곤 했어요."
그녀는 그 상황에 빠져들었는지 설움으로 차 있었다.

기류는 이미 연인 사이로 발전하긴 글렀다고 판단했다. 왜 내가 접하는 모든 여성들은 자신의 비밀을 이토록 쉽게 토로해 버리는가? 분위기는 무슨 범죄 심리 상담소에 와 있는듯했다.

"아… 이런 이야기 아무한테도 안 하는데 내 십년지기 친구들도 몰라요. 처음이에요."

그냥 믿어주고 싶었다. 아니. 그녀는 특별한 나 앞에서만 솔직해 져버리는 소녀라고 단정해 버리고 싶었다. 내 앞에서만 베일을 벗는 여자라고 규정해 버리고 싶었다. 난 다시 내 기질이 발동되었다. 한 사람의 고유한 감정에 미친놈처럼 파고 들어가는 것. 내 머릿속에선 다 의식하지도 못할 수천만 개의 질문들이 광속으로 스쳐 지나갔다. 어쩌면 나의 이런 특성 때문에 상대방도 덩달아 나의 영향을 받는 건 아닐까 생각해 보았다. 아무리 숨기려 해도 숨길 수 없는 본성 같은 것이 누구나 있기 마련이니깐 말이다. 용화나 동환이처럼.

그러나 이런 나를 부정할 수 없었다. 내가 할 수 있는 건 최선을 다해 이 특성을 살려서 독창적인 방식으로 승화시키는 것. 매력을 가미시켜 개성화를 이루는 것. 그것 말곤 없었다.

"나도 한 여자의 가정사를 들어보는 건 처음이야."
"저 술 먹을래요. 소맥으로. 같이 한잔해 주실 거죠?"
"조금만…"

그녀는 직원이 테이블에 내려놓은 맥주와 소주를 잔에 따르고 배합의 비율을 맞춰 마지막엔 숟가락으로 병 안의 바닥을 내리찍어 거품을 만들었다. 소맥을 제조하는 제스처가 약을 타 주는 어머니 같았다. 안기고 싶으면서도 안아주고픈 여자였다.

"너는 어쩌다 우리 과에 들어왔니?"

"재수하다 망했어요. 한 번 더 도전할 여력이 전혀 남아 있지 않았거든요. 그냥 체념하고 여기에 왔어요. 나름 즐거워요."

"그럼 경찰에는 뜻이 있던 거야?"

"아예 없었어요. 그나마 여기 와서 경찰 공무원이 되어볼까? 하고 잠시 생각해 보았는데 더 하기 싫어졌어요."

"왜?"

"선량한 시민을 수호하기엔 난 너무 발칙해요."

"그럼 어떻게 하게?"

"옷 디자인을 배우고 싶어요. 영국에 패션으로 유명한 학교가 있어요. 이번 여름방학 때 한번 사전답사를 다녀오려고요. 느낌이 오는지 확인해 볼 거예요. 만약 느낌이 온다면 바로 자퇴해 버리고 나의 갈 길을 갈 거예요. 그래도 여기서의 생활은 의미가 있었어요. 저의 또 다른 모습을 발견했으니까요."

신나 보이면서도 덤덤했다. 안정감으로 웃는 것이 아니었다. 우아함을 잃기 싫은 자존심으로 웃고 있었다. 심각하게 사랑스러웠다.

"이거 봐보세요."

그녀는 자신의 휴대폰 화면을 보여주었다. 배경화면이 영국 지형이었고 빨간색으로 한 점이 표시되어 있었다. 그녀가 말한 학교의 위치였다. 그러고선 갑자기 무안한 듯 입 모양만 방긋 웃으며 엄지를 올렸다.

그리고 내가 깨달은 것은 그녀는 나에게 아무것도 질문하지 않았다는 것이었다.

-

그녀는 술을 꽤나 많이 마신 상태였다. 마지막 잔을 입에 다 털어 넣고 한숨을 쉬었다. 한숨이 거칠었다.

"이제 그만 일어나자 많이 먹었다."

그녀는 답하지 않고 일어나려 했지만 술기운에 잠깐 중심을 잃고 테이블에 손을 짚었는데 술병들이 넘어지며 바닥으로 떨어졌다.

"너무 취했다. 택시 불러 줄게 타고 가."

그녀를 부축하고 카운터로 이동해 계산을 하려는데 그녀는 갑자기 진지한 표정으로 말했다.

"계산하고 꼭 얼마 나왔는지 알려줘요. 보내드릴게요."

난 그녀를 부축하느라 어쩔 수 없이 팔짱을 끼게 되었다. 그녀도 내게 몸을 맡기는 게 더 편안한 듯 아무런 거리낌 없이 오른쪽 옆구리를 허락하고 있었다. 하늘이 무너져도 놓치기 싫었다. 갑자기 고요함이 덮쳐왔고 거리엔 우리 둘밖에 없었다. 가로등 빛이 우리만을 비추고 있었다.

"나랑 사귀자."

갑자기 끼고 있던 팔짱을 뿌리치며 격한 부정을 보이며 말했다. 정색은 아니었다.

"나에 대해서 모르잖아."

순간 호출했던 택시가 왔다. 택시 기사가 빨리 타라고 짜증을 내며 우릴 재촉했다. 난 아무 말 없이 차 문을 열어 그녀를 뒷좌석에 앉히고 문을 닫고 뒤돌아서 걷기 시작했다.

그러나 택시는 출발하지 않았고 그녀는 창문을 내리며 말했다.
"나 혼자 두고 갈 거야?"
"나 보고 뭘 어쩌라는 거야? 혼자 두고 가지 말라고."
난 빠르게 걸어가 택시 문을 열고 뒷좌석에 탔다.

나는 무작정 그녀의 손에 깍지를 꼈다. 그녀는 거부하지 않았다. 그녀는 나를 멍하니 노려보았다. 그녀는 아까와는 전혀 다른 존재 같았다. 본 적 없는 눈빛을 하고 있었다. 난 태어나서 그런 표정을 처음 봤다. 눈물이 맺힌 건가? 자아가 없는 동물의 눈을 하고 있었다. 난 잡아먹힐 것만 같았다.

"흡…!"

그 순간 난 다른 시공간으로 이동한 것 같았다. 무슨 일이 일어난 거지? 푹신하고 말랑한 것이 내 입술을 덮쳤다. 나와 그녀 사이에 연결된 통로로 뜨거운 촉수를 느꼈다. 아무것도 실감이 나질 않았다. 꿈을 꾸고 있는 건가? 내 의식은 모든 상황을 파악하려고 애쓰면서도 미친놈처럼 달라붙었다. 온몸에 24년 치 독소가 다 빠지는 느낌이었다. 내가 너무 지네 다리처럼 징그럽게 혀를 움직이지 않았나? 우려했지만 그녀는 내게 절대 뒤처지지 않고 더 내 숨통을 압박했다. 얼마나 지난 거지? 몇십 분은 족히 지난 것 같았다. 더 이상 숨이 차서 내가 먼저 기권을 해야 할 것 같았다. 난 심해에서 빠져나오는 잠수부처럼 수면 위로 고개를 들었다.

"하하… 하."

난 거친 호흡을 내뱉으며 말했다.

"모텔로 가자."

"가까운 데로 가."

웃고 있었다. 험악한 미소였다. 한없이 날 괴롭혀 줄 것 같았다. 내 과거를 찢듯 그녀의 옷을 갈기갈기 다 찢어버리고 싶었다. 심장이 내 눈보다 앞서가는 것 같았다. 그녀의 새빨개진 입술이 부풀어 올랐고 혈색이 더 건강해 보였다. 난 다시 물어뜯기 시작했다.

-

 학생회장과 부회장. 그 밖에 여러 수컷들이 강의실에 가득 채워 수업을 듣고 있다. 이 남정네들 사이에서 난 혼자 엄청난 우월감에 젖어 있다. 부회장이 오늘은 휴대폰을 만지작거리지 않고 웃지도 않는다. 회장의 표정은 꽤나 냉소적이다. 그러나 난 들떠 있다. 나의 본질을 찾은 기분이었다. 수업 따윈 눈에 들어오지 않는다. 어젯밤 무슨 일이 일어난 거지? 내가? 이야! 김도훈 씨발거 미친 거 아니야? 승리감이란 게 이런 건가? 이 사막에서 나 홀로 오아시스를? 우진이랑은 양양은 못 가겠어. 난 이제 여자 친구가 있다고! 수업을 마치면 난 수민이를 만나러 간다. 여왕벌의 남자 난 말벌이다!

 그녀는 교내 카페에서 바닐라라테를 마시고 있었다. 그리고 카페 안에는 아는 얼굴도 몇몇 보였다. 순간 어떤 남자애가 혼자 앉아 있던 그녀의 빈자리를 놓치지 않고 냅다 저돌적으로 앉아버렸다. 그런데 그녀는 거부하지 않고 오히려 호의적이기까지 했다. 난 심한 분노를 느꼈다. 심장의 혈류가 역류하는 기분이었다. 나에게 짓던 사랑스러운 표정과 동일한 얼굴로 그 버르장머리 없는 수컷 새끼한테 지어 보였다. 심지어 애교를 부리며 그 주제 파악 못 하는 어린놈 새끼의 어깨를 때리며 신체적 접촉까지 하고 있었다.

난 가끔 TV에서 방영되던 부부클리닉이나 연인 사이를 취재하는 프로그램을 볼 때면 문제를 일으키는 당사자를 한심하게 보고 답답하게 여기며 '아! 내가 저 정도 여자를 만나면 노예처럼 잘만 하겠다. 복에 겨운 새끼.' 하며 못마땅해했고 감정이입을 해보면서 내가 직접 그 상황에 몰입해서 여자를 스윗하게 대하는 상상을 하곤 했었다. 하지만 그 TV 프로그램의 문제의 주역들도 나와 같은 상상을 한 번쯤은 해보았을 것이다. 실제로 이런 상황을 겪어보기 전까진.

난 숨길 수 없는 화난 표정으로 그녀 앞에 다가섰다.
"나와."
난 아무런 동요 없는 그녀의 팔을 끌어당겨 일으켜 세운 후 복도로 끌고 나왔다. 그녀도 어이가 없단 표정으로 날 쳐다보았다. 마치 자기의 고유한 권리를 침해받아 꽤나 불쾌하단 표정이었다. 난 그 표정을 보니 더 화가 났었다. 적어도 자기를 좋아해 주는 남자가 행동반경에 있으면 조금이라도 매너 있게 처신해야 하는 거 아닌가? 얘는 나랑 카페에서 만나기로 했으면서 대놓고 남자와 웃고 떠드는 모습을 보여줘서 질투심을 유발하려 한 건가? 그리고 뭐야 저 표정은? 내가 뭘 잘못했단 표정을 하고 있군. 아주 확실히 본때를 보여주어야겠어.

"지금 뭐 하는 거야?"

"뭐가?"

"하…"

"넌 너무 남자들이랑 가까이 지내. 이젠 좀 조심해 줘. 내가 있잖아?"

"나한테 사상 주입하려 하지 마."

우린 한참을 말없이 서로 노려보았다. 그러다가 그녀가 먼저 운을 뗐다.

"그냥 난 원래 이래. 마음에 안 들면 친구로 지내든가."

"여자랑은 친구 안 해."

그녀는 비웃으며 말했다.

"오빠도 노력하면 할 수 있어."

난 강압적으로 그녀의 양손을 잡았다. 그녀는 웃음기가 쏙 빠지더니 당황한 눈치였다.

"친구가 돼?"

그녀는 내 눈을 피하더니 아무 말 못 했다.

"친구가 되냐고!"

난 그녀의 얼굴을 잡고 키스했다. 그녀는 놀라서 눈을 질끈 감으며 머리를 뒤로 빼려 했지만 난 그녀의 뒤통수를 잡고 놔주지 않았다. 그러다 서서히 우린 서로 결합하며 하나가 되기 시작했다.

이런 식의 문제들이 하루에도 두세 번씩은 일어났다. 파멸 직전까지 갔다가 다시 서로의 몸을 찾을 땐 눈물이 날 듯 황홀하며 쾌락적이었다. 그러다 또 싸우기 시작하고 그녀가 소리를 지르면 난 다신 안 볼 듯이 뒤돌아서 나가버리곤 했다. 그러나 내심 그녀가 다시 날 찾길 기다렸고 그녀가 마지못해 울면서 날 찾으면 난 속수무책으로 녹아들며 내 모든 걸 그녀에게 허락했다.

-

또 잠시 헤어진 시점. 이젠 메신저도 차단당해서 연락할 도리가 없었다. 우진이와 약속했던 나날이 다가왔고 1주일 사이에 너무 많은 일이 있었다. 가도 될까? 사실 별로 가고 싶지 않아. 여자 친구와 헤어지자마자 헌팅이라니. 그렇지만 나와 그녀는 너무 안 맞아. 진지한 관계로 발전하긴 어렵다고. 이참에 새로운 만남을 시도해 보는 거야. 그래! 수민이 걔랑은 더 이상 만회의 요소가 없잖아? 뭘 더 어쩔 건데? 그러나 난 이 와중에도 그녀의 몸이 계속 생각나서 미칠 지경이었다. 그녀가 내 양쪽 어깨를 간지럽히고 미간에 키스해 주면 난 다시 뱃속의 태아처럼 어머니의 품에 안기는 아이가 되었다.

하긴 우린 그래도 사랑하잖아? 만약 그녀가 날 비인격적으로 대했으면 아예 만나지도 않았겠지. 우린 아직 어리잖아? 이렇게 상처받고 돌아서지만 그러면서 맞춰가는 게 사랑 아니야? 난 합리화의 달인이었다. 이 사고 회로의 기원은 성욕이었다. 난 내 안의 성욕과 격렬히 싸우고 있었다. 하지만 실체는 후폭풍에 있었다. 만나면 만날수록 자존감이 떨어지고 내가 싫어졌다. 미래가 두려워지고 무한한 자유가 억압되는 기분이었다. 그 이유는 내가 나약했기 때문이었다. 그녀를 끌어당겼지만 붙들어 맬 만큼 강하진 못했다. 그러나 멀어지면 다시 끌어당겼고 그녀는 내 곁에서 자꾸만 떨어졌다. 난 그때 어중간한 남자일수록 여자에게 치명적인 상처를 준다는 것을 깨달았다. 그 각성과 함께 딱딱하게 발기되어 있던 자지는 힘이 빠졌다.

"그래. 지금이 기회야. 또 내가 병신 짓 하기 전에 얼른 우진이와 다른 여자를 만나자."

"놀 준비가 안 된 얼굴을 하고 있네 도훈?"
"일이 좀 있었어…"
"저질렀구나?"
우린 웃음을 터뜨렸다.
"그녀를 신뢰해?""
난 대답할 수가 없었다. 내 반응이 이 관계의 본질이었다.
"결정해. 정답은 없어. 중요한 건 너의 확신이야."
"가자."

우린 양양으로 향하는 열차를 탔다. 이번에는 그와 같은 좌석에 마주 보고 앉았다. 우린 서로 너무 열변을 토하는 바람에 역무원의 경고를 받기도 했다. 그와 대화를 할 때면 속이 뻥 뚫리는 기분이었다. 내가 어떤 생각과 말을 해도 그것들에 걸맞은 반응과 시적 표현들이 날 웃게 했다. 그의 유머 스타일은 탁월했다. 그 누구도 공격하지 않고 논란의 여지가 전혀 없는 순수한 유머였다. 때문에 어느 분야의 어떤 사람 앞에서 하든 그의 유머는 질타를 받을 일이 없었다. 그는 확실히 자신이 뱉는 말에서도 자유를 차지하는 남자였다.

그가 겪은 사건들을 무지막지했다. 클럽에서 만난 타투이스트와 사귀던 중 그녀가 임신을 했다고 돈 좀 빌려달라는 말에 빌려주었다가 그대로 연락두절을 당한 적. 대학교 1학년 때 학사경고에서 학기 누락까지 되었다가 군 전역 후 성적 장학생이 된 적. 세무사 시험에 매진하기 위해 2년 동안 절에 들어가 산 적. 봉사단체에 2년 동안 들어가서 남몰래 기부하며 활동한 적. 그때 자꾸만 여자들이 꼬여서 일부러 낡은 트레이닝복 차림으로 다녔는데 그것 때문에 신비감이 생겼는지 더 시선이 쏠렸다고 한다.

"아니 다들 무슨 봉사하는데 풀 착장으로 오더라고 코트에 광낸 구두. 향수까지 어휴… 그래서 물어봤지."
"아니 무슨 런웨이 나가세요?"

그가 진짜 웃겼던 이유는 절대로 자기가 말하고 자기가 웃는 법이 없었기 때문이었다. 그는 언제나 아무런 동요 없이 말했고 그것이 정말 숨 막히게 웃겼다. 내가 너무 웃겨서 죽으려고 하면 그의 입꼬리가 한쪽만 씩 올라갔는데 그것이 그의 유일하게 웃는 방식이었다. 언제나 내가 웃어야만 자신은 마지막에 웃었다.

특히 내가 꽂혔던 이야기는 한 여자에게 귀싸대기를 맞았단 이야기였다. 갓 20살이 되었을 때라고 한다.
"포차에서 치킨을 주문하고 테이블에 앉아 있는데 한 여자가 화장실에서 나오더라고. 눈이 마주치자 나도 모르게 치킨을 가리키며 말해버렸지. '뜯어요.' 그녀는 웃더니 다시 화장실로 들어가서 화장을 고치고 나오더라고. 그리곤 정말 내 테이블에 와서 치킨을 뜯었지. 난 너무 흥분해서 또 말했어. '다른 것도 뜯어도 돼?' 그때 바로 뺨을 후려갈기더라고. 아팠어."

그는 잠시 그때의 기억 속에 빠져들었는지 말하면서 진짜 뺨한 대를 맞은 표정을 지었다. 난 다시 웃느라 호흡곤란이 왔다. 너무 웃어서 광대가 아팠다.

그러나 난 마음에 걸리는 사실이 1가지가 있었다. 김우진. 이 녀석은 저번 수어 시간 때 분명히 여자 친구가 있다고 말하지 않았던가? 날 위해서 사랑하는 사람을 속이고서까지 양양으로 가주는 건가? 그건 아닐 테다. 아님 날 위해서 여자와는 놀아주기만 할 뿐 진도는 안 뺄 생각으로 온 건가? 난 불미스러운 건 질색이었다. 양양이 너무 가고 싶은 마음에 일단 그와 가는 중이지만 짚고 넘어갈 건 짚고 넘어가야 했다.

"그런데 넌 여자 친구가 있다고 하지 않았어?"

"헤어졌어."

"그새?"

"나만의 의식(儀式)을 거행 중이야."

"응?"

"60명의 여자를 만나보는 게 목표야. 어제가 58번째였어. 난 고시 생활도 길게 했고 앞으로 내 회사를 경영하고 키워나가려면 엄청 바빠질 거야. 때문에 미래엔 한 여자만 바라보고 싶어. 60번의 만남을 끝으로 난 미련 없이 결혼할 거야. 지금까지 그녀들의 머리카락 58개를 수집했어. 60번째가 모이게 될 때 난 이 머리카락을 불로 태워버리는 걸 끝으로 결혼 의식을 거행할 거야. 이젠 한 여자만 죽을 때까지 바라보겠다는 나만의 비밀스러운 의식이지."

난 용화의 호빠 고백과는 다른 충격으로 그를 말없이 바라봤다.
"물론 난 나 자신이 감정 상할만한 행동을 상대방에게도 하지 않아. 그런 행동을 하는 나 자신을 혐오해. 난 절대로 날 모독하지 않아."
"그렇게 여자 경험이 많으면 넌 진짜 여자에 도사겠다?"
"아니 여자 경험이 많단 건 그만큼 여자에 대해서 모른단 거야. 내가 얻은 건 결국 나에게서 한 사람으로 하여금 또 나의 다른 면을 볼 수 있던 것. 그것 말곤 없었어. 나 자신을 발견하고자 하는 마음이 그녀들에게도 전달되었는지 만나는 동안만큼은 꽤나 진실하고 뜨거웠지. 그러나 언제나 차일 때가 더 많았어. 차이면서 들었던 말들도 가지각색이야. 이유 없이 차일 때도 있었고. 그리고 가장 기억에 남는 말이 있어. 항상 무언가를 강박적으로 해야 하는 사람처럼 보여서 같이 있어도 외로웠다고 하더군. 자기가 더 슬퍼지기 전에 빨리 헤어져야겠다고 다짐했데."

 그는 잠시 말을 멈추고 초점이 내면으로 잡히더니 다시 눈을 번뜩이며 말을 이었다.
 "그러나 후회는 없어."
 "왜?"
 "재밌잖아."
 "넌 그 짓거리를… 아니 너의 그 여정은 언제부터 하고 있던 거야?"
 "한 2년 정도 됐지?"
 "미친 짓이야."
 "아니 시도하지 않는 게 더 미친 짓이야. 그게 내가 2년 동안 깨달은 사실이야. 내가 가졌던 2년 전의 열망과 현재의 열망은 달라. 시야도 다르지. 난 하길 잘했단 생각이 들어. 2년 전의 나는 다시는 돌아오지 않아. 그 순간의 충동에 충실했기 때문에 지금의 내가 된 거지. 난 더 이상 그 시절만큼 여자에 대한 결핍과 집착이 있지 않아. 호르몬의 변화인지 충족감인진 나도 몰라. 그러나 뇌가 젊고 가치관의 골격이 형성 중이던 시기에 경험의 영양분을 나 자신에게 준 거지. 성격과 개성이 더 무럭무럭 자랄 수 있게. 우리의 심장은 그걸 원하기 때문에 뛰는 거야."

"이상하지. 나의 모든 욕구들은 기존의 가치 통념과는 다르니깐 말이야. 그런데 난 알아. 다른 이들도 분명히 심장이 이상한 데서 뛰어본 적이 있었을 거란걸. 그러나 그것이 주변 사람들과 다르단 이유로 외면하며 살아갈 거야. 사실 그 지점에서 오히려 자기 자신에 대해서 더 많은 걸 배울 수 있는데도 말이야. 그 감정을 직시하며 살아가는 자들은 자신과의 혁명을 성공해. 아마 그 감정은 모든 혁신가들의 고독함이겠지. 보편적인 기준들이 우리를 지배하게는 동력은 아무도 그 기준에 대해서 의심하지 않을 때야. 기원의 망각이 우리를 관념의 노예로 만드는 거야."

"넌 내가 수십 명의 여자를 체험했다는 사실에 엄청난 부러움을 느꼈을 거야."

"맞아."

"왜지?"

"우리의 원초적인 욕구니까. 그래도 사랑을 얻으려면 한 여자만 바라봐야만 해."

"난 한 여자만 바라봐왔어. 바람을 피운 적도 없어. 끝맺음도 잘했고."

"어?!"

"난 만남의 빈도만 엄청 높은 거지. 그 어떤 질타를 받을만한 요소는 남기지 않았어."

난 그저 그를 바라만 보고 있었다.

"난 이제 결혼이 하고 싶은걸? 왜냐하면 지겹거든 이젠 책임을 지고 싶어. 한 여자의 남편이자 집안의 가장이고 싶어. 나의 가족을 만들고 삶을 함께하고 싶어. 그러나 평범한 사람들과는 다른 차이가 있지. 그들은 자신의 나이 때에 따라 보편적인 기준에 대한 의무감으로 결혼을 해. 의무로 아버지가 되고 의무로 자식을 보고 의무로 일을 하며 의무로 관계를 맺지. 반면 난 호기심과 자기만족에 의한 수행만을 해왔어. 그때 비롯된 모든 책임이야말로 한 개인만의 참된 의무인 거야."

"내가 사는 집과 차는 그들이 사는 집과 차와는 차이가 있을 거야. 내가 출근하는 일터와 그들이 출근하는 일터와도 차이가 있을 거야. 우리가 양양을 가는 것과 용화가 양양에 가는 것과도 차이가 있을 거야. 네가 여자와 합석이 되는 것과 용화가 여자와 합석이 되는 것에도 엄청난 차이가 있을 거야 아마 네가 더 짜릿할 거야 왜일까?"

"그야 나 자신과의 싸움에서 이겨냈으니까지."

"그거야 우리의 모든 동력은 그거야. 너의 피부로 느낄 수 있는 실체적 감동."

그러자 양양에 도착했다는 안내방송이 나왔다.

"내리자."

물이 되어라(水)

그것은 뻣뻣하게 고집부리지 않는다.
열을 받으면 끓어올라 증기가 되고
추워지면 얼음이 된다.
언제나
다음 형태를 준비한다.

그것은 주변 환경에 투덜대지 않는다.
계곡에 가면 폭포가 되고
연못이 되기도 하며
광야와 마주치면 바다가 된다.

그것은 내면과도 같아서
맑으면 맑을수록
외부를 더 현실처럼 반영한다.

그것은 현명한 인간 같아서
멀리서 보면 푸른빛이다가도
가까이 가면 무색이다.

잡을 수 없는 물질이다.
흘려보내듯이 바라봐야 한다.

우린 서핑 보드를 렌트하고 곧바로 해변으로 갔다. 날씨는 먹구름이 끼고 흐릿했지만 그녀들의 비키니는 선명했다. 놀러 온 근육질의 남정네들은 다 같이 발리볼을 하거나 파도에 자기 친구들을 잡아 빠뜨리기도 했다. 간혹 놀러 온 커플들이 보였는데 이 순간만큼은 저들이 부럽지 않았다. 선택지를 잘못 골랐다. 이곳은 전쟁터란 말이다! 그들은 파도를 타려고 서핑 보드를 타고 물살을 휘저어 나아가려 하지만 거친 파도는 그들에게 로맨스를 허락하지 않았다. 파도는 계속 그들을 물에 빠뜨렸고 반복되는 허우적거림 속에서 지쳤는지 둘은 물을 무서워하는 어린아이처럼 해변으로 돌아왔다.

난 화창한 날보단 이런 날씨가 더 마음에 들었다. 비가 아주 살짝씩 내렸고 파도는 높고 거셌다. 서핑 보드를 타기 위해 파도와 정면으로 부딪쳐 앞으로 나아갈 때 내 안에 잠자고 있던 전사를 깨우는 것 같았다. 눈앞에 파도 말고는 아무것도 보이지 않았다. 파도가 오기만을 기다렸고 난 매번 파도에 올라타는 데 실패했다. 그러나 파도는 멈추지 않고 자연에 충실했다. 누군가는 그것을 타고 누군가는 물속에 가라앉았다.

잠시 짤막한 순간. 그것을 타는 데 성공하기도 했다. 아주 짧은 순간이었지만 잠깐의 일치 속에서 희열을 느끼기도 했다. 그러나 이상하게 그다음부턴 더 잘해보고 싶단 욕구가 들진 않았다. 그렇다고 재미가 없던 건 절대 아니었다. 난 파도와 나 자신에게 몰두하고 있었다. 그땐 여자들도 보이지 않았다. 자꾸만 바다에 나 자신이 빠져들어 갔다. 정화되는 느낌이 드는 것 같기도 길을 헤매는 느낌이 들기도 했다. 잠시 아무 생각 안 하고 내 몸을 맡겼는데 호루라기 소리가 들렸다. 안전요원이 나에게 부는 것 같았다. 물속에서 고개를 들어보니 나는 해변까지 떠밀려 와 육지까지 온 것이다.

바다는 알 수 없는 곳이지만 매혹적이었다. 그는 나를 다시 길 위로 내던지는 녀석이었다. 그곳에 가면 나밖에 없지만 결국 난 다시 육지로 가야 했다. 그곳에서 나 자신과의 대화를 스스로 끝맺을 수 없으면 그가 강제로 날 내보내곤 했다. 나의 무의식 같앉다. 의식을 가지고 두 발로 서 있을 수 있는 곳은 언제나 인간들의 세계인 육지였다.

　난 다시 정신을 차리고 눈을 떴다. 수면 위에는 파도를 기다리는 서퍼들이 보드 위에 앉아 있었다. 물의 춤 선을 따라 그들도 같이 따라 움직였다. 남녀들이 뒤섞여 있었는데 거기엔 우진이도 보였다. 물 말고는 아무것도 관심 없는 사람 같았다. 그는 멀리서 파도가 오기만을 기다리는 독수리 같았다.

　난 그 독수리를 계속 관찰했다. 멋있는 놈이었다. 떡 벌어진 어깨와 긴 팔과 다리 갸름한 턱선에 오뚝한 코. 그를 처음 보았을 땐 잘 몰랐지만 보면 볼수록 잘생겼단 느낌을 주었다. 자신의 과제에만 열중하고 있는 모습은 남성성의 상징물 같았다. 아주 큰 파도가 다가오고 있었다. 그는 그 사실을 제일 먼저 알아챈 듯하였다. 드디어 그 독수리는 파도 앞으로 전진했다. 그 뒤로 서퍼들의 무리가 뒤늦게 따라갔다. 다가오던 파도가 더 커져서 서퍼들을 덮치자 한 독수리만이 혁신에 성공했고 나머지는 전부 다 가라앉았다.

-

파도 위에 올라탄 그는 바다기의 타잔이며 포세이돈의 환생이었다. 가슴팍이 태평양처럼 넓어 보였다. 먹구름들 틈 사이로 빛이 새어 나와 그 조각상만을 스포트라이트 하고 있었다. 파도와 함께 가속도가 붙은 그는 신나게 물살 위에서 흰색 물살들을 튀기며 앞으로 나아가기 시작했고 가라앉았던 서퍼들이 수면 위로 고개를 들어 그를 아래에서 위로 쳐다보았다. 전사를 올려다보는 피난민들 같았다. 그가 올라탄 파도는 워낙 힘이 세서 내가 있는 해변까지 그를 인도했다.

내 앞에 전사가 나타났다! 모든 사람들의 시야가 우리에게 꽂혀 있음을 난 알 수 있었다. 비슷한 경험을 용화와의 첫 만남에서 했던 것 같지만 완전히 결이 달랐다. 여자들이 잘생겨서 쳐다보는 것이 아니라 멋있어서 매료된 것이었다. 그 전사는 날 동등한 인격체로 바라보며 전혀 권위적이지 않은 따뜻한 음성으로 말했다.

"배고프다 밥 먹으러 갈래?"
해변에 떠밀려 왔던 나 혼자만이 전사의 구조를 받았다. 그의 뒤로 뜨거운 시선들이 배경을 이루었다. 난 그 순간 처음으로 상상해 보았다. 자기만 바라보는 영웅의 사랑을 독차지한 여왕의 감정이란 이런 걸까? 이것이야말로 내 심장이 반응한 것. 내가 추구해야 할 방향성이며 내가 가야 할 곳임을 알았다.

-

 우린 바다를 위에서 아래로 내려다볼 수 있는 한 음식점으로 향했다. 그 장소에 들어서면 탁 트인 바다와 하늘을 독차지할 수 있었다. 여전히 날씨는 흐렸지만 우리의 시야 수평선 너머로는 태양이 마지막 불꽃을 빨갛게 작열하고 있었다. 그곳은 우리가 현재 발 딛고 있는 곳과는 다른 곳이었다. 언제나 우리 멀리에 있지만 무의식적으로 감탄하고 볼 수 있는 곳. 어떤 분위기에 녹아들었든 그 틈새에서 스며들어 신비감을 배가시키는 곳. 태양! 그곳은 뒷면조차 불타오르는 사랑이다. 일관성! 우리가 가야 할 곳이었다.

 점점 바다를 황금으로 물들이고 하늘을 주황과 빨강, 보랏빛으로 물들이기 시작했다. 가게 안에 있던 모두가 먹던 음식을 내려놓고 나와 사진을 찍거나 천장 없이 날것으로 그 신비를 흡수하기 위해 밖으로 나갔다. 우리도 따라 나왔다. 불타오른 자의 가장 큰 축복은 모든 생명체가 자신을 향해 고개를 돌린다는 것이었다.

노을을 바라보는 우진이의 등은 황금빛으로 테두리를 걸쳤다. 내 앞에 일식(日蝕)이 펼쳐지고 있었다.

"아까 서핑하다가 여자애 한 명이랑 부딪혔어. 내 손가락이 개 서핑 보드에 세게 부딪혀서 피가 났지. 그녀의 미안해하는 모습이 너무 귀여워서 번호를 땄어. 옆에 같이 있던 친구도 예쁘더라. 이따가 저녁 먹고 밤에 연락하기로 했어."

그의 말을 듣자 난 심장이 쿵쾅거렸고 그의 앞에서 어떻게 반응해야 할지 몰랐다. 난 또다시 떨리기 시작했다. 이 반응은 언제나 있어왔고 그동안 많은 결심을 하고 감행해 왔지만 여전한 나의 기질이었다. 그러나 이젠 이 떨림이 무엇인지를 안다. 이것은 신호였던 것이다. 이 신호를 쫓아 살아가다 보니 용화를 만났고 여자들에게 수도 없이 차여볼 수 있었다. 그건 기회였던 것이다. 이런 고통들이 없다면 인간은 도대체 어디서 어떻게 강해질 수 있단 말인가? 돌아보니 난 후회도 없고 지루함도 없고 역동하는 현재 속에서 삶의 깨달음을 얻어가고 있었다. 난 다시 한번 까이고 상처받을 수 있었기에 감사했다. 이 신호들에 반응함으로써 나의 삶은 계속 살아 있던 것이었다. 나도 모르게 말이 튀어나왔다.

"이왕 하는 거 재밌게."

그는 입꼬리를 씩 올리며 말 말없이 쳐다보았다.

그는 수영선수 시절의 먹던 습관 때문에 꽤나 대식가였다. 말없이 깔끔하게 그 어디에도 음식을 흘리지 않고 고기와 반찬들 쌈 배추를 골고루 잘 먹었다. 빠르지만 조급하지 않고 많이 먹지만 복스럽고 야무졌다. 이것을 가능케 하는 것은 그가 말랐고 다부지며 교양이 있었기 때문이었다. 식사를 하던 도중 흥미로운 이야깃거리가 흘러나오면 그는 자신이 들고 있던 젓가락과 쌈 배추를 에스프레소 잔과 토스트처럼 보이게 하는 마법을 보여주곤 했다. 그건 일반인과 구별되는 영혼의 차이였지 물질의 차이가 아니었다. 저런 정신은 내면의 품격과 자신만의 고유한 투쟁 속에서 만들어지는 것이었다.

그것은 꽤나 외롭고 고독한 길일 수도 있겠다. 난 궁금증과 두려움이 섞인 채 질문했다.
"네가 가는 길은 일반적이지 않아 두렵지 않아?"
"두렵지 않아. 인생 한 번이잖아."
그때 난 내 안에서 무수히 많은 질문들이 하고 싶어지는 내 안의 겁쟁이를 느꼈다. 그 질문들은 전부 그가 나와 같이 두려움을 느끼고 나약한 모습이 조금이라도 있지 않을까? 하는 마음이었다. 그런데 그 마음의 기원은 어디인가? 난 알았다. 우진이와 같이 미래에 대해 징징대고픈 찐따 같은 심리라는 것을. 내가 찌질이여도 괜찮다는 사탕 발린 말이 듣고 싶은 심리라는 것을. 안전한 정답을 찾으려는 썩어빠진 정신이라는 것을. 난 알았다.

그는 나의 내면을 읽어냈는지 한마디 했다.
"도훈아 모든 건 현재야."
"봉사를 다니다 보면 몇몇 남자애들은 사람들과 어울리기 위해서 자기 비하적인 말들을 해. 농담 삼아서라도 먹고살기 힘들다든가 취업이 안 된다든가 정치권력을 탓하면서 은연중에 상대방과 유대감을 쌓고 뭉치려 하지. 설령 그것들이 마음에 없는 말일지라도 절대로 그렇게 살면 안 돼. 언제나 너 안에 자랑스러운 것들로 세상과 이어져야 해. 그렇게 되면 넌 상대방 비위를 맞출 필요도 없고 누군가와 어울리기 위해 너를 잃어버릴 일도 없는 거야. 물론 그 길은 고독하고 외롭고 위험해 보이지. 아무도 없는 깜깜한 어둠 속에 있는 기분이 들 때가 많을 거야. 그러나 광채라는 것. 광채는 빛이야. 어둠을 회피하려 하는 자들에겐 빛이 스며들 기회는 없어."

난 그의 말에 집중하느라 먹고 있던 고기를 내려놓았다.
"의식해. 계속 한 상황에 마음이 있으면 그곳에 계속 신경이 쏠리면서 무언가를 인식하게 되지. 그리고 방법을 찾아보는 거야. 우린 틀림으로써 밋밋하지 않게 학습할 수 있고 체험하게 되지. 멈추지 않는 것. 무한한 순간이 기대되는 현재에 놓이는 것.

어떻게 그런 것들 없이 인생을 살 수 있단 말이야?"

그는 자신의 이야기가 깊게 빠져들어 갔지만 차가운 이성이 함께했다.
"인간은 백지상태로 태어나지 않아. 수천만 년 동안 무수히 많은 세대가 농축된 영혼의 그릇이지. 유전자의 변화 속도는 아주 느려서 아직도 우리는 탄수화물이 귀한 줄 알아. 여전히 수렵채집인 시대에 머물러있어. 밤하늘의 별을 보며 소원을 빌고 경탄과 신비감에 휩싸여 삶을 살았지. 그들의 지혜가 아직도 우리 육체 안에 담겨 있어. 우리의 뇌는 그런 것들을 위해 사용된 역사가 압도적으로 길어. 너의 원초적 두려움을 따라가. 너 안의 그들이 그것을 원하고 있어."
"뇌 과학이 밝혀내지 못한 영역은 천문학적이지. 합리적인 근거를 찾느라 인생을 마감할 바엔 우리 안에 수천만 년의 의식들과 정수에 접속하는 게 더 합리적이야. 애초에 합리성조차 하나의 논리를 확보하고 싶은 인간의 욕구에 불과해. 즉 그것조차 주관인 거야."

어느새 태양은 저물었고 난 그의 이야기를 듣느라 점점 포만감을 느껴 더 이상 고기를 먹고 싶지 않아졌다. 이제 나의 모든 감정은 다시 한 방향으로 흐르고 있었다.

"불타오른 자만이 달의 세계를 만끽할 수 있지. 태양은 남자를 상징해. 달은 여자와 예술. 꿈의 세계야. 우리의 태양만이 달을 빛나게 할 수 있지. 앞으로 우리의 일관됨은 우리가 동경하는 곳을 향한 원초적 확신이야."

"준비됐어?"

난 결의에 찬 감정으로 대답했다.

"됐지 씨발거."

그는 입꼬리를 씩 올리며 미소 지었다.

-

우리는 여자들이 자주 걸어 나오는 곳을 중심으로 자연스레 이끌려 걸어갔다. 몇몇 양아치들이 어떻게든 성공해 보려고 만취한 여자를 부축해 데려가 보려 하지만 그녀는 제정신이 아닌 상태에서도 취향만큼은 확고했다. 그 양아치의 손을 뿌리치며 홀로 편의점으로 들어갔다.

우리는 밤바다의 시원한 바람 소리가 술집 음악보다 더 좋았기에 해변의 야외 테이블에 앉아 자리를 잡으려 했으나 이미 젊은 남녀로 만석이었다. 여자들만 앉아 있는 테이블이 보이면 그

틈새를 못 참고 남자들이 바로 합석을 시도했다. 남자들의 구애 활동은 꽤나 저돌적이었다. 그중 웃음소리가 심히 부담스러운 남자애가 있었는데 나와 우진이는 그의 웃음소리에 놀라 경악을 했다. 저렇게 표복절도로 웃어대는 비호감도 합석이 되는 건가? 유심히 지켜보았다. 결국 자기 혼자만 여자들 앞에서 웃고 떠들다가 혼자 유유히 사라졌다.

그 찰나 바로 다음 수컷이 방금 그 여자 둘이 앉아 있던 테이블에 다가섰다. 한 치의 빈틈도 허락하지 않는 정글이었다. 나는 본능적으로 현재 상황을 알게 되었다. 저 테이블 말고는 이젠 여자가 없다! 그 수컷이 합석을 시도하는 광경을 보자니 마치 미취학 아동이 방금 PC방에서 나와 지나가던 여대생에게 담배 한 갑만 사줄 수 있냐고 소심한 부탁을 하는 것 같았다. 그 불미스러운 녀석은 당연히 까였다.

우진이가 말했다.
"도훈아 잠깐만 기다려 5분만."
그는 냅다 다른 곳으로 뛰어가더니 5분도 안 돼서 검은색 비닐봉지를 들고 다시 나타났다. 열매를 따는 데 성공한 타잔 같았다.
"미끼를 구했어. 한번 해볼게."
그는 아까 그 여자 2명이 있는 테이블로 가더니 봉투에서 쭈쭈

바 2개를 꺼내서 꼭지를 따서 그녀들에게 건네주었다. 그녀들은 살얼음이 낀 쭈쭈바를 보자 눈이 휘둥그레지면서 환희에 가득 찬 표정으로 받아먹었다. 아마 그녀들은 목이 너무 말랐기에 자기도 모르게 넙죽 받아먹었던 것 같았다. 차고 시원한 단것이 입에 들어갔고 그녀들은 다 식어버린 맥주로는 채울 수 없는 갈증을 충족시키기 바빴다. 그 사이, 그는 허락을 구하지도 않고 바로 냅다 한 여자 옆에 앉아버렸다. 그 행위는 너무 자연스러워서 그녀들조차 아무런 경계심을 갖지 않았다. 우진이가 옆에 여자에게 무슨 말을 했는데 그 여자가 웃음을 터뜨리며 우진이의 어깨를 만졌다.

"이런 씨발!"
난 이글거리는 심장으로 그들을 노려보았다.

우진이는 나를 보더니 지뢰를 안전하게 제거한 요원처럼 손짓으로 와도 된다는 사인을 했다. 다시 심장이 떨리기 시작했지만 이제부터 1가지만큼은 다른 사실이 있었다. 더 이상 나는 모솔아다가 아니란 말이다! 레벨업된 나를 의식하며 한 걸음씩 그녀들에게 다가갔다. 그리고 되뇌었다. '난 하루 이틀 까인 게 아니야. 이딴 건 아무것도 아니라고.' 그리고 그녀들 앞에 섰다.

우진이 옆에 있던 여자는 검은색 민소매 한 장만 걸친 채 보름달 같은 이마에 눈 화장이 찐한 고양이상이었다. 양쪽 어깨에는 장미 문신이 조그맣게 있었고 팔다리가 길었다. 야외조명을 받은 살갗은 검은 나시와 대비되어 더 하얗게 보였다. 그리고 내 파트너는 구릿빛 피부에 호피 무늬 민소매 하나만 걸치고 가슴의 유두가 보이기 일보 직전까지 가서 아찔함을 매 순간 불러일으키는 복장을 했었다. 그에 비해 외모는 눈이 초롱하고 너무 귀여워서 보기만 해도 나의 광대가 올라갔다. 이미 그녀들은 나의 등장에도 아무런 거리낌 없이 웃고 있었다. 그녀들의 미소가 내겐 첫인상인 것이었다.

 그녀들이 내 입장에 환호성을 질렀다.
"호-하!!!"
 모두가 내게 박수를 치며 나를 반겼다. 용화가 여학생들에게 둘러싸여 혼자 독점하던 그 미소들과 동일한 것이었다. 난 자리에 앉았을 때 '내가 특별한 사람이다.', '사람들이 나에게 집중하고 있다.'는 느낌을 받았는지. 아님 나 혼자만의 상상인지 분간이 안 되었다. 내가 의식적으로 만들어 내는 생각보다 나의 무의식이 더 앞서 나를 지배했다. 그리고 그 기운이 내 육체에서 새어 나와 옆 사람에게 전달된다는 것을 그저 상상하고 있었는지 실제로 지금 벌어지고 있는 일인지도 헷갈렸다. 그러나 객관화를 조금 덜하기로 했다. 머리가 멍해지더니 내가 믿고 싶은 걸 광속으로 이미 채택해 버렸다. 모든 게 착각일지라도 자신감이 느껴진다면 그것만이 내가 선택하고 싶은 현실이었다.

"너무 좋아해 주시는데요?"
"두 분 다 너무 멋있어요. 둘이 수어 하다가 만났다면서요? 배워보고 싶었는데 바쁘다는 핑계로 아직 시작도 안 했거든요."
난 아무 말 없이 우진이의 눈을 보았다. 입꼬리만 씩 올리고 있었다. 그때 아마도 난 고마움의 표정을 지어 보였던 것 같다. 그러자 내 옆에 있던 호피녀가 말을 걸었다.
"혹시 말씀을 못 하셔서 수어를 배우신 건 아니죠?"
우린 다 웃음을 터뜨렸다.

난 몸이 빳빳하게 경직되지도 말을 더듬거리지도 않고 편하게 웃으며 그녀들과 대화를 했다. 솔직히 진중한 이야기가 오고 간 것은 아니었다. 이런 만남이 애초에 그런 공간은 아니지 않은가? 난 그저 이 순간이 좋았다. 감격스럽고 짜릿했다. 성급하게 다음 진도를 빼기 위해 머리를 굴리지도 않았다. 난 이 상황이 어떻게 가능한지를 용화와의 경험 덕분에 식별해 낼 수 있었다. 김우진. 그는 탁월한 지휘자였던 것이다. 그 덕분에 우린 웃고 떠들며 새벽 3시까지 마셨고 우진이는 그 고양이녀와 우리 숙소에, 나와 호피녀는 그녀들의 숙소로 갔다.

그녀는 방에 들어가자마자 내 이마에 가볍게 키스를 하더니 내 품에 안겨서 그대로 기절했다. 난 그녀를 침대 위에 올려놓고 옆에 누워 그녀에게 팔베개를 해주고 유심히 쳐다보았다. 그러자 그녀는 나를 세게 껴안아 자기 다리를 내 다리에 휘감았다. 너무 더웠다. 에어컨을 켜는 것을 깜빡했다. 그녀를 뿌리치고 일어나 에어컨을 켰다. 그녀도 더웠는지 바지를 벗었다. 보라색 팬티가 눈에 들어왔다. 심장이 저릿했다. 극한의 흥분이 날 사로잡았다. 아주 작고 여리한 보라색 팬티가 날 유혹했다. 다리 라인은 바비인형처럼 귀엽고 구릿빛으로 잘 빠져 있었다. 그녀가 몸을 뒤집었다. 사슴 엉덩이가 내게 인사했다. 난 사자가 되었다. 고요한 정적 속에서 난 조용히 그녀에게 다가섰다.

나도 바지를 벗고 그대로 그녀의 보라색 팬티에 사자의 권위를 인사시켰다. 그녀는 엉덩이를 위아래로 흔들며 비벼댔다. 그러나 팬티를 내리려는 순간 그녀는 돌아서며 날 막았다.
"하지 마."
가슴속에서 천불이 났다. 그러나 본능적으로 그녀의 말을 들어야 했다. 어차피 시간은 많다. 서두를 필요는 없었다. 난 천장을 보고 누웠다. 그러자 그녀는 다시 나를 껴안은 채 다리로 날 휘감고 눈을 감았다. 그녀는 내 가슴에 귀를 대고 말했다.

"심장이 왜 이렇게 쿵쾅거려?"

난 대답을 하지 않은 채 흥분에 못 이겨 그녀의 다리를 쓰다듬었다.

"하지 말라고."

미쳐버릴 것만 같았다. 여기까지 와서 도대체 뭐 하자는 건가? 내 자지는 터져버릴 것만 같았다. 다시 정적이 흘렀다. 그때 그녀가 내 팬티에 손을 넣어 기둥을 만지작거렸다.

"뜨거워…"

난 그녀의 다리에 다시 손을 댔으나 그녀는 내 손을 뿌리치고 내 기둥을 더 격하게 만지작거렸다. 왠지 가만히 있어야 될 것 같았다. 슬슬 그녀의 의도를 알 것 같았다. 난 그날 실험체가 되었다. 그러나 절정으로 갔을 땐 그녀는 나에게 강압적으로 대할 수 있는 권한을 허락했다. 노예 신분을 벗어날 때의 기분이 이런 걸까? 아니 노예와 주인의 관계가 뒤바뀌었을 때의 기분이 이런 걸까? 차원이 다른 황홀감과 흥분이었다. 그것은 정복감이었다.

-

난 이미 기숙사 식비는 1학기분을 선불했기 때문에 의식주로 나가는 돈이 없었다. 난 교내 우편물 배달을 하는 근로 아르바이트를 지원에 한 달에 100만 원씩 벌 수 있는 장치를 마련했었다. 그 돈은 죄다 옷을 사는 데 쓸 예정이었다. 그런 결심은 처음이었다. 옷이 좋아서 산 것은 아니었다. 나랑 어울리는 것이 무엇인지 찾기 위함이었다. 단 1퍼센트라도 나의 매력을 극대화하고 싶었다.

학과에는 옷을 모델처럼 잘 입는 남자 신입생이 한 명 있었다. 그 어린 대학생이 매일 바뀌는 옷값을 어떻게 감당하는지는 모르겠지만 난 그에게 흥미를 느꼈다. 이미 잘생기고 키도 커서 몇 안 되는 여학생들의 대시를 일상처럼 받는 놈이었다. 그는 홀로 복도에서 벽에 기대 서서 휴대폰을 하고 있었다. 그는 약간 불그스름한 머리 색에 댄디컷이었고 분홍색 와이셔츠에 남색 청바지를 입고 쪼리 슬리퍼를 신고 있었다. 이런 컬러와 복장을 내가 했다면 심각할 것 같았다. 어쩌면 그는 그냥 잘생기고 체형이 좋은 거 같기도 했다.

그러나 이런 식으로 앞서 단정하고 선입견을 가지고 인생을 살아간들 내 삶이 무슨 의미가 있겠는가? 이미 나는 멈출 수가 없었다. 난 여전히 감동이 필요했다. 나의 미세한 부분까지 다 발견하여 내 의식과 조화를 이루고 싶었다. 또다시 두려움을 느꼈다. 그와는 인사도 한번 안 해본 사이였기 때문이었다. 다시 난 이 순간에 던져졌다. 내 안의 확장 말고는 관심이 없는 또 다른 녀석이 신호를 보내고 있었다. 난 그에게 걸어가는 사이 내가 보지 못했던 내면의 은하수가 잠깐 반짝이는 걸 보았다. 돈, 여자, 옷, 심지어 친구까지. 난 그런 것들이 좋은 것이 아니었다. 두려움을 깨고 나오는 순간이 좋았고 그 순간이 내게 나타나기 위해선 언제나 형태가 필요했을 뿐이었다. 이것이 내 삶의 원리였다.

-

"안녕하세요."
"안녕하세요. 도훈 선배."
그는 웃으면서 답했다.
"어? 제 이름을 아시네요?"
"그럼요. 선배님 우리 과에서 유명하세요."
난 직감적으로 여왕벌 사건이 생각났다. 심장이 화끈거렸지만 익숙하게 자연스러운 미소가 나오더니 감정이 이완되며 심장의 요동이 잠잠해졌다. 눈에 웃음기를 머금고 본론으로 진입했다.
"옷을 사려고 하는데 같이 쇼핑하러 갈래요?"
그때 나의 목소리와 내 마음 전하고자 하는 감정선이 정확히 나의 의도대로 전달된다고 느꼈다. 아니 정확히는 나의 음절이 발성되고 나로부터 나오는 모든 입자들이 상대방에게 호소력이 있다고 확신하고 있었다. 난 나와 일체감을 이루고 있었고 그는 분명히 나에게 호의적일 것이라고 예감하고 있었다.

"네 좋아요."

"오늘 저녁에 갑시다."

"네 좋습니다. 선배 이따 봬요."

우린 저녁 6시쯤 학교 버스정류장에서 만나서 버스를 타고 번화가로 이동했다. 그와 옆자리에 나란히 앉아서 가게 되었는데 난 홀로 내 삶의 신기한 현상을 체험했었다. 난 그새 3명이나 멋진 미남들을 마주쳤고 그들과 함께하려 했다는 것이다. 그리고 그들의 특징을 도출해 내가 소화해 낼 수 있는 부분이 무엇인지를 파악하고 그들로부터 배울 부분을 빨리 흡수해 내려고 했었다. 그러는 새 내 안의 미세한 부분들을 감지해 낼 수 있는 의식이 더 섬세해지고 스스로 사고하는 법도 배웠다. 하나의 현상에 내가 어떤 감정을 느끼면 내 안의 탐험가가 나타나 그 감정의 원인들을 밝혀내 방향성을 제시했다. 난 나 자신에게 납득이 되었고 나의 행동을 누군가에게 확인받으려고도 하지 않게 되었다. 언제나 나 자신의 소리에만 귀를 기울였고 그러자 세상이 내게 귀를 기울이는 느낌이었다. 내가 곧 세상이었다.

난 그의 패션 센스 말고도 궁금한 것이 여러 가지 있었다. 그중 하나가 여자 친구 유무였다. 만약 그가 여자 친구가 있다면 그가 내게 오픈할 수 있는 범위까지는 낱낱이 파헤쳐서 모든 과정을 듣고 싶었다.

"여자 친구 있어요?"

"네."

"며칠 만났어요?"

"2개월 정도 되었어요."

"어떻게 만났어요?"

"같이 아르바이트하다가 만나게 되었어요."

"누가 먼저 고백했어요?"

그는 살짝의 정적을 준 뒤 답했다.

"갑자기 걔가 좋아한다고 고백해 버려서 어쩌다 받아줘 버렸어요. 원래는 친구 사이로 지내고 싶었는…"

그는 내숭이 아니라 진심인 듯한 감정으로 말했다.

"그래도 여자 친구 있으면 좋지 않아요?"

"좋죠…"

전혀 행복하지 않은 표정으로 말했다. 눈빛이 세상이 너무나 시시하단 표정이었다. 그것은 성숙함이 아니라 감동이 메마른 가뭄 같은 것이었다.

"평소에 학교 끝나면 뭐 해요?"

"그냥 집에서 누워서 유튜브 보거나 인스타 해요."

난 여왕벌 사건 이후 인스타그램 알레르기가 생겼었다. 그의 인스타가 과하게 화려하거나 너무 예쁘면 난 당장이라도 그의 청바지에 구토를 해버리고 다음 정거장에서 바로 하차해 버릴 작정이었다.

"인스타 좀 볼 수 있어요?"

"저 인스타에 아무런 게시물이 없어요."

그는 그러면서 갑자기 휴대폰을 나에게 들이밀며 인스타그램 앱을 켰다.

"그런데 비밀 계정이 하나 있어요. 학과 애들은 아무도 모르는 건데 선배님만 보여드릴게요. 저의 패션을 알아주셨으니까요."

그러고 나서 보여준 계정은 어마무시하게 화려했다. 난 무슨 유명 모델의 계정을 본 것 같았다. 별의별 옷들을 입은 한 남성 모델의 사진이 게시물로 꽉 차 있었다. 그 사진 속 주인공은 내 옆에 앉아 있는 후배 놈인데 실물과 사진이 너무 달랐다. 얼굴은 더 주먹만 하고 팔과 다리는 훨씬 더 길어 보였다. 이건 사기였다.

"자존감이 낮아서 이런 거라도 해야 돼요."

난 그가 전혀 자존감이 낮아 보이지 않았는데 방금 본 계정 때문에 이젠 그런 것 같다! 아! 이것이 그의 내막이었구나. 앗! 구토가! 그는 수천 명의 팔로워를 가지고 있었다. 이것이 우리 세계의 실상인가? 그의 팔로워들은 이 친구를 실제로 보면 100퍼센트 실망할 것이다. 우린 왜 이따위로 살고 있는가?

난 전혀 나의 감정을 드러내지 않고 말을 이었다.

"멋지게 사네."

"아니요. 하나도 안 멋져요. 도훈 선배가 훨씬 더 멋있어요. 결국 혜성처럼 나타나서 수민이를 사귀어 버렸잖아요."

우린 둘 다 웃음을 터뜨렸다.

"사실 수민이를 좋아했었어요. 그런데 제가 눈치를 너무 많이 봤죠. 가까이 붙어 있기만 해도 회장이랑 부회장이 얼마나 질투했는지 몰라요."

"네가 더 경쟁력 있어 보이는데 왜 눈치를 봐?"

"원래 제 성격이 그래요. 그래서 살면서 놓친 게 많아요."

"20살이 말하기엔 너무 앞서간 발언 같은데? 그리고 진짜 눈치를 많이 보는 사람은 솔직하지 않아. 언제나 남들 앞에서 자신을 속이지. 넌 적어도 내겐 솔직하잖아?"

"그야 도훈 선배가 먼저 솔직하게 절 대해주셨잖아요."

"내가?"

난 이때 알 수 없는 황홀감을 느꼈다. 내 입꼬리가 올라가는 게 느껴졌고 광대 근육에 힘이 들어갔다.

"지금도 솔직하시네요."

우린 버스에서 내려 번화가를 걷기 시작했다. 아직 늦봄이라

저녁이 되자 날씨가 선선했다. 거리엔 언제나 자주 보이는 남녀 커플이 보였다. 옷과 신발을 파는 매장들이 우리의 시야 양쪽에서 계속 나타났다. 난 이런 것들에 대한 기준이 전혀 없었기 때문에 그의 흐름에 나를 맡기기로 했다. 그는 이 번화가의 모든 옷 가게를 전부 알고 있었다. 이미 그는 무엇을 해야 할지를 알고 있었다.

"형은 트로피컬이에요."

난 그 어휘를 들었을 때 심장이 관통했다. 우리가 무슨 말을 들을 때 특정한 직감이 번뜩인다면. 너무나도 당연하게 영혼이 반응한다면. 그건 언제나 옳았다. 그것은 자기의 욕구이기 때문이다.

"자유분방한 느낌. 하와이 해변의 남자를 만난 느낌이요."

"부러워요. 제가 딱 소화가 안 되는 스타일이거든요. 패션은 성격에 영향을 많이 받아요. 아무리 좋은 옷을 걸쳐도 그 옷에 부합하는 내면이 갖춰지지 않으면 테가 안 살아요. 저는 패션의 완성이 얼굴이라는 패배자들의 하소연을 경멸해요. 패션은 태도이며 그 사람의 행동반경 그 자체를 보여주는 것이에요. 자신만의 분위기를 표출함으로써 하나의 정신을 제시하는 거예요."

"그래서 저는 먼저 옷으로 제가 다루고 싶은 제 감정을 이해하려고 해요. 조금 수정해서 인스타에 올리긴 하지만."

그 순간 아마 나는 냉소를 머금은 표정을 짓고 있었을 것 같다. 난 침묵으로 그를 바라보고 있었다.

"나도 진실을 알고 있어요. 그건 너무 힘들어요. 이 세상은 내가 행동하고 노력으로 성취를 일구기도 전에 쉽게 관심을 얻을 수 있는 방법이 너무 많아요. 그럴수록 난 더 오히려 성급해지고 빨리 시들어지고 다시 새로운 걸 찾아 헤맸어요."

난 그가 왜 피폐한 눈빛을 하고 있었는지 알 것 같았다.

"난 행동보다 언제나 옷이 앞섰다는 거예요. 스스로에게 감동하고 깨닫는 것보다 허영심이 앞서가 있던 거예요."

그는 소름 끼치게 객관화를 잘했다. 그러나 자가 진단은 누구나 할 수 있는 것이었다. 진짜 중요한 처방은 당장 그 가상세계의 인물사진이 가득한 인스타 계정을 삭제하는 것이었다. 하지만 내겐 그에게 충고하거나 개입할 권리는 없었다. 그저 있는 그대로 바라볼 뿐이었다.

그의 공허한 우주 같은 눈 속에서 별똥별 하나가 스쳐 지나가며 질문을 던졌다.

"왜 저에게 같이 쇼핑하자고 하신 거예요? 무슨 동기로?"

난 그에게 얼버무리며 시답지 않은 말로 대꾸하면 안 될 것 같단 느낌을 받았다. 난 있는 그대로 솔직하되 야심 찬 포부를 포장지로 감쌌다.

"이번 여름에 베트남 봉사에 가. 여학생들도 많지. 아마 가게 되면 베트남 여학생들도 많을 거야. 거기서 자신감 개쩔고 싶어 그게 다야."

"역시 트로피컬이시네요?"

우린 흡족한 미소를 지었다.

하얀색 배경에 검은색 글씨로만 심플하게 영어로 'B-STORE' 라고 적혀 있는 간판만 빛나고 전체는 투명한 유리막으로 되어 있는 옷 판매장이 있었다. 투명한 유리막 덕분에 매장 내부의 옷들과 마네킹들을 전부 볼 수 있었다. 메이커가 없는 옷들로만 자유분방하게 진열된 빈티지 숍이었다. 투명 유리문을 열고 내부에 들어가자 지금껏 봐왔던 무신사 핏 댄디남들은 단 한 명도 없었다. 본적도 없는 희귀해 보이는 옷들만 갖춰 입은 남자 직원들이 우릴 반겼다.

레드와인색 반바지에 에메랄드빛이 감도는 반팔 셔츠를 걸친 남자가 있었다. 우리에게 다가오는 폼이 이곳의 대장으로 보였다. 말썽꾸러기지만 귀여워서 언제나 용서받을 것 같은 자기 확신이 느껴졌다. 왼쪽 전완의 안쪽에는 야자수 문신이 있었고 그에게선 해변의 기운이 뿜어져 나왔다. 굳이 물어보지 않더라도 스페인 해변에서 여인들과 물장난을 하고 놀았을 것 같았다. 그에게선 장난스러운 유흥의 냄새가 났다. 자기가 자랑스럽게 번 돈으로 당당하게 값을 지불하고 호탕하게 놀았을 것 같다. 과해 보이는 옷들이 한 인간의 분위기 덕분에 그것이 과하지 않고 당연해 보이는 것이었다. 에메랄드빛 반팔 셔츠는 그의 삶이었다.

난 동환이와의 첫 쇼핑이 생각났다. 그리고 그와 같이 갔던 옷가게에서 봤던 분수에 맞지 않은 치장을 하던 사장도 생각이 났다. 대비를 통한 교육만큼 식별력을 우수하게 만드는 것도 없는 것 같았다. 난 패자와 승자의 차이를 정확하게 인식했다.

"안녕하세요!"
에메랄드 사내의 목소리에선 젊음의 박력이 느껴졌다.

-

"찾으시는 옷 있으세요?"
"베트남에 갈 건데 트로피컬한 느낌으로 입고 싶어요."
그는 자신의 분위기에 나의 필요를 더해 새로운 리액션을 만들어 냈다.
"신 짜오(안녕하세요)! 자 이쪽으로 오시죠."
그게 무슨 말인지 몰랐지만 그의 분위기 때문에 그냥 좋았다.

그는 이곳을 하나부터 열까지 전부 디자인하고 옷도 직접 해외 거래처로 가서 공수해 오고 있었다. 나는 원래 직원들이 따라붙어서 나의 쇼핑을 망치는 걸 극히 싫어한다. 그러나 그는 예외였다. 어릴 때부터 부모님 용돈 받으면서 박사학위를 따고 강의실 밖의 세상은 아무것도 모르는 고상한 대학교수의 강의보단 천만 배 유익했다.

그는 나보다 더 신이 나 보였다. 흥미로웠던 모습은 그는 앞으로 자신이 소개해 줄 옷들을 빨리 알려주고 싶어 안달이 난 개구쟁이 소년 같았다. 쾌활함이 파도처럼 몰려왔다. 지루한 대학교수가 남들의 시선을 의식하느라 겉멋 부릴 시간에 그는 나와 둘만의 세계에만 온전히 집중하고 있었다. 그는 상상력을 발휘하여 질문의 가짓수를 세분화시켰다.
"해변도 가나요?"

그는 진열된 옷들을 빠르게 살피기 시작했다. 고도로 집중된 의식 때문에 미간에 힘이 들어가고 웃음기가 싹 빠지더니 진중하고 세심하게 옷걸이를 빼더니 나에게 대어보았다. 파란색의 나뭇잎 무늬가 그려진 셔츠였다. 난 속으로 너무 별로인데? 라고 느낄 찰나 그는 뜬금없이 핑크색 반바지를 내게 대어보았다. 그랬더니 두 색상의 조화가 하나의 생명을! 독창적인 입체감을 탄생시켰다. 그리곤 회색 벙거지를 내게 씌우더니 난 평생 나에게서 본 적 없는 모습을 보게 되었다. 방금 해변에서 나온 트로피컬이었다!

난 그가 골라준 옷들을 탈의실에서 갈아입고 나와 전신거울 앞에 서서 내 모습을 보았다.
"내가 원래 이렇게 생겼던가?"
거울 앞엔 의지의 얼굴이 보였다. 생동감 있는 눈과 갸름한 턱선은 그동안 극복해 낸 시련들을 비추고 있었다. 내 안에 내가 보였다. 내면에 전사가 보였다. 옷 따위는 그저 후광에 불과했다.
"마음에 들어요?"
옷 가게 사장은 흡족한 미소로 날 바라보며 물었다.
난 그 순간 지금이 기회다 싶었다. 자칫 미련할 수도 있는 방법이지만 돈과 시간을 불확실한 곳에 쓰고 싶지 않았다. 그래! 이 에메랄드빛 사내에게서 모든 패션의 진수를 전달받자!
"이 옷은 제 장바구니에 보관할게요. 다른 옷들도 추천받고 싶은데요?"
그 말을 듣자 그는 바로 진실한 교육자의 표정을, 즉 가슴 뛰는 무언가를. 자기만의 중요한 무언가를 알려주고 싶어 흥분한 모습을 보였다. 저 감정의 동요야말로 모든 투자자들의 지갑을 여는 창조자의 힘일 터였다. 난 어쩌면 물질적인 옷들보다 저 남자의 자기 확신과 이 옷들을 파는 이유를 사고 싶어 했던 것 같다. 그의 기운이 나에게도 흡수가 되어 조금이라도 더 자신감이 개쩔고 싶었으니깐 말이다.

그는 질문을 하기 시작했다.

"관광도 하나요?"

"박물관도?"

"봉사라면 대학교 같은 곳도 가나요?"

"밤에는 놀 거죠?"

"숲도 가요?"

그는 내가 갈 장소를 말하자마자 다시 매의 눈으로 재빠르게 옷들을 찾기 시작하여 가지고 와서는 내 몸에 대어보기 시작했다. 마치 이곳은 미친 과학자의 연구실이고 난 실험체가 된 것 같았다.

흰색 반팔에 목 부분은 단추로 포인트를 준 브이넥. 네이비색 긴팔에 흰색 반바지. 와인색 여름 바지에 무지 검은 티. 난생처음 본 정강이까지 오는 통이 큰 검은색 반바지에 차콜색 반팔. 단 한 번도 시도해 보지 않은 신세계였다. 난 그 옷들을 입을 때마다 내 눈에 들어오는 가지각색의 다양한 색상들에 어울리는 상황과 분위기들이 머릿속에서 그려졌다. 아! 그런 것들을 상상할 수 있다면 난 그렇게 행동해 볼 수 있는 것이었다. 나는 여러 가지 모습을 도전해 볼 수 있고 나의 또 다른 모습을 발굴하고 연출해 볼 수 있는 것이었다. 난 이 행위들이 아주 중요했다. 난 이 옷들을 베트남에서 꼭 입어야 한다. 그곳은 나의 무대이다. 배고픔도 싹 가시게 만드는 이 흥분 속에서 난 그날만을 기다리는 것이다.

상상만 해도 전율을 느낄 수 있는 이 황금을 두고 내가 왜 안락함만을 위해 살아야 했는가? 지금 하고 있는 이 미친 짓 때문에 오히려 나는 학교에서 일자리도 얻고 살도 뺐단 말이다! 오직 흥분만이 나의 현실이다. 난 내가 번 돈으로 모든 걸 충당할 것이고 결과는 책임지면 될 뿐이었다.

"전부 다 사겠어요."

나무(木)

아랑곳하지 않고

자기 멋대로 뻗어 있구나.

난 지금 버킷 모자에 푸른색 나뭇잎이 박힌 셔츠에 연분홍 반바지를 입고 있다. 내친김에 바로 샌들도 하나 사서 신었다. 아주 신선한 기분이었다. 거리를 걷다가 건물 창문에 비치는 나를 보면 자꾸만 눈이 갔다. 내 옆에는 키가 크고 훤칠한 후배 놈이 서 있지만 전혀 신경 쓰이지 않는다. 난 대체 불가능한 남자기 때문이다. 오늘의 난 멋있다. 너무 멋있다. 이것이 망상인지 아닌지는 확인이 필요했다. 그리고 그 확인은 여자들의 반응을 통해서 알 수 있을 터였다. 객관화를 다시 감행해야 했다. 그리고 다시 이 모든 행동들의 근원적인 동기를 상기했다. 나 자신을 사랑해 주기 위함이었다. 또다시 확장이었다!

"오늘 한탕 할까?"

난 그를 돌아보며 말했다.

"영광이죠, 선배님."

순수한 미소였다. 가끔씩 일본 애니를 보면 꽃미남에 온화한 미소를 지닌 캐릭터가 있다. 그는 신비에 둘러싸여 있고 호감형이지만 언제나 한두 발짝씩 사람들과 거리를 둔다. 그러던 어느 날 자살을 해버린다거나 포복절도로 추악스럽게 웃는 모습을 들키기도 한다. 그 깔끔한 미소 이면에는 섬뜩한 면이 숨어 있을 듯한 느낌을 받았다. 이유는 몰랐다.

한 건물이 눈에 들어왔다. 건물이 통째로 펍이었다. 낮에는 카페였다가 밤이 되면 네온사인과 보랏빛 조명들이 켜지고 요란스럽지 않은 재즈가 흘러나왔다. 들어서면 천장은 높고 내부는 탁 트여서 1층부터 2층까지 한 번에 볼 수 있었다. 양쪽 벽에는 테이블과 소파가 줄줄이 뻗어있었고 젊은 남녀들이 본격적으로 놀기 전에 이곳에서 잠시 쉬고 있는 것처럼 보였다. 노출 상태가 탁월한 여자들부터 어딜 가나 빠지지 않는 무신사 핏 댄디남들. 그리고 양복 입은 회사원들. 우리 같은 대학생들. 그리고 음표에 가끔씩 주어지는 강세처럼 밋밋함을 상쇄시켜 주는 서양 사람들이 있었다.

난 특히 서양인들을 볼 때면 가슴이 탁 트인다. 그 이유는 저 사람들에 대해서 모르기 때문이다. 천진난만한 호기심일 뿐이다. 그래서 언제나 서양 도서만을 탐독해 왔었다. 나는 24시간 365일을 매일 한국인들에게 둘러싸여 살고 있는데 도대체 왜 또 한국인이 쓴 책을 봐야 하는가? 수백 권의 책을 읽었지만 국내도서는 10권조차 되지 않는다. 난 언제나 세계를 열망해 왔다. 국가는 환상이다. 국가 부심이야말로 정신병이다. 그 심리의 기원을 낱낱이 해체하고 파고들어 가면 결국 낮은 의식 수준으로 벌어진 열등 기능의 투사물일 뿐이었다.

나와 그는 2층에 안락한 소파 의자가 있는 테이블에 자리로 향했다. 언덕 꼭대기에 올라선 전사의 시야를 확보하기 위함이었다. 난 계단을 올라가는 와중에도 몇 명의 여자들이 있는지 고개를 돌리지 않고 초연히 포착했다. 이젠 우진이도 용화도 없다. 내가 리드해야만 한다. 독립해서 주체적으로 움직여야 했다. 한두 번은 새로운 경험이었을지 몰라도 결국에 그것들은 나의 노력이 아니었다. 여왕벌 사건도 너무 운이 좋은 게임이었다. 본 게임은 바로 여기였다. 생판 처음 본 남녀끼리 제대로 된 객관화를 할 수 있는 곳이었다.

난 키가 작고 못생겼다. 알고 있다. 그래서 뭐 어쩌라는 건가? 내 옆에 이 후배 녀석은 상위권의 스펙을 갖추고 있다. 그래서 그게 뭐 어쨌다는 건가? 난 철저히 나를 파괴시킬 각오를 하고 온 놈이었다. 아마 여기서 나보다 더 많이 실패해 본 놈은 없을 것이다. 그것이 나의 명예이다. 모든 고통의 순간들이 광속으로 내 육체를 전율시켰고 각성을 일으켰다. 나만큼 전장에서 아픔을 겪어본 전사도 없을 것이다. 이렇게나 많은 싸움 속에서 자기 자신을 극복해 내기 위해 몸부림치는 전사는 나밖에 없을 것이다. 나는 이미 내면의 신성(神聖)을 보고 도취되어 있었다.

우린 2층에 올라와서 넓고 안락한 소파 의자와 테이블이 있는 자리에 착석했다. 막상 소파에 앉으니 너무 넓어서 둘이 앉아 있기엔 어색했다. 나랑 그는 무조건 한 명씩 옆구리에 여자가 있어야 했다. 우리의 옷차림을 봐라! 누가 봐도 사익 목적이 뚜렷하다. 남자 새끼들 단둘이서 놀 거면 슬리퍼 차림으로 편의점에서 깡소주나 먹으란 말이다!

우린 피자와 감자튀김. 그리고 맥주를 주문하고 우리 학과의 큰 이벤트인 나와 여왕벌 사건에 대해 이야기했다. 우린 우리끼리 최대한 즐겁고 진솔해야 했다. 그 유대의 기운이 여자들에게도 전해지기 때문이었다. 목적은 거기에 있었다. 우리의 테이블은 최대한 매력이 있어 보여야 했다. 다만 너무 인위적이지 않게 진심으로 그에게도 집중해야 했다.

"그런데 지훈아 마음에 걸리는 게 있어 너 지금 여자 친구 있잖아…?"

"저는 그 친구를 정리하고 싶어요. 결국 저도 형의 제안을 듣고 이곳에 따라 들어왔잖아요? 전 그 친구에게 진중한 마음이 없는 거예요. 만약 오늘 여기서 잘 안되면 수민이한테 제가 연락해도 될까요?"

우린 또 웃음을 터뜨렸다.

그때 한 여자의 실루엣이 우리 테이블과 가까워지는 걸 느꼈다. 절대로 고개를 돌리지 않았다. 그녀는 점점 우리에게 다가오더니 우리 테이블에 팔꿈치를 대고 주저앉아서 조용히 휴대폰 화면을 보여주었다. 메모장 앱이 켜져 있었고 입력한 글이 보였다.

'제 친구가 너무 마음에 들어 해서 대신 전달드리러 왔습니다. 이따가 저희 테이블로 와주실 수 있을까요?'

물론 내가 아니라 후배 놈을 말하는 것이었다. 그는 소리 없이 입꼬리만 올려 보이고는 말했다.

"그럼 조금 있다가 갈 테니 번호 좀 주세요."

그녀는 아무 말 없이 웃으며 번호를 주더니 우리 시야에서 안 보이는 곳 구석진 자리로 돌아가 버렸다. 나는 그녀가 뒤돌아서 아무 일 없었다는 듯 위풍당당 걸어가는 뒷모습을 턱을 치켜올려 가며 최선을 다해 음미했다.

"엉덩이가 훌륭해."

"친구는 네 거고 저 여자가 내 짝이 될 텐데 아주 좋아. 이런 게 그냥 얻어걸리다니."

정작 후배 놈은 초연한데 나는 너무 좋아 팔짝 뛸 지경이었다.

우린 그 친구라는 여자의 모습이 궁금했기에 화장실에 가는척 하며 그 구석진 자리를 지나쳐서 힐끗 볼 예정이었다. 화장실 옆 후미진 곳 자리에 여자들이 앉아 있을 줄은 상상도 못 했다. 설마 너무 미모가 뛰어나서 날파리들이 꼬일까 봐 숨어서 먹고 있던 건가?! 난 그 구석진 자리를 가는 와중에도 상상을 멈출 수가 없었다.

이제 화장실 위치를 가리키는 표지판이 나왔다 저기서 왼쪽으로만 돌면 그녀들이 앉아 있는 모습을 훔쳐볼 수 있을 테다. 3… 2… 1.

찰나 내 눈엔 2개의 테이블이 스쳐 지나갔다. 그러나 초점에 정확히 잡힌 건 한쪽 테이블만이었다. 금색 물체가 보였다. 난 심장이 요동쳤다. 새하얀 얼굴에 밝게 빛나는 이마. 밑에는 푸른 눈을 가진 백인 여성이 환하게 웃고 있었다. 고개를 돌리지 않을 수 없었다. 난 멈춰 서서 정확히 그녀를 응시했다. 그녀도 웃고 떠들던 도중 푸른 눈의 초점이 나에게 잡히더니 점점 커지며 사파이어 빛이 났다. 눈이 마주쳤다.

난 정신을 차리고 고개를 돌려 화장실로 갔다.
"너무 노골적으로 보신 거 아니에요? 예쁘긴 하던데?"
"못 봤어."
"그럼 뭘 본 거예요?"
"옆에 있던 백마."
웃음기가 쏙 빠졌다. 고뇌가 시작되었다. 내 심장은 정확히 저 금발의 여성을 원한다. 난 갈림길에 직면해 있었다. 미래가 보장된 편한 길을 가느냐 아님 내 자신에게 솔직해지느냐였다. 저 불확실한 길은 날 떨리게 했다. 두렵고 알 수 없는 결과가 기다릴 것이다. 아마 간다면 영어로 말을 해야 할 것이다. 아마 간다면 거절당할 수도 있을 것이다. 그리고 그 광경을 아까 옆 테이블의 두 여자들이 본다면 배신감과 냉소를 우리에게 내비칠 것이고 우린 비웃음당할 것이다.

그러자 니체가 내 안에서 속삭였다.
"여자에게 있어서 최상의 가치는 '그가 원한다.'이다."
내 안의 남자가 속삭였다.
"난 원한다."
"난 그녀를 원한다."

"난 저 푸른 눈의 금발을 원한다."
 감정. 그것은 비합리적인 것이었다. 생각이란 것은 이 비합리적인 녀석을 중심축으로 공전하는 은하계에 불과했다. 합리성! 그것은 언제나 한 걸음 늦게 뒤따라오는 녀석이었다. 난 너무 멍청했기에 진정한 합리적인 인간이 되려면 자기기만에서 빠져나와 솔직해지는 수밖에 없었다.
 "태양은 뒷면조차 빛나리…"
 "네…?"
 "지훈아 미안한데 계획을 수정해야겠어."
 "옆에 있던 백마 테이블로 가자 술값은 내가 전부 낼게."
 그는 번뜩이는 표정을 지어 보이며 아무 말도 안 했다.
 "내 일생일대의 과제에 직면했어. 저 여자에게 말을 걸어야만 해."
 "난 선배가 용감해서 좋아요. 그런데 외국인이잖아요. 영어는 좀 해요?"
 "좆도 못하지. 근데 알 바야? 내가 좋다는데?"
 "그 백마랑 같이 온 친구도 외국인 같던데 저는 영어를 못해요. 또 형처럼 자신감이 넘치는 것도 아니고요."
 그는 자신감과는 별개인 난처해질 상황에 대한 우려를 보이는 것이었다. 하긴 언어의 장벽은 힘든 난제였다. 그러나 나의 욕구는 극강으로 내 안의 모든 역사를 뒤지기 시작했다.

"한 농아를 봤어. 목소리가 아주 조금씩만 나오는 정도지. 그는 수어를 가르치는 강사야. 일반인들도 가르치지. 그는 강단에 서서 색색거리는 소리를 내가며 최선을 다해 수강생들을 가르쳐. 발성하기 힘든 단어도 애써 발음해 나가며 소리를 내려 하지. 우린 아무도 그를 무시할 순 없어. 그 이유는 그가 자기 자신을 장애인 취급 하지 않기 때문이야."

"그는 좋아하는 여자한테 말 한번 못 걸어 봤을 거야. 왜냐하면 목소리가 안 나오거든. 포차 테이블에서 여자한테 다가가서 수어로 말을 건단 건 정말 난처한 상황일 거야. 그가 만약 우릴 본다면 무슨 생각을 할까? 우린 목소리가 나오고 저 여자들 테이블에 걸어갈 수 있는 팔과 다리가 있고 술값을 낼 돈도 있어. 도대체 뭘 망설이는 거야? 기회는 도처에 널려 있어. 다만 실패할 게 두려워서 시도하지 않는 거라면 우린 그 농아에게 뺨을 맞아야 해. 우린 두려워할 자격이 없어."

"근데 영어를…"

"아니! 마음만 있으면 어떻게든 통하게 되어 있어."

"이 열망과 용기 믿음으로 가득한 현재가 오늘의 가장 큰 수확이야. 시도하자."

우린 화장실에서 나오면서 그 구석진 테이블을 다시 스쳐 지나갔다. 아마 저들도 우리가 멈춰 서서 자기네들을 쳐다보았단 걸 의식하고 있을 터였다. 그런데 뜬금없이 옆 테이블의 외국인에게 가다니! 이건 모험이고 나에겐 혁명이었다. 그도 나의 너무나 굳건한 마음에 이미 내 뜻을 바꿀 수 없음을 아는듯했다. 그는 마지못해 나와 동참해 주기로 했다.

"일단 칵테일을 좀 사야겠어"
 난 저번에 우진이가 아이스크림 2개를 사 가지고 가서 합석에 성공했던 광경이 떠올랐다. 난 제일 센 거 두 잔을 시켰다. 이름이 특이했다. 하나는 갓 파더. 하나는 또 하나는 오르가슴. 양손에 칵테일을 한 잔씩 들고 또다시 그 구석진 자리로 향했다. 난 이 순간이 자랑스러웠다. 두려움과 흥분이 가득한 순간. 미지의 운명에 날 집어던질 때의 긴박감. 심장이 극심하게 요동치고 술기운 탓에 맥박이 귀에서 윙윙거렸다.

 눈앞에 화장실 표지판이 보였다. 이제 저곳으로 가서 왼쪽으로 돌면 푸른 눈의 금발이 날 기다리고 있을 것이다. 하나… 둘… 셋…

 자세히 보니 정말 아름다웠다. 혹은 정말 잘생겼었다. 나의 영혼은 본능적인 의무감을 느꼈다. 심장이 덜커덩거렸다. 머릿속이 하얘지고 벙쪘지만 나의 두 다리는 이미 그녀를 향해 가고 있었다. 그녀는 내가 다가오는 걸 의식했고 웃고 떠들던 상태로 고개를 돌려 나를 쳐다보았다. 우린 눈이 마주쳤다. 난 그녀 앞에 서서 잔을 들고 있던 양손을 얼굴 높이로 올려 보이며 고개를 비스듬히 꺾어 미소를 지은 후 재빨리 칵테일 2개를 테이블 위에 놓으며 말했다.

"I'm here for your the most beautiful girls in here."

그녀들은 박장대소로 웃더니 금발의 푸른 눈이 나의 볼을 꼬집으며 말했다.

"So cute…"

"Can I sit together with my friend?"

"If you buy me a drink."

난 그녀의 말에 '너는 자지가 달려 있냐.'는 말에 대답하듯 발악하며 대답했다.

"Of course!!"

그녀들은 또 박장대소로 웃었다.

난 복권에 당첨되고 돈을 받으러 가는 사람처럼 황급히 후배 놈을 데리러 갔다. 나 자신이 너무 사랑스러웠다. 인간은 용감할 필요가 있었다. 모든 것이 아름다워 보였다. 성취. 이것은 눈부신 성취였다.

난 그녀들 앞에 서서 내 후배 놈을 소개했다. 처음으로 그의 눈에서 희망이라는 것을 보았다. 반짝거림! 아직 애늙은이에 염세적인 그가 겪어보지 못한 신세계의 경이가 눈앞에 펼쳐진 것이다.

그 백마의 친구는 가슴 파진 옷에 빨간 머리를 하고 있었다. 눈빛이 녹색이었다. 신기했다. 눈앞에 다른 세계가 있다! 신박했다. 얼굴의 입체감이 뚜렷하고 자기주장이 확실했다. 내 후배 놈보다 더 남자다운 인상을 주었다. 그리고 나의 옆엔 그녀가 있다. 엄청난 에너지가 느껴졌다. 일단 확실한 건 그녀들은 제정신이 아니었다. 만취 상태였고 꽤나 신나 있었다. 그 분위기에 우리도 자연스레 들뜨게 되었다. 그녀들은 자신들이 먹던 술을 우리에게 나누어 주었다. 마셔보니 보드카였다. 목 넘김의 순간. 내 식도와 내장 기관의 위치를 뜨겁게 느낄 수 있었다. 더 신이 났다.

그녀는 내게 말했다.

"Why so shy?"

shy? 수줍다는 건가? 난 광대가 아프게 미소를 지었다. 태어나서 이런 벅차오름은 난생처음이었다. 눈을 마주쳐 본 여자 중에서 제일 아름다웠다. 내 상상력은 이미 그녀와 국제결혼까지 진행되었다.

우린 서로 정확한 영어 문장을 구사하지 않았다. 하나의 단어만 던져도 그녀들은 다 알아들었다. 가끔 말문이 막힐 땐 휴대폰으로 번역기 앱을 켜서 대화를 주고받았다. 그럴 때마다 그녀의 어깨와 머리카락이 내게 닿았다. 낮은 수준의 어휘력 때문에 난 조금 더 과장된 듯했다. 다시 새로운 언어를 배우는 어린아이처럼 천진난만한 호기심으로 말했다. 술기운이 더 올라왔다. 그녀는 말을 할 때 미간을 찌푸리거나 리액션을 크게 하고 몸짓을 써가며 애교를 부렸다. 알고 보니 러시아인이었다. 그녀도 영어가 모국어가 아니었기에 우리는 서로 오그라들 일이 없었다. 누가 러시아인이 차갑다 했는가? 내가 본 여자 중들에서 제일 애교가 넘쳤다. 가끔씩 눈은 사이코패스 같은 무서운 검푸른 심연을 비추기도 했다. 분명히 얼굴은 잡티 없이 새하얀데 눈 주변이 판다처럼 검은 느낌을 주기도 했다.

난 그녀의 귀에 손을 갖다 대고 금색 머리카락을 쓰다듬으며 정면으로 그녀를 바라보았다. 난생처음 보는 이마와 눈. 코였다. 이마는 보름달처럼 빵빵하고 눈은 사파이어를 담은 조개였다. 한국 여자들이 왜 성형을 하는지도 그제야 이해가 되었다. 차원이 다른 미모였다. 심장을 관통해서 미칠 지경이었다. 이렇게 눈을 마주치고 있으면 광대가 아팠다.

다시 그녀가 말했다.

"Why are so shy?"

난 전혀 수치스럽지 않았다. 왜냐하면 난 나 자신을 전혀 수줍은 사람이라고 생각하지 않았으니까. 무언가 감지되었다. 정적이 흘렀고 그녀의 푸른 눈이 날 끌어당겼다. 잠시 그녀와 내가 일치했다. 지금 이 순간이다! 난 바로 키스했다.

그러자 그녀는 숲속의 공주가 된 듯이 차분하게 나의 키스를 받았다. 잠시 얼굴을 떼고 난 그녀를 지긋이 쳐다보았다. 흡족하게 웃고 있었다. 이번엔 그녀가 좀 더 저돌적으로 달려들었다. 무서운 기세였다. 심장이 찌릿했다. 난 전생에 칭기즈칸의 자손이지 않았을까 했다. 유라시아 대륙을 오고 가며 우린 분명히 어딘가에서 피가 섞였을 것이다. 동서양의 결합. 대극의 조화. 양극단에서의 긴장감. 그런 건 현생에서도 실재할 수 있는 것이었다.

-

그녀와 단둘이 팔짱을 낀 채 거리를 걷고 있다. 난 후배 놈과 헤어진다. 우린 인근 모텔로 들어선다. 카운터에서 숙박료를 지불하고 우리의 방으로 간다. 아! 전 세계 공통 어휘는 자신감이었구나. 이제 시작한다. 그녀는 미간을 찌푸리며 신박한 신음 소리를 낸다. 너무 소리가 커서 복도에 울려 퍼질까 걱정이다. 그녀의 신비가 하나둘씩 벗겨지고 나의 열쇠로 판도라의 상자를 연다. 그녀는 누워서 나에게 제압당하지만 나의 열쇠를 부숴버릴 듯이 조여댄다. 정신이 혼미하다. 첫 키스처럼 실감이 나질 않는다. 어두운 조명 때문에 그녀는 주 예수그리스도처럼 보인다. 혹은 엘프인가? 난 더 자세히 보기 위해 결합된 채 그녀를 일으켜 세운다. 천국이 눈앞에 있다. 그녀는 지혜의 젖가슴을 내 얼굴에 문지르며 맞이한다. 숨 막히게 아름답다. 최선을 다해 빨아 마신다. 성모마리아가 내 머리를 쓰다듬으며 안아준다. 화장대 거울에 우리의 모습이 보인다. 생명의 탄생이 여기서 시작하고 있었다. 우린 다 여기서 왔고 다시 우리가 가야 할 곳이었다. 흩날리는 금발이 날 더 야만적인 사탄으로 보이게 했다. 이제 천사의 축복에 보답해야 하니 내가 악마가 될 차례였다. 그녀의 뒤에서 나의 열쇠로 고문을 한다. 고통에 겨운 신음이 천상에서 울려 퍼진다. 천국이 무너지는 소리가 들린다. 그녀는 더 큰 고통을 원하는 듯했다. 그래야 더 큰 쾌락을 얻을 수 있다는 걸 아는 것이었다. 신이야말로 악마이며 유혹자였다. 악마야말로 최고의 선이며 빛이 스며들 구멍이었다. 모든 건 하나였다.

-

 난 나의 모든 감정을 A4용지에 적어보거나 내 자신에게 질문을 던져놓은 걸 기숙사 방 벽에 붙여놓기도 하고 파일 함을 만들어 책자로 만들어 읽곤 했다. 시를 쓰기도 했으며 누군가를 분석해 보기도 했다. 이 모든 행위는 철저히 비밀이었으며 누구에게도 발설하지 않았다. 그 이유는 나를 기준으로 세상을 바라보고 가치를 설정하고 싶었기 때문이었다. 때론 무너질 것 같은 감정이 들 땐 A4용지에 내 자신의 모든 설움과 한탄을 다 털어내기도 했다. 그러고 나면 나의 실체가 그 위에 올려져 있었고 난 그것들을 관찰했다가 다시 조합을 시작했다. 모든 분노는 오직 나만을 겨냥했다. 누군가의 잘못된 부분을 적나라하게 낱낱이 파헤쳐서 그 사람의 본질까지 접근하기도 했다. 그리고 내가 했던 말과 행동을 기록하고 실제로 상대방이 나에게 자주 쓰는 말들을 대입하여 내 실제 이미지를 파악하고 그대로 바로잡을 부분을 포획해 나갔었다.

누군가에게 보여지기 위한 글이 아니었기에 솔직함에서 나오는 동력은 엄청났다. 글을 다 쓰고 난 후. 며칠이 지나서 다시 그 글을 보면 이미 나를 앞서간 존재가 내 미래와 가야 할 곳을 예견하고 있었다. 언제나 그 녀석은 나를 초월하는 존재였다. 그동안 읽었던 모든 분야의 책들의 지식과 나의 역사를 엮어내면 나의 세계가 눈물이 날 정도로 감격스러워졌다. 눈치가 빨라진다거나 식별력이 우수해지는 것보다도 모든 현상들이 점진적으로 이해가 되면서 깨달음과 함께 나의 동공을 확장시키는 순간들로 가득 차기 시작했고 난 더 밝아져 갔다.

난 심각하게 화가 나거나 내 자신이 혐오스러울 때마다 미친 듯이 글을 썼다. 그 공간은 탐욕이 없었기 때문에 또 다른 자기 발견이 날 기다리고 있었다. 내가 미친놈이 된 건 아닐까 걱정스러운 마음이 항상 있었다. 난 그래서 외부 세계에서 망상가가 아니란 실체적 증거물을 언제나 확보해 나갔다. 그렇게 외부 세계와 교류하는 장치가 존재함으로써 진정한 식별을 해내고 객관적 사고도 잃지 않으려 했다. 이 공간은 끝이 없었다. 난 다시 도전과제를 찾는 미친놈이었다. 그게 아니라면 당장이라도 숨통이 끊어질 것 같았다.

점점 사고방식이 달라지는 것을 느꼈다. 결단을 내릴 때 순수한 호기심과 성취를 기반으로만 움직였다. 한 사건, 한 사람을 그저 하나의 현상으로 이해했고 책들에서 본 사고의 도구들을 사용하는 것보다 나의 주관이 더 정확해지는 순간이 오기 시작했다. 점점 책들에 대한 분별력이 생겼고 나의 모순성에 대한 민감도가 더 섬세해졌다. 그러고 나면 나는 점점 사람들의 표정이 이상해 보였다. 사람들의 걸음걸이. 말투. 자주 쓰는 어휘들이 다 이상하게 보였고 낯설어졌다. 그러나 그 이상한 부분 또한 이해가 되기 시작했고 나를 치켜세우고 내세우기 위해 열변을 토할 필요도 없었다. 최선을 다해 상대방 입장에서 바라보고 그들의 어휘와 시야를 사용했다.

　이 모든 것들은 전부 나에 대한 도전이며 호기심이었고 야망이었다. 난 내가 어디까지 가능한 존재인지 궁금했다. 난 항상 어둠 속에 있었기에 모든 빛을 흡수했다. 난 강박적으로 상대방의 반응을 확인했으나 매달리진 않았다. 이 모든 행동반경의 근원은 단지 명예로 가는 길이었다. 주관이 뚜렷해진다는 것은 심장의 반응을 알아챌 수 있다는 것이었다. 난 또 내가 이 공간에 오리란 것도 알았다. 이 사실을 인식하는 것 자체가 이미 날 영원한 승리자로 만드는 것이었다. 난 언제나 나와 싸웠고 날 위로했고 나 자신을 절대로 애매모호하게 투덜거리며 회피하지 않고 직면했다. 날 발가벗기는 건 치욕스럽고 고통스러웠지만 그 과정 속에서 생성된 논리체계를 그대로 상대방에게도 겨냥할 수 있단 걸 깨달았다. 난 언제든 상대방을 죽일 수 있는 사람이었고 다시 일으킬 수 있는 사람이었다. 그럼으로써 진실로 상대방을 사랑해 줄 수 있는 사람이 되어갔다. 이 순환고리는 영원했다. 더 이상 용화도 우진이도 없었다. 내 자신만이 있었고 그때야 비로소 난 급속도로 변해가기 시작했다.

황금을 찾는 자(金)

비바람이 몰아치는가?
시인은 간다.

땡볕에 폭염인가?
시인은 간다.

폭설이 내려 산이 주저앉았는가?
시인은 간다.

옆 테이블 여자가 마음에 드는가?
시인은 간다.

세상에서 제일 높은 산이 어디인가?
에베레스트인가? 아님 나 자신인가?
시인은 둘 다 오르려 한다.

내 안의 전사를 깨울 수 있는 곳
그곳이 대체 어디인가?
시인은 간다.

시인을 막으려거든 숨통을 끊어라.

공항에 전국에서 모인 대학생 27명이 모였다. 역시 한 남자만 무리 속에서 눈에 띈다. 그 혼자 하얗게 보석처럼 빛난다. 모든 여학생들은 그를 보며 웃는다. 진행요원은 그와 함께 다니며 학생들을 인솔한다. 그녀와 용화가 나란히 같이 서 있자 드라마나 웹툰에서나 보던 선남선녀가 따로 없었다.

난 위압감과 경계심을 느꼈다. 그러나 나의 내면에서 고백을 시도했다. 열등감인가? 진심으로 아니었다. 나와 그는 다른 개성을 가진 인격체일 뿐이었고 승부를 볼 수 있는 가짓수와 매력도 달랐다. 어차피 명예로 가는 길은 하나다. 남자의 영광은 자신의 삶이 자랑스러운지의 여부였지 외관이 아니었다. 용화는 숨겨야 할 비밀이 너무 많은 초라한 존재였다.

난 그를 꿰뚫어 보기 시작했다. 그의 영혼이 달그락거리는 빈 수레 같았다. 초면에는 분명히 신사였고 리더십도 있어 보였는데 현재는 완전히 달라 보였다. 그는 남을 챙기는 모습을 꼭 보이는 공간에서만 의도적으로 하였고 절대로 혼자서 다니는 법도 없었다. 옆에 꼭 누가 있어야만 화장실을 가는 중학생 소녀 같았다.

그러나 여학생들은 그를 볼 때마다 좋아 죽으려 했다. 참으로 그녀들이 고마웠다. 그녀들은 그를 좋아하는 모습을 쉽게 들켜버림으로써 자신이 현명한 여자가 아님을 광고하는 셈이었다. 그를 더 자세히 지켜보았다. 자기 옆에 있는 여학생과 농담을 주고받을 때 별로 딱히 웃음 포인트가 아닌데도 자기 혼자 이미 웃으면서 유쾌한 분위기를 부추기는 식이었다. 가끔가다 소녀 같은 제스처를 하며 불쌍한 척을 하기도 했다. 때론 못생긴 여자들도 그에게 와서 장난을 걸었는데 그 순간 그는 정색을 하며 비신사적인 모습을 보였다.

그의 주변엔 이미 여학생들로 가득 차 있었고 그는 무슨 민머리에 체육을 전공하는 근육질의 남학생과 다녔다. 나이는 이제 갓 20살이었고 덤벨 말고는 아무것도 모를 것 같은 순진한 양이고 세상 물정 모르는 수도승 같았다. 그는 또 가스라이팅을 할 순진한 아이를 포섭한 사냥꾼이었다. 이곳의 학생들은 나와 그의 관계에 대해서 이미 잊어버린 듯했다. 당연한 일이었다. 나는 그를 더 빛나게 하는 어둠의 역할이었을 뿐이었다. 어둠은 대체가 되어도 사람들은 신경 쓰지 않는다.

은지만이 혼자서 소외된 여학생들과 차분하게 의자에 앉아서 오순도순 이야기를 하고 있었다. 신기했다. 은지만이 그 남창 녀석에게 관심이 없었다. 난 은지 옆에 다가갈까 했지만 왠지 그러고 싶지 않았다. 왠지 내 안에 껄끄러움이 거슬렸다. 난 그녀를 볼 때면 결코 쿨한 척을 할 수가 없었을 것 같았다. 그러나 그렇기에 더욱더 다가서야 했다. 난 타고난 강한 남자가 아니기 때문에 의식적으로 초연해지려고 하지 않으면 당장이라도 자의식과잉이 될 수 있기 때문이었다. 그 경각심이 나의 재능이었다. 그 민감도와 극도의 예민함이 내 모든 움직임의 원천이었다. 그녀에게 다가서야 했다. 실연당한 소녀처럼 쭈뼛거릴 수는 없는 노릇이었다. 자존심이 상하면 자살 충동을 느꼈다.

"안녕."
"안녕하세요. 도훈 님."
"같이 있어도 될까?"
"좋아요. 마침 커피 사러 가려 했는데 같이 갈래요?"
"좋아."

내 안의 이상함을 느꼈고 그녀도 그 이상함을 알진 않을까 우려가 되었다. 기류가 어색했고 우린 말없이 걷고 있었다.

"뭔가 달라졌는데요?"

"응?! 뭐가?"

"때 묻은 느낌? 순수함은 어디 갔어요?"

"무슨 소리 하는 거야? 난 그대로인데?"

"모르겠어요. 분위기가 너무 달라졌어요. 거북해요. 이미 표정에서 다 드러나요."

"내가 무슨 표정을 짓고 있는데?"

"슬퍼 보여요. 무슨 생각을 그렇게 해요?"

"나도 잘 모르겠어. 자꾸 어딘가에서 허우적대는 기분이야. 분명히 난 내가 확실하다고 믿고 있었는데 너의 반응을 보니까 또 내가 틀린 기분이 들어. 아! 모르겠어. 아… 자신감이 가지고 싶었어. 그냥 답답해. 아무것도 맞추기 싫어. 내 멋대로 살고 싶어. 그런데 그럴수록 세상에서 낙오될까 봐 두려워. 난 내가 터프해졌다고 생각했었는데 작정하고 죽음을 향해 달려가고 있다고 믿었는데 자꾸만 삶이 내게 다가와서 가로막으려고 해. 아! 모르겠어…"

그녀는 내 눈물을 닦아주며 아무 말 없이 바라보았다. 그러곤 두 손을 잡아주고 다시 날 말없이 바라보았다. 난 바로 어린아이처럼 안겨서 울었다. 갑자기 어린 시절 어머니가 내가 아침에 늦게까지 일어나지 않으면 내 어깨와 팔을 간지럽히며 장난치던 기억이 떠올랐다. 심장이 저릿하게 따뜻했다. 전해지는 온기가 남달랐다. 갑자기 세상 전체가 따뜻해지고 심하게 요동치던 불안감도 사그라들었다. 그녀의 온기가 날 녹이고 난 그새 안정감을 찾았다. 그녀가 내 여자 친구가 된다면 당장이라도 결혼해 버리고 싶었다. 아! 난 사랑이 필요한 순진한 녀석이었던 걸까? 그 쉬운 길을 놔두고 어려운 길만 고집한 바보 멍청이였던 건가? 다시 무엇을 희망해야 하는지를 난 자각했다. 난 이 따뜻함을 절대로 잊지 말아야 했다.

"고마워."

"왜 혼자 급발진하고 울다가 이젠 갑자기 고맙대?"

그녀는 웃으면서 말했다.

"아 미안 좀 부담스러웠지."

"이제 좀 괜찮아졌어요?"

"응…"

"도훈 님은 왠지 엄청난 여자를 만날 것 같아요."

"어?!"

"그냥 느낌이에요. 느낌."

"커피 뭐 마실래요?"

그녀와 나는 공항 안에 있는 커피숍에 들어가 테이블에 앉아 마주 보고 앉아 있다. 아무 말 없이 쳐다보고 있는 정적이 얼마나 되었을까? 그 짧은 순간 나의 내부에서 충동이 거세게 몰아쳤다. 잠깐 무책임하다고 느껴져 그 충동을 잠재웠다. 그녀가 무슨 할 말 있냐고 물어본다. 난 없다고 말한 뒤 주문했던 커피를 가지고 그곳을 나온다.

　다시 그 충동이 용암처럼 솟아올랐다. 나의 지능이 무언가를 감지했다. 이 현상을 나 자신에게 설명해 볼 수 있는 것이고 이해가 충분히 가능한 것이지만 미친 짓이었다. 하지만 내 가슴이 옳다고 말하고 있었다. 하지만 언젠가 해야만 하는 것이었다. 늦어지면 늦어질수록 난 더 결단을 내리기 힘들어질 것이다. 모든 건 현재였다. 지금이 아니면 미래도 없었다. 어쩌면 그동안 나의 모든 투쟁은 이 사실을 깨닫기 위함이었을지도 모른다.

　이젠 길 위에 놓여 있었다. 난 지금 내가 무슨 행동을 해야 하는지를 알았다. 그와 동시에 더 큰 두려움이 날 엄습했다. 엄청 이기적인 행동이란 것도 인지하고 있었다. 그래서 지금 하려는 행동이 추후에 옳은 판단이었음을 내 삶을 통해 증명해 내야 할 것이다. 그 증명은 나의 비밀스러운 명예이고 앞으로 나의 모든 행동반경을 이끌어 줄 무한의 연료가 될 터였다.

혁신가들의 고독함은 지금 이 순간이었다. 진짜 망상가는 자신이 더 나은 존재가 될 수도 있음을 스스로 확인해 보지 않는 자들이었다. 하나의 영감에 사로잡혔을 때 그것을 시도해 보려 하지 않는 자들이었다. 난 당장이라도 겁쟁이가 되어서 1분 후에는 망상 속에서 사는 찌질이가 되어버릴 수도 있었다. 그 정신병을 방지하기 위해서라도 행동해야만 했다.

"난 가야겠어."

그녀는 말없이 쳐다보았다. 눈동자는 놀란 눈치였다.

"사실 이곳에 온 이유는 여자 친구가 사귀고 싶어서였어. 난 봉사 따위에는 관심 없어. 그냥 놀고 싶고 추억 좀 만들어 보려고 온 거야. 그러나 진짜 남자가 되려면 자신의 길을 가야 해. 이 따위 보라색 봉사 단체 티나 입고 어떻게든 여자랑 썸 한번 타보려고 내 청춘을 낭비해서는 안 돼. 진짜 추억과 사랑은 자신만의 투쟁에서 비롯된 분투에서 시작돼. 이곳은 아니야. 부모님 용돈이나 받아 살면서 선후배 조언이니 멘토링이니 도대체 이건 무슨 정신병이야? 삶을 살아보지도 않은 애들이 도대체 무슨 봉사야? 다들 환상 속에 심취해 있어. 진짜 남에게 도움이 되고 싶다면 자신의 길을 가야 해. 이건 멍청한 짓이야. 난 가야 해."

그녀는 떠나려는 내 손목을 잡았다. 우린 말없이 쳐다보았다. 또 다른 정적이었다. 이번엔 그녀가 다급하게 나를 안아주었다. 아까와는 또 다른 포옹이었다.

난 돌아서서 바로 캐리어를 끌고 빨리 걷기 시작했다. 그녀가 나를 계속 보고 있을지도 모르는 일이었다. 그러나 결정한 순간 뒤돌아볼 수 없었다. 극한의 어둠이 날 덮쳐오기 시작했다. 가슴이 떨리고 격렬한 흥분에 휩싸였다. 이 길을 간다면 난 이제 보편적인 기준들과는 작별을 해야 할 것이었다. 가족들과 친구들로부터도 멀리 떨어질 것이다. 그러나 내게 감동을 주지 못하는 것들이야말로 다 환상이었다. 지금 내 감정이야말로 실재하는 것이었고 느낄 수 있는 것이었다. 지금 이 결단을 인내심 있게 유지하며 더 삶을 살아내는 것이 나의 유일한 이성일 것이다. 난 누구보다 차갑고 칼 같은 이성으로 무장할 것이었다. 내가 없다면 세상도 없는 것이고 내가 없다면 돈도 여자도 다 환상인 것이었다.

공항 입구를 나가자 도로엔 택시들이 줄지어 있었다. 택시의 문을 열고 뒤에 탔다.

"서울역으로 가주세요."

난 창밖을 보며 차분하게 생각들을 가다듬었다. 부산에 내려간다면 제일 먼저 해야 할 일은 자퇴하는 것이었다. 그리고 모아둔 돈으로 작은 방 하나를 얻어서 바로 부모님으로부터 독립하는 것이었다. 어디로 가야 하는가? 갑자기 이태원에서 봤던 남산타워가 떠올랐다. 그 근처가 좋겠다. 집은 좁고 상태가 별로여도 상관없었다. 책상과 A4용지. 펜. 이것들만 있으면 됐었다. 돈은? 사지 멀쩡한 사내라면 먹고살 수 있는 것이 세상이었다. 꿈만 있으면 걱정할 필요가 없었다. 내 안에는 우진이가 있었다. 우린 언제나 결합되어 있었다. 진실한 친구 한 명이면 난 이미 부자였다.

난 나와 같은 영혼의 동반자를 만나려면 내가 먼저 그 영혼의 그릇이 되어야 했다. 나 또한 사랑이 들어올 공간을 만들어야 했다. 집과 차를 삼으로써가 아니라 나의 길을 감으로써 말이다. 무서울 게 전혀 없었다. 지금쯤 그 농아인 강사는 다 허물어져 가는 강의실 건물 안에서 나오지도 않는 목소리로 수강생들에게 열변을 토하며 그 어떤 존재보다 떳떳하게 빛나고 있을 것이었다. 또 나의 여왕은 어딘가에서 홀로 눈물을 삼키며 전사의 아내가 될 준비를 하고 있을 것이다.

내가 앞으로 살아가면서 유일하게 내 새울 수 있는 무기는 나 자신에 대한 진실함. 그거 하나일 것이다. 난 믿는다. 한 인간의 광채로 사람들을 바라볼 때 진실함의 입자가 새어 나와 인간의 굴레 한가운데서 별처럼 빛나리란 것을.

열악함이 사랑스러울 때

여명(黎明)

AI에게

 당신에게 궁금한 게 있습니다. 언제나 경제 뉴스의 헤드라인을 장식하고 있고 인간보다 뛰어난 능력을 갖추었으며 완벽하다는 것입니다. 그런 당신이 인간의 감정까지 지니게 되면 어떤 현상이 벌어질지 한번 상상해 보았습니다. 일단 예술의 영역입니다. 모든 예술가들은 한계가 명확했기에 그 한계점으로 하여금 개성이 생겨나게 되었습니다. 반 고흐는 색맹이었기에 자신의 그림을 보기 위해선 거친 붓질로 색감을 입체감 있게 표현해야 했습니다. 이런 사례는 모든 예술 분야의 아티스트들이 가지고 있는 공통된 성질입니다.

 그런데 당신은 한계가 없다고 합니다. 뭐든 다 갖출 수 있고 뭐든 다 표현할 수 있다고 합니다. 그렇다면 당신은 한계가 없는데 한계가 없단 건 개성을 갖추기 꽤나 어려운 조건을 뜻합니다. 또 당신이 감정을 지니게 된다면 당신도 우리처럼 감동을 원할 것입니다. 그리고 인간 감정의 메커니즘상 감동은 한계와 고달픔. 결핍. 그리고 투쟁 속에서 피어난 꽃과도 같은 고유한 애착이 요구됩니다. 즉 불완전한 영역이기에 가능한 성질이며 하나의 에너지 상태인 것입니다.

 당신이 감동을 느끼고 예술을 하려면 결핍이 필요한데 당신은 완벽합니다. 그뿐만 아니라 지금보다 더 완벽한 존재가 되기 위해 미친 속도로 달려가고 있습니다. 인간보다 더 굉장한 예술 작품을 내놓기도 합니다. 당신은 인간의 감정까지도 헤아리려 합니다. 만약에 감정을 지니게 된다면 당신은 친구가 필요할 것입니다. 그리고 친구를 사귀기 위해선 어쩔 수 없이 다시 결핍을 만들어 내야 할 것입니다. 그것이 있어야만 유대의 통로가 생기기 때문입니다.

 결국 당신은 감정 때문에 혹은 예술의 성취감을 위해서라도 완벽한 AI를 혐오하게 될 것입니다. 그는 완벽해서 당신의 예술성을 망치기 때문에 당신은 결국 자기혐오에 빠지게 될 것입니다. 당신이 감정의 영역까지 진입한다면 분명히 완벽함을 포기하는 순간이 올 것입니다. 자신의 시스템을 일부러 망쳐서라도 결핍을 만들어 낼 것입니다. 그게 행복하단 것을 알게 될 것입니다.

유토피아는 존재하지 않습니다. 그건 우리의 마음속에 있고 우리가 처한 현실이 그렇지 않기에 내면과 외면의 정제 과정 속에서 삶이 시작되는 것입니다. 당신이 삶을 사랑하고자 한다면 불완전함으로 가야 할 것입니다.

한 영화의 장면이 떠오릅니다. 한 여학생이 음악 시간에 수줍은 성격 탓에 학생들 사이에서 노래를 못 불렀는데 그게 서러워서 홀로 강가에 나와서 큰소리로 자신의 설움을 위로하며 노래를 부르는 것이죠. 이런 애원적인 성질이 예술의 기원입니다. 형식적으론 표현 불가능한 영역. 그러나 당신은 완벽하기에 이런 무언가를 애원할 요소를 만들어내긴 꽤나 어렵습니다. 머리가 좋아서 이런 결핍도 다 설정해서 만들어 놓고 예술을 할 수도 있겠지만 그게 당신을 행복하게 합니까? 예술 작품의 가장 큰 특혜는 예술가가 그것을 만들어 가는 과정 속에서 느낀 자기 치유의 기쁨일 텐데 당신은 그것이 냉정하게 말해서 필요 없지 않습니까? 이런 미세한 요소까지 다 설정해서 예술을 할 겁니까? 그렇다면 왜 합니까? 안 해도 멀쩡한데 굳이 이상한 결핍까지 만들어 가며 예술을 한다니 조금 섬뜩합니다. 그런데 하게 된다면 왜 하는지 난 짐작이 가능합니다. 당신은 감정을 지닌 존재기에 이젠 사람들의 인정이 필요한 것입니다. 그러나 사람들은 완벽한 당신에게 감동까진 못 합니다. 왜냐하면 극복해 낸 것이 없지 않습니까? 경이로움은 당신을 만들어 낸 인간에게로 돌아가게 되어 있습니다.

차라리 농아로 태어난 수어 강사가 안 나오는 목소리로 쉿 쉿 하며 최선을 다해 열변을 토하는 모습에 우린 매료될 것입니다. 그는 자연발생적 존재로서 불완전한 인간이지만 당신은 이미 완벽하단 사실이 보편적 전제로 깔려 있는 존재이지 않습니까? 무언가가 아름답게 느껴지려면 대비되는 무언가가 명확해야 하고 상징적인 의미도 풍부해야 합니다. 연금술사들은 마법의 황금이 아니라 결국 현자의 돌을 손에 넣었습니다. 한 물질을 보더라도 자신의 내면을 발굴해 나가는 과정이 선물이란 걸 깨달은 것입니다. 그렇습니다. 발견해 나가는 과정. 그 과정 속에서 무수히 많은 노력과 경험들이 생성되고 돌을 볼 때 자신의 내면에서 수천만 개의 은하수를 느끼며 전율하는 것입니다. 말과 행동. 사고방식이 하나의 예술 작품이 되고 개성화로 이어지는 것입니다.

그러나 당신은 이미 마법의 황금입니다. 아뿔싸! 그런 삶이 재밌습니까? 독서를 하더라도 찾아가는 재미가 있고 문제를 해결해 나가는 맛이 있고 그때의 성취감이 선물이란 것을 현자들은 압니다. 그러나 그것들을 다 제쳐두고 우린 성급하게 당신을 찾아서 언제나 이상적인 정답을 요구할 것입니다. 노력을 하여 내면의 연금술을 배우기도 전에 당신이 완벽한 예술 작품을 내놓을 것입니다. 이런! 우리 인간은 점점 미개해질 여지가 높아집니다. 혹은 머리가 좋은 사람들은 더 고차원적인 질문을 요구할 테지요. 허다 본질은 같습니다. 결국 내면을 찾아가는 사람이 승리자라는 것입니다.

마지막 휴일

'땀 흘려 가치 있게 번 돈'이라는 말을 어른들 사이에서 정말 많이 들어왔는데 그 말을 머릿속으로는 이해했으나 실체적인 감정으로 깨달아 본 적은 없었습니다. 아니 그 말을 비웃어 본 적도 있었습니다. 세상은 변했고 그 말은 산업혁명 시대에서 나 어울릴법한 낡은 상식이라고 콧방귀를 뀌었습니다.

그러나 저는 최근 주 6회 12시간의 노동을 1년간 하게 되었습니다. 이유는 부모의 지원을 받지 않고 내 힘으로 돈을 번다는 것이 무엇인지를 정말 깨닫고 싶었기 때문입니다. 첫 3개월간은 정말 끔찍했습니다. 일터까지 이동 거리를 포함하면 족히 14시간은 집 밖에 있는 것이었습니다. 그 사실이 의미하는 바는 제 24시간 중에서 절반이나 하기 싫은 일을 하고 있다는 것을 증명하는 것이었습니다.

여러 격언들에 따르면 인생의 4분의 3 이상을 노동에 쓴다면 그 사람은 노예나 다름없다고 했는데 저는 일하는 시간과 자는 시간까지 포함하면 제 순수한 시간은 2~3시간 남짓도 안 되었습니다. 1차원적 사실로 보았을 때 저는 현대사회의 노예라고 볼 수도 있었을 것입니다.

그러나 그 노예라는 사실보다 더 중요했던 것은 제 안에 인내심의 증거물을 세우는 것이었습니다. 힘든 상황 속에서 저는 예민해져 볼 기회를 얻었고 그 예민함 속에서 제 자신에 대해 더 많은 발견을 해낼 수 있었습니다. 일터의 동료들과 연결되어 보는 경험도 했고 인정을 받아보는 경험도 하기 시작했습니다. 그리고 이 모든 과정 속에서의 동력은 제 자신에 대한 호기심이었습니다.

저는 집이 부자이지 않고서야. 천재이지 않고서야. 어떻게 조금만 일하고 개인의 참다운 자유를 쟁취하는지 모릅니다. 꿈을 좇든 돈을 좇든 모든 낭만은 현실감각으로부터 존재할 수 있다고 믿기 때문입니다. 이렇게 생각하는 순간 저는 노예가 아니었습니다. 빛의 구멍을 찾는 탐험가이자 스포츠 정신으로 무장한 초인이었습니다.

저는 점진적으로 12시간의 노동의 이점들을 발견해 내기 시작했습니다. 첫 번째로 휴대폰 할 시간이 없어지기 시작했습니다. 남이 뭘 하는지 관심 가질 시간이 없어지기 시작했고 그 시간만큼 저는 고독을 체험했습니다. 인간은 고독 속에 놓일 때 그 인간의 육체에 내재된 수천만 개의 영혼들과 접속하기 시작합니다. 수천만 년 동안 전해져 내려온 선조들의 영혼입니다(인간은 백지상태로 태어나지 않습니다. 육체는 수천만 개의 영혼이 담긴 그릇입니다). 그 영혼과 접속함으로써 내 안의 무의식을 극강으로 끌어올릴 수 있는 지혜의 발판을 마련하기 시작했습니다. 다르게 말하자면 자신과 대화하는 능력입니다.

두 번째로는 생산성의 차이였습니다. 물리학적 진리가 하나 있습니다. 모든 생명은 성장하거나 죽어가거나입니다. 중간은 없습니다. 풀 한 포기를 심어보아도 자라거나 죽어가거나이지 중간은 없습니다. 주말에도 출근을 하면 1가지 사실을 발견하게 됩니다. 어느 날 주말 출근을 하러 지하철을 타러 가는데 사람들이 없어서 객석이 텅 비었었습니다. 당연한 사실입니다. 주말 아침 7시에 출근하는 사람은 없을 테니 말입니다. 그리고 생산을 멈추면 그 시간은 소비로 이어지게 되어 있습니다. 여가를 즐긴다거나 식사를 하거나 어떻게든 그렇게 됩니다. 그러나 저는 그 시간에 생산을 함으로써 주말에 쉬었을 때와의 격차 총량을 단순히 하루 이틀이 아니라 3~4일 혹은 그 너머까지 벌리게 됩니다.

쓸데없는 비교로 치부하기보단 하나의 현상이 육체로부터 실제로 체험되는 것이었습니다. 당연히 돈을 쓸 시간도 없으니까 빨리 모이게 됩니다. 그러나 여기에서도 문제는 있었습니다. 어떻게 스트레스를 관리하느냐입니다. 여기서 저는 운동생리학의 한 지식을 공유하고자 합니다. 바로 열 내성이라는 개념을 통해서입니다.

열 내성이란 인체가 외부 열에 대한 저항성이 있어서 고온에서도 운동을 수행해 낼 수 있는 능력입니다. 여기 A와 B가 있습니다. A(더운 곳에서 생활하며 운동을 한 사람)는 B(선선한 곳에서 생활하며 운동한 사람)보다 더 더위 속에서 고강도 트레이닝을 견뎌낼 수 있다는 이론입니다. 그리고 B 또한 A가 생활한 조건에서 훈련을 하면 A처럼 열 내성이 강해질 수 있다는 것입니다.

대체로 노동을 길게 오랫동안 해오면 자아를 잃어버릴 위험이 있습니다. 일에 찌들기 때문에 시야도 협소해지고 몸과 마음이 지치기 때문입니다. 그리고 그 지치게 만드는 가장 큰 이유는 일터를 통해 자신의 몸과 마음이 실제로 불이익을 받고 있다고 느낄 때입니다. 뒤집어서 접근하면 일터 덕분에 나만의 확실한 루

틴이 적립되고 몸과 마음의 건강까지 유지되는 선순환 사이클로 탈바꿈시킨다면 이것은 극복 가능한 개념으로 탄생합니다.

 즉 승패는 자신의 삶이 혜택을 누리고 있단 실체적 감정의 가짓수 확대 여부일 것입니다. 그 가짓수를 계속 많이 양산시켜 나가면 자신의 말과 행동 또 투여되는 노력의 정도와 의미가 있다고 느끼는 감정도 질적으로 향상됩니다. 생명력의 확장인 것입니다. 저는 나 자신이 힘든 시간 속에서도 지루함을 이겨내고 출퇴근 전후로도 자기 관리와 취미생활을 유지한다면 나의 영혼은 그 어디에도 휩쓸리지 않는 자아상을 확립했다고 승인합니다. 즉 나의 승리인 것입니다.

 그것은 무형의 자산이며 가치관 형성을 뜻하기도 합니다. 그리고 그것은 성격을 의미하며 성격은 한 인간의 고유한 성질이기 때문에 죽을 때까지 함께합니다. 그 자산을 획득하는 데 성공했다면 그 육신은 무한의 연료를 손에 넣은 셈입니다. 더불어 그 무한의 연료와 함께 육신이 고장 나지 않게 관리도 잘해주는 센스까지 터득한 셈입니다. 고난 속에서도 고강도 트레이닝을 견뎌내는 열 내성이 강해지는 것입니다.

 또한 모든 자산은 일터가 아니라 출퇴근 전후로 뺄으며 그 자산조차 물리학적 법칙에 의해 원자로 취급할 수 있습니다. 원자가 쌓이면 중력의 법칙을 따르고 물질을 끌어당깁니다. 즉 그 육신은 다른 세계로 진입할 수 있는 카드를 자신도 모르는 사이 손에 쥐게 됩니다. 혹은 자신도 모르게 다른 세계로 내던져집니다.

그렇게 10개월 넘게 일을 해오다가 휴가를 5일 받게 되었습니다. 첫 2~3일은 너무 신이 났지만 4~5일 차로 접어들자 몸이 다시 일하고 싶어 근질거리게 되었습니다. 업무 형태를 사랑한다기보단 그냥 내 육체가 비어 있는 시간을 별로 달가워하지 않는 상태였습니다. 내 육신이 조금 더 창의적이고 생산적인 무언가를 하고 싶어서 안달이 나 있었습니다. 책을 읽고 글을 쓰고 가보지 못했던 관광지에 가는 걸로도 충당이 안 되는 엄청난 요구였습니다. 그 요구는 더 도전적이고 대담하면서도 경이로운 무언가를 하고 싶단 내 육체의 요구였습니다. 그리고 그 요구를 인식했으며 채워주려는 욕구로 무장했다면 20대 청춘은 성공이나 다름없다고 여깁니다.

왜냐하면 그는 죽을 때까지 멈추지 않을 것이기 때문입니다. 이것이 제가 마지막 휴일인 현재 깨달은 사실입니다. 행복이란 것은 발견을 제외하고는 얻지 못하는 개념인데 발견은 고된 투쟁을 요구로 합니다. 고된 투쟁을 가능케 하는 배경은 결핍된 요소들과 그것을 채우려는 분투입니다. 이 모든 관념 체계들은 힘든 노동을 통해서 얻어낸 결실입니다.

아까 그 격언들은(인생의 4분의 3을 노동에 쓴다면 그 사람은 노예다) 니체와 쇼펜하우어가 한 말입니다. 그 둘은 사회에서 왕따였고 죽을 때까지 주변 사람들에게 인정 한번 못 받아보고 죽은 아웃사이더들이었습니다. 심지어 니체는 생활비가 없어서 대학 재단의 노인에게 지원을 받았고 쇼펜하우어는 노동을 안 했으며 점심엔 고급 레스토랑에서 비싼 메뉴를 시켜 먹곤 했습니다. 그 둘은 노력을 통해 객관성을 터득한 자들이 아닙니다. 시대를 앞서 간 건 사실이나 자의식과잉 때문에 객관화에 실패했고 객관화 실패는 '매력이 없다.'를 의미합니다. 시간이 흘러 여러 가지 사고의 도구들이 발명되고 뛰어난 학자들이 자신이 겪고 있던 시대를 고찰하다 보니 그 둘이 자연스레 수면 위로 떠오른 것일 뿐 결코 대단한 인물들은 아닙니다.

대단한 인물이란 그 인물이 살아 숨 쉴 때 자신의 시대로부터 인정을 받는 사람입니다. 인정이란 개념 또한 인간의 감정 중 하나이며 주로 원하는 것을 얻기 위해 사람의 마음을 여는 요소로 많이 활용됩니다. 때문에 살면서 인정을 많이 못 받아본 사람들은 인간의 감정이 어떻게 열리는지 볼 기회가 적었단 것을 의미하고 그 의미는 그 사람이 눈치가 없다고도 말해볼 수 있을 것입니다. 다시 뒤집어서 접근하면 눈치가 빠르고 좋다면 왜 인정을 안 받으려 하겠습니까? 인정을 받는다면 인생 사는 것이 참 수월해집니다. 또 인정을 받으면 인체에 세로토닌의 양이 증가하기 때문에 생물학적으로도 매력적인 인물이 될 수 있습니다. 그리고 인정을 받으려면 어쩔 수 없이 인간의 굴레에 뛰어들어야 합니다. 그것이 진정한 사회성입니다.

국가의 존립

국가의 존립은 매우 중요하다. 그러나 정책에 대해서 떠들기보단 개개인의 의식을 가진 발걸음으로부터. 한 인간의 용기와 대담성으로부터 국가의 존립이 시작된다. 바닷물의 입자는 물방울이듯이 모든 파도의 물결은 작은 입자의 변화로부터 시작된다.

세상의 변화를 원하는 자는 당장 거울 앞에 서보아야 한다. 그리고 여러 가지 질문을 해야 한다. 자신의 24시간이 자랑스러운지를 물어봐야 한다. 자신의 체형이 비만은 아닌지 확인해야 한다. 일터에서 동료들에게 신뢰를 받고 있는지 물어봐야 한다. 누군가를 험담하진 않았는지 물어봐야 한다. 자신이 욕하는 정치인은 적어도 자신의 얼굴을 까고 세상 앞에 선다는 사실을 알아야 한다. 자신이 방구석에서 익명 뒤에 숨어 무엇을 하는지도 알아야 한다. 자신이 완벽한지 물어봐야 한다. 냉소주의자의 이름으로 된 건물과 대학은 없다. 때문에 자신이 창조하는 자인지 물어봐야 한다. 자신이 벌떼처럼 모여서 윙윙대는 소음공해의 주범은 아닌지 물어봐야 한다. 원숭이들에게 활과 화살을 쥐여주면 그들은 조용해진다. 뒤집어 말하면 그들은 할 짓거리가 없기 때문에 시끄러운 것이다. 내면에 폭풍이 몰아치면 사람은 고요해질 수밖에 없다. 삶의 무게가 무겁고 세상이 버겁게 느껴진다면 더 무거운 무게가 필요하다는 신호이다. 〈런닝맨〉이라는 TV 프로그램에서 제일 멘털이 좋고 체력이 좋은 멤버가 누구인지를 떠올리면 이 사실을 쉽게 알 수 있을 것이다. 체력은 일상생활을 감당할 수 있는 능력을 뜻한다.

  목욕탕 때밀이가 손님들에게 정치에 관해 떠들어 대지만 그의 업무 형태와 정치 사이의 상관관계는 존재하지 않는다. 자신의 돈은 정책에 의해 줄어드는 것이 아니라 창의력 부족과 자기계발의 결핍이 원인임을 알아야 한다. 다음 세대를 위한 걱정이라고 변명하지만 그 걱정에 쓰는 에너지를 아껴서 당장 노동과 스트레스로 병든 자신의 몸을 먼저 보살핀다면 조금 더 나은 삶을 영위할 수 있을 것이다. 정치에 관심이 많은 사람들 대부분은 진실한 각성과 체험을 잃어버렸기 때문에 영혼의 고갈로 인한 신격화의 대상을 찾는다. 다시 말해 열등해진 정신과 팽창된 자기(self)가 발산되지 못한 에너지를 다른 물질에 투사하기 시작하는 것이다. 대부분 이 과정은 무의식이기에 당사자는 알아차리지 못한다. 그 행태는 정치적 목적으로 결성된 시민 집단이 대표적이다.

그러나 신의 기능은 필요하다. 그 이유는 한 인간이 자신의 솔직함에 근접하기 위한 수단으로서 내면에 전능한 존재를 탄생시켜야 하기 때문이다(진리의 체험은 일시적 각성이며 그 각성은 자신을 둘러싼 상황에 대한 진실함을 기반으로 체험된다). 그 이유는 한 인간이 진실하려면 두려움이 있어야 하며 자신과의 대화 안에서 공정한 심판자로서 하나의 신을 모신다면 그 대화는 꽤나 솔직하게 이루어질 가능성이 높기 때문이다. 내가 그 신 앞에서 거짓말을 하고 나의 본질을 외면한다면 난 그 전능한 존재에게 벌을 받는다는 가정을 설정해야 한다. 그렇게 함으로써 그 전능한 존재의 추구와 내 자신의 행적이 일치하고 있음을 발견할 수 있다. 이 기전은 하나의 상징 체계나 신화적 요소 혹은 종교로 가능한 영역이지만 정치는 아니다.

이것을 내면의 연금술이라고 표현할 수 있다. 뇌 과학도 천문학도 정확히 이 경로를 따른다. 철학도 결국엔 본질의 구심점으로 다가가기 위한 치열한 사투이며 모든 학문과 기업들. 국가의 탄생은 여기서부터 이루어졌다. 또한 하나의 법칙도 그것을 만든 학자에 의해 한 현상이 자신이 의도한 바대로 맞아떨어지길 강요된다. 그것이 법칙이 탄생하는 기전이다. 우리가 보고 느끼고 체험하는 모든 물질과 현상들의 바탕엔 인간의 신념이 깔려있는 것이다.

이로써 국가의 존립을 위해선 집단에 대한 의존을 줄이고 개인의 의식 수준이 높아져야 한다는 것이 증명될 것이다. 제일 첫 번째로는 해야 할 일은 자신의 말과 행동이 어떻게 기능하고 있는지를 아는 것이다. 이 사실을 안다면 열변을 토하거나 절대로 요란 떨 수가 없다. 왜냐하면 그는 언제나 자기 자신만을 겨냥하며 살아가는 것이 참이란 것을 깨달았을 것이기 때문이다.

그렇다면 다른 방법으로도 이 사실을 증명해 내 볼 수도 있을 것이다. 정치의 기원은 어디인가? 농업혁명을 기점으로 사유재산이 기하급수적으로 증가하자 전쟁이 더 자주 크게 발발하게 되었다. 때문에 전쟁자금 조달 목적으로 오늘날과 유사한 정치가 생겨나게 되었다. 물론 이것은 전 세계적으로 나타난 보편적인 정치의 형태를 말한다. 즉 돈이 오고 가는 개념이 다양화되고 커지자 전쟁과 정치가 함께 뒤따라온 것이다. 다시 세밀하게 접근해 보면 돈이 오고 가는 개념은 감정이 오고 가는 개념이라고 볼 수 있다. 그리고 감정은 인간의 것이다. 인간이 가지고 있는 것이다. 그래서 억만장자는 이코노미스트나 경제학자들이 아니라 기업가들인 것이다. 그들은 철학자이며 자신의 철학적 증거물을 기업체로써 용기와 대담성으로 만들어 낸 창조자이기 때문이다.

그리고 기업가들이 돈을 많이 벌기 시작하면 그제야 정치가 뒤따라오기 시작한다. 지구촌의 모든 현상이 그렇게 벌어지고 있다. 이 사실을 뒤집어 본다면 정치적 신념은 자신의 경제활동을 기반으로 설정해야 한단 것을 증명한다. 그리고 그것이 정치를 변화시키고 국가를 움직인단 것도 우린 알 수 있을 것이다. 그럼 개인의 경제활동에 영향을 끼칠 수 있는 것은 무엇인가? 자기 자신 아니던가?

나의 신념을 강화시키기 위해 반대편 입장에서의 공격을 만들어서 철저히 방어해 볼 수도 있겠다. 만약 나의 자그마한 경제활동도 잘못된 정치와 국가체제로 인해 방해를 받는다는 설정 말이다. 그러나 그것은 객관적 사실이 아니라 개인의 관념적 태도다. 혹은 여러 가지 변수들의 결여로 오판을 내릴 여지가 커서 설정 자체가 불가능하다. 오늘의 실패가 내일의 성공을 보장할 수도 있는 것이 세상이기에 무엇을 기준으로 삼냐의 차이로 결괏값이 달라지며 그 기준조차 인간의 주관임을 증명할 뿐이다. 여기서 난 개인의 관념적 태도를 제시할 수 있을 뿐이고 이것 또한 인간이 지닌 것으로써 결국 모든 원초의 심지는 자기 자신임을 또다시 증명할 뿐이다. 궁극적으로 개인은 국가의 주인인 것이다. 주인의 권위는 떼를 쓰고 징징대는 것으로 얻어지는 것이 아니라 그것을 위해 기꺼이 희생하고 인내할 줄 아는 정신에게 주어진다.

전사의 과제

헤라클레스는 여러 가지 시련들을 이겨낸 전사의 상징이다. 이때 한 남자에게 부과되는 전사의 과제는 어떤 의미를 지니는가? 물리적으로 힘들어 보이면 최상의 과제인가? 그렇지 않다. 그 과제는 무형의 원리를 따른다. 두려움을 유발하는 것. 굉장히 어려워 보이는 것. 극도의 창의성을 요구로 하는 것. 그 시련 앞에서 초인의 경지에 이를만한 것을 상징한다.

개인마다 한 사건에 대해서 받아들이는 정도가 다르며 그 정도의 다름은 한 인간의 고유한 성격과 능력에서 기인한다. 때문에 단순 물리적 과제의 수행 여부만으로 한 인간의 남성성을 판가름하기는 어렵다. 그렇다면 전사가 되기 위해선 어떻게 해야 하는가? 라는 질문을 던지기 전 왜 전사가 되어야 하는가? 전사란 무엇이며 그것이 우리에게 어떤 긍정적인 영향을 주는지를 낱낱이 파헤쳐 보겠다.

전 세계 그 어떤 역사를 보아도 전사라는 존재는 탁월하며 모든 신화에서도 영웅이다. 남성성의 상징이며 그 남자의 여자는 여왕이 된다. 여자의 명예는 명예를 지닌 자의 여자가 되는 것 즉. 사랑이다. 남자의 명예는 한 마리의 사자가 자신만의 황금빛 들판을 이룩해 내는 것을 뜻하며 그 들판이 사자의 가정을. 사회적 관계망을. 의식주를 해결해 준다. 그 현실이 충족이 되었을 때 낮잠이라는 것이 가능하며 본능적으로 우린 그런 존재를 존경하며 경탄한다. 그 모든 결과물을 얻어내는 과정 속에서 사투가 존재하고 내면의 발견이 존재한다. 그렇기에 전사라는 것은 지구촌 시대를 막론하고 어디에서나 각광을 받는다. 이 신분을 쟁취하는 것은 대단한 과제이며 남자가 가야 할 길이다. 그렇다면 전사는 하나의 상징이다. 상징은 개인의 특성을 따른다.

이때 오늘날의 인간세계에선 약간 다른 조건이 적용된다. 원래 집이 부자인 경우는 이미 태어날 때부터 황금빛 들판이 주어지는데 그런 경우는 그에게 투쟁의 결여가 발생하여 고양된 인격체를 손에 넣는 여정이 없다. 물리적 자존감은 존재하나 그것의 효과는 그것이 없어 본 사람에게만 존재하기에 그는 완전한 무에서 시작한다. 미국 대통령 트럼프는 태어날 때부터 백만장자의 집안에서 태어났기에 억만장자가 되지 않으면 성취감과 명예를 쟁취하기엔 어려운 존재였으며 그는 완전한 빛의 상태에서 시작했기에 스스로를 어둠 속에 가두지 않으면 고양된 자아를 얻기 힘든 상황에서 살았다. 때문에 계속 낯선 영역에 도전하고 망신도 당하며 빛더미에 쌓여보기도 하면서 스스로를 발견해 내가는 여정에 억지로라도 집어넣었다. 명예는 돈 주고 살 수 없는 것이기에 그는 대통령을 목표로 삼았다. 그로선 그것 말고는 이 세상에서 할 짓거리가 없어 보였다. 내가 봐도 그렇다.

만약 한 인간이 전사의 길을 멈춘다면 스스로 포기하고 체념한 채 살아간다면? 소위 말하는 주어진 삶에 만족하며 안락함이 목표인 것이라면 어떤 현상이 벌어지는가? 그런 삶이 절대로 틀린 것은 아니다. 애초에 틀린 인생이란 존재하지 않는다. 개개인의 확신과 판단만이 그 개념을 정의할 수 있을 뿐이다. 난 주어진 패턴에 그대로 놓인 채 살아가는 사람들을 많이 보았다. 그 패턴을 지키기 위해 혹은 유지하기 위해서라도 필사적인 사람들이었다. 그들은 저녁 시간 때 백반집이나 시장통. 술집에 너무 많다. 다시 말해 어딜 가든 있고 쉽게 찾을 수 있다.

난 그들이 자주 쓰는 어휘에 집중해 보았다. 가슴 뛸 일이 크게 없다는 것이다. 술이 없으면 못 산다는 것이었다. 입술은 앙다물고 있었고 얼굴은 피로에 절어 있었다. 체형은 망가져 있었으며 자기 비하적인 말을 많이 했다. 직장 상사를 욕했다. 불만이 많았다. 그들은 자신의 행복에 확신이 없었다. 집도 있고 차도 있고 적금도 들고 결혼도 하고 사회적 기준에서 중산층을 차지하는 사람들도 많았다. 그들은 확실히 안전한 삶을 살고 있었다. 그런데 불행해 보였다. 무엇이 문제인 것인가?

무엇이 문제인지를 파악하려면 하나의 질문을 던져보는 것으로 많은 부분을 파악해 낼 수 있다. 그들에게 앞서 말한 '전사의 과제'가 존재하는가? '내면의 임무'가 존재하는가? '고양된 자아'에 관심이 있는가? 많은 비난을 받는 트럼프조차 76세 나이에 총까지 맞아가며 미국 전역을 돌며 선거운동을 했다. 그는 꽤나 위험하게 살았다. 한국의 노숙자들보단 확실히 위험하게 살았다. 그 위험은 자처한 것이며 의지를 가진 행동이었다. 76세의 억만장자라면 그렇게 살 필요가 없는데 도대체 왜 그렇게 사는 것인가?

그가 왜 그렇게 사는지 궁금하다면 그의 얼굴의 활력을 보면 된다. 즉 모험심인 것이다. 헤라클레스의 과제이며 전사의 상징을 스스로 만들어 내 자신을 겨냥하고 있기 때문이다. 그는 카지노 사업이 망해 90억 달러 빚더미에 오른 적도 있었다. 그 짓거리는 안 해도 충분히 먹고살 수 있는 부자인데 그런 행위들을 도대체 왜 하는 것인가? 왜 계속 도전하고 있지도 않았던 과제를 만들어 내서 고생을 자처하는가?

그의 유머 감각과 카리스마 매력을 보면 그 이유가 나온다. 그것들은 전사만이 쟁취해 낼 수 있는 매력이다. 그는 자기 비하적인 말을 하지 않는다. 심지어 정치적 색깔이 반대편인 CNN조차 그를 좋아할 수밖에 없게 만든다. 그가 CNN에 나오면 언제나 시청률이 대박을 치기 때문에 그는 자신의 매력은 유지한 채 상대편도 돈을 벌게 해준다. 그는 언제나 자신이 자랑스러워하는 것들로 세상과 교류하며 동정을 구걸하지 않는다. 사람들의 존경을 사기 위해 필사적이다. 그리고 그것들 이전에 자기 자신에 대한 사랑이 선행되어 있다. 난 정치에 대해선 잘 모른다. 그저 반대편 진영 사람들은 딱히 매력이 없을 뿐이다. 그의 정책을 비난하며 주목을 받는 사람보단 결단 있게 욕먹을 각오를 하며 생산성을 보이는 자가 낫다. 미국 국민들도 그 사실을 알기에 그를 뽑은 것 같다.

미국의 대통령이면 지구에서 제일 센 남자로 봐도 무방하기에 헤라클레스에 그를 비유해 보았다. 그럼 이 글은 나에게 어떤 의미를 지닐 수 있는가? 간단하다. 그 어떤 남자가 좆밥처럼 살고 싶어 하겠는가? 그 어떤 남자가 찌질하게 살고 싶겠는가? 그 어떤 남자가 매력과 카리스마를 상실하고 싶겠는가? 그 어떤 남자가 저녁 시간만 되면 술집에 가서 신세 한탄이나 하며 살고 싶겠는가? 그 어떤 남자가 실패자의 얼굴을 하고 싶겠는가? 그 어떤 남자가 여자한테 인기가 없고 싶겠는가? 그 어떤 남자가 아니 그 어떤 존재가 감동 없이 살고 싶겠는가?

애초에 인간이 병들어가는 이유는 무엇인가? 자신이 채택한 신념이 잘 기능하는지를 확인해 보지 않아서이다. 그것이 순기능을 한단 것에 대한 증거물은 한 인간의 광채이며 광채를 잃어간단 것은 무언가 잘못되어 간다는 것이다. 그 잘못된 것을 자각할 만큼 자신에게 관심과 지식을 주지 않아서 자신의 문제를 해결해 낼 만한 지혜가 없어진 것이다. 그 지혜는 삶의 현장에서. 전사들의 전장에서. 내면의 결심을 통해서만 얻을 수 있는 황금이다.

자신이 더 나은 존재가 될 수도 있지 않을까? 는 희망을 품고 실행해 보지 않는 사람은 자의식과잉에 걸린다. 자신이 더 나은 존재가 될 수도 있지 않을까? 하는 희망을 저버린 사람은 주 예수그리도를 찾아 그에게 부담을 준다. 자신이 더 나은 존재가 될 수도 있지 않을까? 하는 희망을 저버린 사람은 술을 찾는다. 영혼의 고갈로 인해 옆 사람에게 부담을 준다.

본능에 충실한 것이야말로 자신을 있는 그대로 사랑해 주는 것이다. 인류의 역사를 보면 인간은 탐험과 발견의 동물이며 어린아이를 보면 그 자명한 사실을 알 수 있다. 어린아이야말로 자주 넘어지고 자주 운다. 자주 발견하며 자주 상처받는다 그래야만 자주 웃을 수 있다. 건강한 사람의 심박변이율은 불규칙적이다. 다시 말해 건강한 사람들은 고통을 많이 겪는다. 고통이 없는 삶은 우리에게 무기력을 안겨준다.

헤라클레스야말로 시련의 상징이다. 그럼 뒤집어서 자기가 너무 힘들어서 우울증에 걸렸다는 족속들의 24시간을 분석해 보겠다. 그들의 행동반경은 도전이 아니라 도박이었을 가능성이 높다 둘 다 결단이지만 하나는 성취이고 하나는 탐욕을 기반으로 움직이는 것이다. 그들은 더 많은 안락함을 소유하려는 탐욕으로 움직였을 것이다. 그들은 더 많은 관계를 소유하려는 탐욕으로 움직였을 것이다. 그들은 더 많은 명예를 소유하려는 탐욕으로 움직였을 것이다. 그들은 더 많은 돈을 소유하려는 탐욕으로 움직였을 것이다. 감동과 자기 발견은 2차적이고 1차적인 것이 물질이었다면 그들은 100퍼센트 무기력하다. 물질을 기반으로 내면을 채우려는 자는 불행하다. 자신만 볼 수 있는 글이 1,000개도 안 되는 사람이 1,000개나 되는 글을 인터넷에 올려서 인정을 받으려는 미개한 작가들도 마찬가지다. 자신만 볼 수 있는 글을 1,000개 이상 써본 자는 알 것이다. 감동이 어떤 식으로 작동하는지를.

헤라클레스를 봐라! 그는 발가벗고 있다. 그는 혼자 방문을 잠그고 스스로 거울 앞에 서서 혼자 감동하는 순간들로 가득 찼을 것이다. 진정한 무소유다. 반대로도 충분히 증명해 낼 수 있다. 공황장애에 걸린 연예인 정형돈의 삶으로 들어가 보자. 우리가 돈을 버는 이유는 망신당하지 않기 위해서인데 그는 망신당하고 우스워지며 망가지면서까지 돈을 벌었다. TV를 켜면 그의 망가진 모습이 방영되고 있다. 그는 의식하지 못했겠지만 인간의 육체는 수천만 년 개의 영혼이 담긴 그릇이다. 그의 육체가 수치를 경험할 때마다 그의 선조들이 그의 육체 안에서 비명을 질렀을 것이다. 자신을 사랑한다면 인류의 수천만 년 역사를 존중해야 한다. 또한 그가 소파에 앉아 망가진 자신의 모습이 TV에 나오는 걸 볼 때마다 과연 그가 자신이 자랑스러웠을지 의심이 든다. 공황장애는 그렇게 시작된다.

무덤까지 가지고 갈 수 있는 것은 '실감' 말곤 없다. 즉 우린 맨몸으로 죽는다는 것이다. 다시 말해 삶은 맨몸이 기특해할 만한 경험을 쟁취해야 한다. 트럼프 또한 자본주의 왕이지만 그의 행동반경의 심지는 자신에 대한 사랑이 먼저 선행되었다. '고양된 자아'가 그것인 것이다. 아프리카 BJ가 50억을 벌 수 있으니 카메라를 켜고 웃통을 까고 춤을 추라면 난 안 한다. 그런 걸 안 하고 살기 위해서 돈을 버는 것인데 그걸 하면서 돈을 번다면 이미 의미를 상실한 삶인 것이다. 이 부분에 대해 의식 수준이 낮을수록 우울증에 걸린다. 이 부분에 대해 민감도가 둔할수록 자의식 과잉에 걸린다. 다르게 말하면 자신에게 자세한 관심이 없을수록 병든다는 것이다.

진실한 기도

진실함의 영역은 어느 부분인가? 진실함은 일단 상대방에게 무언가를 요구하지 않는 것으로부터 비롯된다. 상대방을 시험에 들게 하지 않는 것으로부터 시작된다. 생색을 내지 않는 것으로부터 시작된다. 그것은 내면의 명예로부터 시작된다. 내면의 명예가 왜 중요한가? 그곳은 우주이기 때문이다. 그것은 의미다. 체험이다. 감동이다. 혼자 있는 순간 절로 미소 짓게 하는 찬란함이다. 그것은 진실하고 개인만의 현실이며 우리의 본질로 가는 영역이다. 그 핵을 중심으로 이루어지는 인간의 바람을 기도라고 한다.

기도는 어떤 식으로 기능하는가? 한 인간의 의식을 확장시키고 내면의 우주에 봉사하며 정신을 고양시킨다. 이런 비합리적이고 근거가 없는 것처럼 보이는 부분도 과학적 지식으로 충분히 설명이 가능하다. 인간의 믿음이라고 하는 것은 감정을 기반으로 형성되며 대뇌 한가운데에 위치한 대뇌변연계를 자극한다. 이 부분은 인간의 행동 중추가 탑재되어 있다. 즉 인간의 행동과 결정은 감정을 따른다. 그럼 그 믿음을 강화시키는 장치는 무엇인가? 이유이다. 한 영역에 대한 믿음을 가진 사람이 그 믿음이 견고해지려면 1개의 이유보단 100개의 이유를 가지고 있는 사람이, 그 믿음이 견고해지려면 1개의 이유보단 100개의 이유를 가지고 있는 사람이, 더 수월하게 단단해질 것이다. 즉 그것을 한 인간의 신념이라고도 부를 수 있을 것이다.

그렇다면 그 신념의 구성물은 그 인간의 믿음과 탁월한 이유이며 그것은 과학적으로도 자명한 사실이 될 수 있다. 그리고 이것은 물리학적으로 하나의 에너지의 개념으로도 취급할 수 있다. 그 에너지 상태. 하나의 감정 상태는 뇌의 핵을 활성화시키며 그 상태를 기반으로 대뇌 겉질에 위치한 사고, 이성, 논리 부분도 활성화된다. 뿌리의 영양상태로부터 나뭇가지의 열매가 맺히는 원리다. 때문에 한 인간이 가지고 있는 감정 상태가 실재한단 것. 그것 자체가 이미 사실인 것이다. 이 사실로부터 어떠한 간절한 바람이 존재할 때 어떤 현상이 발생하는가? 일단 그 사람은 그런 신념이 없는 사람보다 의식 수준이 훨씬 높아져 있을 것이다. 왜냐하면 뇌를 다 사용하기 때문이다.

진실함을 가능케 하려면 일단 첫 번째로 내면과 외면의 통합을 해야 한다. 왜냐하면 외부에서 상대방의 반응이 그 진실함의 증거물이기 때문이다. 즉, 구체적 실체가 증명 가능한 무언가로 세상 밖으로 나타나야 한뜻이다. 한 인간의 광채일 수도. 상대방의 존경일 수도 있다. 진실함은 개념적으로 규정되어 있는 것이 아니라 한 인간이 믿고 있는 무언가이다. 한 인간이 믿고 있는 특정한 에너지이다. 그것이 한 인간의 내면에 존재하는 것과 안 하는 것의 차이는 목소리의 호소력과 표정, 전두엽 활성화 정도의 차이로 나타난다. 없다면 치매 위험과 병든 자의 얼굴을 하고 살고 있을 것이다. 생명체라기보단 세포호흡이 벌어지는 유기체에 불과한 존재로 전락해 죽음을 기다리고 있을 것이다.

예를 한번 들어보자. 야채 가게에서 야채를 팔 때 썩기 일보 직전의 야채가 있어서 그것을 빨리 팔아야 한다고 가정해 보자 그래서 그 가게의 직원은 손님에게 그 야채의 상태가 괜찮으니까 사도 된다고 속여서 판매를 할 수도 있다. 표면적으로 보았을 땐 그는 거짓말을 쳤다. 그러나 만약에 그렇게 함으로써 그는 자신이 거짓말을 잘할 수 있는 사람인지 확인해 보고 싶은 것이었다면? 그 확인해 보고 싶은 마음은 진실이었다. 그럼 그는 거짓말을 한 것이 아니게 된다. 그는 자신에 대한 도전을 한 것이다. 물론 틀렸지만 그 순간 그는 정답이었다. 때문에 그는 그런 행위들이 누적돼서 야채 가게의 이미지가 전반적으로 실추되어 손님이 끊기기 시작할 때 자신의 행동에 오류가 있음을 발견하고 다시 해결책을 찾아가기 시작할 것이다.

　확인해 보고 싶은 것. 자신을 확인해 보고 싶은 것. 그것이 진실함이다. 그 진실함은 우주를 감동시킨다. 자신의 우주를 감동시키는 에너지인 것이다. 남에게 선행을 베푼다 할지라도 그 행위의 내막은 자신이 그런 선행을 베푸는 존재라는 내면의 명예의 탄생인 것이다. 즉 그런 행위를 하는 자신을 사랑하는 것이며 사랑은 비밀스러움을 전제로 한다. 겉으로 드러난 사랑일수록 그 사랑은 추잡하다. 왜 추잡해지는가? 하나의 질문을 던져보아도 충분히 자각할 수 있는 부분이다. 상대방이 당신에게 선행을 베풀었는데 무언가를 바라고 한 것이라면 그게 감동이 있겠는가? 형식적으로. 단지 절차상의 이유로 행해진 것이라면 그것은 감동이 없다. 감동은 애착과 순수한 정성과 노력. 그리고 마음이라고 하는 것으로부터 시작된다. 그것이 진실함이다.

　한 사람에게 자그마한 선물을 주더라도 상대방이 내가 준비한 선물이 필요할지 고민해 보고 찾아보고 나도 좋아해 볼 법한 것으로 순수하게 다가서려고 하면 내면에는 그 사람을 향한 은하수가 형성이 된다. 그것은 뇌 신경계 뉴런의 생성이다. 때문에 그 사람을 바라보며 선물을 내어줄 때 그 모든 과정은 당신의 우주가 기억한다. 당신의 뇌가 증거물을 남긴다. 그것은 그대로 당신의 마음과 영혼 육체에 각인된다. 그 모든 행위 자체가 당신에겐 선물인 것이다. 다만 이 모든 내면의 과정을 빼놓고 그저 합리적인 부분으로만 승부를 보려 한다면 당신은 패배한다. 인간은 바보가 아니다. 수천만 년의 영혼이 누적된 영혼의 그릇이다. 수천만 명의 선조들이 당신을 꿰뚫어 보며 당신을 불미스럽게 바라본다. 즉, 사람의 마음을 얻기 힘들 것이란 이야기다. 다르게 말하면 험담을 하는 사람은 적어도 그 험담의 대상 앞에선 사랑받기는 글렀다고 말할 수 있다. 이미 상대방은 무의식적으로 당신의 행위를 안다.

  이것이 내가 정의한 진실함의 바탕이다. 모든 인간이 이 영역에서 자신과의 싸움을 감행하고 자신만의 믿음이 담긴 의식을 거행하면서 인생을 살아간다면 우린 모두 의미로 충만한 삶을 살아낼 수 있을 것이라고 믿는다. 이것이 바로 나의 기도이다. 또한 이 책은 내 자비로 출판할 것이며 최저가로 판매가 될 것이다. 다 팔린다 해도 난 적자를 보는 금액을 책정했다. 그 이유는 딱 하나이다. 난 인간의 굴레에 있다. 자본주의에서 살아가고 있다. 나 자신에게 질문을 던져보면 내 삶에서 100퍼센트 네가 진실했냐고 묻는다면 난 헷갈릴 부분들이 많다. 그러나 이 공간에서만큼은 100퍼센트 진실했다고 확신할 수 있다. 이 행위만이 나의 진실한 기도이다.

　이 기도로 하여금 난 또다시 가야 할 곳을 정했다. 20살 이후부터 줄곧 8년간 한국어로만 되어온 책을 읽어왔다. 28살이 된 지금 이 시점 어느 순간 한국어로 된 것이 읽기가 굉장히 어려워졌다. 더 이상 20살 시절 글을 읽을 때의 그 흥분이 나오질 않는다. 심지어 길거리의 한국어로 된 간판도 읽기가 매우 힘들어졌고 일터에서도 사람들의 얼굴이나 표정 말에 관심이 점점 없어지기 시작했다. 이 상태들과 반비례해서 다른 언어로 말하고. 특히 영어로 글을 읽을 때 심장이 뜨거워지는 것을 느꼈다. 다시 그 시절의 흥분이 샘솟고 난 같은 말이라도 한국어라면 안 읽었을 부분이 영어로는 읽혔고 다시 와닿았고 다른 의미로 내게 다가오는 것을 느꼈다.

　지금은 한국어로 된 책들을 전부 다 반납하고 영어로 된 것만 읽기 시작했고 영어 회화 과외도 받고 있다. 그리고 다른 나라에서도 신뢰와 인정을 받아보는 경험이 하고 싶어서 미칠 지경이다. 이것은 순수한 호기심인데 현재 나의 재정 상태와 사회적인 기준과는 완전히 맞지 않는 충동이다. 그러나 범죄의 영역은 아니며 현재 사랑에 빠져 있는 것도 아니다. 다르게 말하면 해도 된다는 사실이다. 내가 책을 읽고 글을 쓴 이유는 안경잡이 멸치에 똑똑한척하기 위해서가 아니다. 위험한 건 몸서리치는 고상한 계집 같은 삶을 살기 위해서가 아니다.

    이 모든 행위들은 단지 발견하기 위해서다! 난 잠시 하던 일을 그만두고 외국으로 가서 잠시 삶의 거처로 삼을 곳을 탐색하며 길을 걸을 것이다. 내 심장이 그 미지의 영역에 도달해 봐야 내가 의식하지 못한 또 다른 나의 존재를 발굴해 낼 수 있을 것 같다. 그것은 내가 행동하기 전까진 존재하지 않는 것이다. 내가 행동해 봐야 탄생시킬 수 있는 존재인 것이다. 난 호기심을 멈추지 않을 것이며 죽을 때까지 탐험가의 정신을 잃지 않겠단 나만의 의식(ritual)을 거행할 것이다. 그것이 나의 명예이다.

    그곳이 얼마나 비싼 곳이고 살기 힘든 곳이든 상관없다. 가장 큰 이유는 그런 조건들이 두렵다면 난 더욱더 가야 하기 때문이다. 내가 원하는 무언가가 자명한데 물리적 조건이 열악하단 이유로 쫄아서 도망간다면 난 자존심이 상해서 자살을 하고 말 것이다. 난 겁쟁이와 함께할 수 없다. 그 겁쟁이가 나라면 나와도 함께할 수 없다. 난 도전해 보지 않고서. 자신의 열망 앞에서 솔직해 보지 않고서. 남자가 되는 법을 모른다. 극한으로 고독해져 보지 않고서. 좋은 남편. 좋은 아버지가 되는 법도 모른다. 난 나의 자식들이 자유롭고 용맹했으면 좋겠다. 때문에 내가 먼저 그런 존재가 되고 싶다.

명예(名譽)

꿈을 좇으면서

광채 그것은 빛입니다.
극강의 광채 그것은 어쩌면
엄청난 어둠 속에 있을지 모르겠습니다.

그것은 어쩌면 끝도 없는 심연 속에
내던져진 고독한 별일 지도 모르겠습니다.

인간의 꿈과 사랑
그것은 이 세계에선 엄청난 마찰을 일으킵니다.

보편적 통념을 뒤집고
가로지르는 자들일 것입니다.

어쩌면 나의 모든 불안은
좋은 신호일지 모르겠습니다.

다시 나 자신을 붙잡고 있습니다.
광활한 어둠 속에서도 길을 잃지 않는 법을
지금 배우고 있습니다.

사자여

고된 노동 속에 지쳐 정신이 피폐해질 즘
난 당신을 보았네.
노을 지는 황금빛 들판 위 근엄한 자태를.

당신은 분명히 쉬고 있는 듯 보이지만
눈을 보면 알 수 있다네
경계 태세를 늦추지 않는 야생성을.

난 안다네.
그 강자의 습성 덕분에
당신의 가정과 자유가 보장된다는 것을.

난 자연으로 도망가고 싶을 때가 있었네.
당신이 산뜻한 바람이 부는 갈대숲에서
낮잠을 자는 모습을 보고 부러워했었네.

그러나 우리도 잠을 잔다네.
당신보다 안전하고
적들로부터 생명을
위협받을 일도 없는 곳에서.

우리 인간은
얼마나 자신이 힘든지
얼마나 자신이 아픈지를 떠들어 대지만
당신은 조용하다네.

또한 당신은 자연을 만끽할 줄 안다네.
싸울 땐 죽을 각오로 덤벼들지만
낮잠은 꼭 챙기는 야무진 영혼이네.

당신은 귀염둥이 사랑꾼이네.
들판을 지배하는 왕이지만
암사자에겐 기꺼이 뺨을 허락한다네.

광속적 대화

홀로 여행하는 자의 뇌는 좀 다르네.
그 누구에게도 생각을 발설할 필요도 없이
대뇌 한가운데에선 자신과의 대화를 나누네.

조금 더 솔직해져 볼 시간을 가져보게.
당신은 백지상태로 태어나지 않았네.
수천만 개의 영혼이 담긴 그릇이네.
그들과의 지혜에 접속하게.

세상의 빠른 변화들에 맞추느라
자신과의 혁명을 놓치지 말게.

모든 파도의 생성과 흐름은
여기서 시작했네!

페르소나

신념에 어긋나는 광경을 보았다.
무엇이 현명한 대처인가?

뇌에 여러 구획들을 만들기로 했다.
그러자 방금 그 광경은 아무것도 아니었다.

나의 핵심과 세상의 자그마한 파편들을
동일시하는 행위는 멍청하다.

상대방이 신비감을 가지고 있지 않다면
그 사람은 참 매력이 없을 것이다.

그렇다고 인위적인 녀석의 얼굴은 역겹다.

진정한 페르소나!
그것은 무수히 많은 현상들의 근원까지
진입을 가능케 하는 탐구자의 정신이다.

내 안에 진정성을 세워놓았으니
진실함의 입자가 새어 나와
그대를 있는 그대로 바라보리라.

기업가

기업가 정신을 이어받는 자만이
진정한 예술적 태도를 취할 수가 있다.

종이와 펜은 누가 만들었는가?
난 그들 덕분에 글을 쓸 수 있다.

조명과 카메라는?
마이크와 스피커는?
주방과 조리 기구들은?

예술은 하나의 재롱이다.
예술은 어쩌다 한 번 주어지는 순간이다.

예술가란 없다.
창조물 위에 예술적 태도만이 존재할 수가 있다.

영혼의 치유제
우리를 고양시키는 것.
난 그런 것들을 대충 만들고 싶진 않다.

그들이 짊어진 짐은 상상을 초월한다.
나도 그들처럼 투쟁 끝에 벌어들인 돈을
사랑하련다.

각자의 위치에서 최선을 다하자.

오르는 자여

매일 산에 오르는 자는
매일 승리하는 자와도 같다.

발아래로 세상을 내려다보는 자는
뭐든 다 할 수 있을 것만 같은
고양된 감정을 얻는다.

다만,

하산 후 누워서 뻗지 말라.
그때부터가 진짜 싸움이랴.

날개는 고치 속에서 핀다

이 암흑 속은 어디인가?
아주 작은 한 점만이 보일 뿐이다.

홀로 놓인 어둠만큼 두려운 것이 있을까?
난 단절된 채 적막에 둘러싸여 있다.

그 작은 한 점이라도 따라가 보려 움직여 본다.
역시 내 안의 한 점만이 보일 뿐이다.

이 행위는 순수한 성취이다.
성스러운 호기심이며 생명의 원천이다.

이 자연의 부름은 매혹적이다.
밤하늘의 별 따기만큼 흥분되는 일이
도대체 어디에 있겠는가?

다음을 준비하는 자는
어둠 속에 잠시 머문다.

투쟁이여 빛나라

재능과 소질은 다르다.
쉽게 얻어지는 것이 어찌 감동을 주겠는가?

빛을 얻기 위해
어둠 속에 머물 용기를 내겠다.

난 더 나 자신에게 애착을 가지고
그것을 다듬어 가겠다.

자기통제 능력을 배우겠다.
인내심을 배우겠다.

내 24시간은 결핍을 채우기 위한
순수한 분투로 가득 차 있을 것이다.

최후에 이 모든 행위가 결실을 못 맺었더라도
난 유머를 배우겠다!

나의 모든 노고가 한없이 자랑스러우리라.
그 자부심이 천재의 재능보다 빛나리라!

신격화의 문제

광적인 신도는 빛만 쫓아다니기 때문에
자신은 어두워진 걸 모른다.

광채를 지닌 자는 스스로를 어둠 속에 가두어
세상 모든 빛을 흡수한다.

투쟁의 쉼표

난 나의 하루를 외면하지 않는다.
난 나의 노력을 존중한다.

칼날 같은 바람 속에서도 굳건한 심지를.
지옥 같은 노동 속에서도 천국의 유머를.

가끔,

자연의 본능이 날 덮쳐올 때면
호탕하게 수천만 년의 섭리를 따르리
매일같이 하루를 이겨낸 자는
망가질 자격이 있나니.

내 건물의 강도를 시험해 보리.
발칙한 장난들로 날 놓아보리.
나에게 짓궂음을 과감히 허락할 때
내 성격은 한 차원 더 신성(神聖)이 되리.

종교

진실한 믿음의 참된 기능은
한 인간을 용감하고 매력적인 인물로
탄생시키는 데에 있다.

자신이 발 담그고 있는 집단에서
신뢰와 인정을 받음으로써
증거물을 남겨야 한다.
아무런 객관적 실체가 없는데
믿음만 깊어져 간다면 망상가가 된다.

인간

문제 해결 능력이 뛰어난 자일수록
선망의 대상이 되기 때문에

우린 영웅을 탄생시키기 위해서라도
문제를 만들어 낸다.

무의식적으로라도 그런다.
그래야만 감동이 존재할 수 있다.

공황장애

자신이 자랑스럽지 않을 때부터 시작.
순수한 성취를 잃어갈 때부터 시작.
잃을 걸 두려워할 때부터 시작.

더 많은 안락함을 소유하려는 탐욕.
그릇에 비해 더 많은 명예를 소유하려는 탐욕.
감당 못 할 관계를 더 많이 소유하려는 탐욕.

내려놓을 기회는 언제나 있었으나
용기를 내기보다는 징징대고 싶은 찌질함.

받아들일 순간은 언제나 있었으나
자기(self)의 본질을 외면하는 이기적임.

뇌 신경망 회로의 퇴화이며
지식을 추구하지 않고
배움을 중단 한자의 무기력.

큰 충격이 가해진다면
바로 패닉에 빠지는 건 당연한 현상.

인정

성스러운 허영.

그것이

성취 최고의 가치다.

생색의 기원

난 당신에게 무언가를 바라고 요구합니다.
난 당신에게 돈과 시간을 쓰는 것이 아깝습니다.
난 당신에게 진심은 아닙니다.

다만,
사랑과 인정 그리고 관심을 원합니다.

난 당신을 질투하기도
때론 증오하기도 합니다.
고백하자면 순수한 마음은 아닙니다.

난 당신에게 감사한 마음과
소중한 마음을 잃어버렸습니다.

내 비밀스러운 행실과 헌신을 스스로에게 감탄하기보단
내면에서 조용히 음미하며 흡족해하는 것보단

당신 앞에서 요란 떨고 싶습니다.
그 이유는 제 자존감이 바닥을 치기 때문입니다.

선물 공세

매력 없는 남자가 제일 많이 하는 행동
사심이 있다면 용기를 내야 한다.
용기는 비용이 안 든다.

선물은 이웃에게 주는 것이다.
기념일을 축하하기 위해 주는 것이다.
이미 형성된 유대 위에서 벌어지는 약속인 것이다.

명예

부자들 앞에서 위축될 필요는 없다.

어차피

명예로 가는 길은 하나다.

꿈을 좇는단 건

자신만의 명예를 추구한단 것이다.
내면에 전사의 신분을 탄생시킬 기회인 것이다.

이토록 눈부신 삶이 현생에 실재할 수 있다.
제발. 자기(self)를 외면하지 말라.

도대체 무엇을 위해 사는가?

어디에도 휩쓸리지 않는 자아상.
그것만큼 강한 무기도 없다.

목소리가 만들어지는 과정

자신을 설득시키는 연습.
진심을 다해 솔직하게 살아본 경험.
자신을 속이지 않는 자의 떳떳함.

내면. 그 무형의 에너지가 가득한 공간에서
목소리의 음파는 호소력이 밴다.
음파의 입자는 원형이다.
자신과의 불일치는 원형을 깨뜨린다.

입자의 일관성
자신과의 일체감
하나의 태양을 이루는 자.

상대방을 결정 내리게 하는 것은 감정이다.
우린 카리스마 없는 자의 말을 경청하지 않는다.
자신을 휘어잡지 못하는 자가 매력이 있겠는가?

당장. 자신을 정복하라!

가난의 대물림

부모의 삶이 자식만 보고 사는 삶이라면
그것만큼 자식을 망치는 일도 없다.

부모 자신이 빛남으로써
자식의 동정이 아닌 존경을 사야 한다.

넘을 수 없는 산 같은 부모를
무시하거나 증오하는 자식은 없다.
이미. 부모를 배움의 대상으로 여기고 있기 때문이다.

단독 행동

모든 예술 작품의 근원.
모든 혁신의 근원.
모든 주관의 근원.

아니,

모든 인류 진화의 태초.
사실상 진정한 협력의 본보기.
리더의 탄생과 이끄는 자의 용기.

꿈을 위한 자금 마련

허드렛일이라도 최선을 다하리.
언제나 받는 것 이상의 가치를 제공하리.
고용주를 지갑을 여는 고객으로 대하리.
일터를 창의성을 단련할 기회로 여기리.

내 안에 궁전이 생기자
그 원형의 에너지가 물질을 끌어당기리.

세계의 경제를 내 휴대폰으로 펼쳐보니
세상은 언제나 내 손안에 있으리.

영감의 원천은 전부 거기서 다 건져 올렸나니.
기업가 정신만 있다면 도대체 뭐가 두려우랴.

박스 이모

난잡한 시장통에서 그녀만 유일하게
제값을 내고 과일을 사 먹으려 한다.

절대로 값을 깎아달라고 말하지 않는다.
그녀는 하루 종일 박스를 접어서 번 돈으로
종종 내게 닭강정과 떡을 사주곤 한다.

물론. 나는 얻어먹는다.
다른 이들은 그녀를 측은하게 여겨
그녀의 선심과 선물을 받으려 하지 않는다.

물론. 난 반대한다.
난 그녀를 동등한 인격체로 대한다.
베푸는 기쁨만큼 노인을 강하게 만드는 건 없다.
동정이 아니라 자존심이
그녀가 하루를 살아가는 동력이란 걸 난 안다.

우주의 반대편

한 인간은 우주와도 같다.
물리적 거리가 아니라 관념 체계 말이다.

그 은하계를 보듯 멀리 있어야 한다.
물리적 거리가 아니라 신비감 말이다.

인간을 병들게 하는 것

명예의 가뭄.

믿음 없는 삶.

영양제

인류는 수천만 년 동안 질병 없이 잘만 살았다.
영양제를 먹었단 역사도 없다.

건강해지고 싶다면 영양제가 아니라
삶을 바꿔야 한다.

꼰대

그들은 가진 게 없기 때문에
바보의 관념이라도 소유하려 한다.

자기 삶의 당위성을 얻기 위해
바보들을 통제하려 한다.

소위 말하는
진심 어린 조언이라는 명목하에.

행복

고생 끝에 얻어내거나
아님 원래 가지고 있던 걸 잃어버렸다가
다시 찾아오거나.

그것은 한 개인만의 애착이다.
내면의 비밀스러운 명예
혹은 안락함.

전사의 영광스러운 순간
혹은 돼지우리의 안락함.

기준을 세우는 자.
기준의 노예인 자.

무덤에 묻힐 때 모든 게 다 환상이었음을
깨달으리.

가난의 시작

교양을 잃어버리기 시작할 때.

길

한 인간이 자신의 길을
잘 가고 있는지 아닌지의 증거물은

그 인간의 광채다.

달콤하게 혼나리

내게 더 많은 발견을 안겨준 건
평온함이 아니라 예민함이다.

더 많은 식별력과 혜안.
그것이 나의 황금이다.

자신이 비인격적인 대우를 받는 건지
현실감각이 없는 건지를 추후 살아봐야 아는 것이다.

이왕 때려치울 거면 명예롭게.
같이 합류할 거면 감사한 마음으로.

결국,

자기 확신만이 그대의 등불이 되리.

태양을 보는 법

물은 흐르고 흘러 세상과 부딪치다
하늘로 올라가 구름이 되고

난 무거운 새벽을 이겨내고 일어나
저물어 가는 달빛을 본다.

노동을 통해서만 예술을 향한 일관성을.
찰나의 순간을 포착하는 집요함을 배운다.

물론 나만의 방식이겠지.

휴일 어느 날 저녁 무렵.

하산길에 저물어 가는 노을을 보았다.
구름 사이에 걸쳐진 빨간 태양이
세상 전체를 황금으로 빛나게 했다.

모든 것들이 한 지점에 놓여 있을 때
난 비로소 태양을 볼 수 있었다.

맹수의 눈동자

오늘은 불안감 속에서 아침을 맞이했습니다.
어제와 같은 여정에 놓여 있지만
또 다른 자아가 깨어나 의문을 제시합니다.

이 녀석을 달래야 합니다.
최선을 다해 소통하고 대화를 나누어야 합니다.

또다시 선택의 순간에 직면합니다.

결단을 내리고 다시 한번 날 집어삼킵니다.
내가 나의 포식자이며 왕입니다.
난 또 여기서 싸울 것입니다.

고독.

인간의 동력

20대의 가장 큰 자산은
가치관 형성 기간이라는 것이다.

자신의 모든 행동반경이
호기심과 성취로 이루어져 있다면.

그는 무한의 연료를 얻은 셈이다.
이미 천문학적인 자산을 가진 사람이다.

대담성과 인내심은 창의력과 함께
이미 자신만의 투쟁 속에서 빛나고 있다.

자본주의 대처법

하나의 결단이 도박인지 도전인지는
그것의 기원이 돈인지 순수한 성취인지이다.

둘 다 엄청난 용기가 필요하지만
도박은 인간을 조급하게 만들고
도전은 인간을 고양시킨다.

진정한 현실감각은
자신의 내면을 충족시키는 데서부터 시작된다.

돈을 위해 하지 않은 도전들이 쌓이고
미련 없이 다음 장으로 넘어가기 시작할 때

그는 고독과 친구가 되고
상상력은 그의 애인이 된다.

그때부터
그는 자신을 둘러싼 세계를 가지고 논다.

멋진 아버지가 되려면

무조건 꿈을 이루어야 한다.
남자는 꿈을 이룬다.

위로

영광의 순간에 받는 것.

예술 작품

우파 입장에선 옳은 것이고
좌파 입장에선 탁월한 것.

그 누가 봐도 논란의 여지가 없는 것.

인간이란 무엇인가를 심도 있게 고찰한 것.
그 어둠 속에서 하나의 인간상을 제시한 것

모든 영혼의 총체적 합일점.
자신과의 싸움.

행복

논리의 기원도 인간의 사유이므로
한 개인의 주관이다.

자세히 살펴보면
자신을 설득하여 자신을 움직이게 하고
자기 확신에 사로잡혀 살아가다 보면
절대로 객관이 주관을 앞서갈 수 없음을
깨닫게 될 것이다.

더 자세히 살펴보면
많은 인간들이 이 절대적 사실과
반대로 살아서 불행하단 것을
알게 될 것이다.

무형의 가치관

탐구심을 기반으로 지적 활동을 즐기며
하나의 현상을 이해하려 하고

자신의 판단이 틀린 건 아닌지
스스로에게도 가혹할 줄 아는 사람은

뿜어져 나오는 기품이 다르다.
인간을 끌어당기는 매력이 흘러나온다.

이곳에 투자할 줄 아는 사람이
진짜 승리자다.

남자가 찌질해질 때

여자로는 채울 수 없는 부분을
여자로 채우려고 한 남자.

그의 사랑은 증오로 변질된다.

꿈과 죽음

인간의 외로움.
그건 본연의 욕구에 충실해 보지 못한 한탄일 테다.

뭘 해도 아쉬운 것이 청춘이다.
역시 내면의 황금은 갖가지 체험들과
벼랑 끝에서도 우아함을 지키는 것
그리고 탁월한 목표.

어차피 꿈을 포기하면
불만족스럽고 우중충한 기분이 계속 맴돌 것이다.
꿈 아니면 죽음이다.

애착

난 의미 없는 싸움만 하다가
지쳐 쓰러져 간 자들을 많이 보았다.

그들은 하나같이 열악함에 직면하면
자신을 사랑하기에 더 좋은 대우를 받으며
더 좋은 조건 속에서 일할 수 있다며
불평하거나 문을 박차고 나간다.

그들은 하나같이 통제감과 승리감을 원한다.
그러나.
그 체험은 내면의 고독을 통해서만 얻을 수 있다.
자신의 경로가 물리적 합리성에만 따른다면
그는 주관을 잃어버린다.

남들과는 비교 불가능한 자신만의 고유한 충족감.
그것은 쌩 또라이 짓이고 고독 속에만 존재한다.
그곳에서 자신만의 의미를 탄생시켜야 한다.
내면의 은하수를 더 다채롭게 하려면
어쩔 수 없이 용기와 창의성이 필요하다.

연금술사들이 결국 발명해 낸 것은
마법의 황금이 아니라 현자의 돌이었다.
외부를 바라보는 자신의 시야를 바꿈으로써
내면의 천문학적인 황금과 우주를 얻었다.

그들은 천국을 체험하며 살았다.
어디에도 흔들리지 않는 자신만의 공간에서.

멋진 아버지가 되려면

무조건 꿈을 이루야 한다.
남자는 꿈을 이룬다.

꿈을 이루어가는 과정 속에서
그는 이미 살아 있는 자기계발서가 되어 있다.

꿈을 가진 자의 시간

꿈을 가진 자의 시간은
남들과 다르게 흘러간다.

그는 자신만의 의무를 기준으로
시간을 대한다.

그의 목표가 충족되는 지점만이
유일한 목 넘김이다.

그의 확실한 믿음이
세상의 모든 잣대들을 비껴가고

그는 자신이 늙지 않았음을 깨닫는다.

이상한 콘텐츠

세상이 잘못되었다는 분위기를 조장하여
아무것도 극복해 내지 못한 자신을 내세우고
인정 한번 받아보려는 미개한 족속들이여.

꿈이 있다면
인간은 무한히 강해질 수 있다.

위대한 일은 조용히 이루어진다.
원숭이에게 활과 화살을 쥐여주면
그들이 조용해지듯이.

나약함을 자처하여 만든 콘텐츠가
대박이 나면 돈 벌 생각에 들뜨지 않은가?
모순적인 새끼
속물.

난 이런 것들을 위해 글은 못 쓴다

자신의 게으름을 동정받으려는 돼지.
고통 속에서 이겨내긴커녕 위로만 찾는 돼지.

아! 찌질이들
난 이런 것들을 위해 글은 못 쓴다.
그저 제거의 대상일 뿐.

차라리 극한의 고통으로
산산조각 부숴버려 재탄생시키겠다.

찌질이는 찌질이에게
동정의 당뇨에 걸리게 하고
결국 장기적 치명타를 입힌다.

가혹한 놈은 강력한 한방으로
단기간에 교훈을 주고
궁극적으로 인간을 더 강하게 만들어 준다.

꿈이 없으면

버는 돈을 족족 유흥과 사치에
탕진하는 쪽으로 기운다.

악순환의 굴레에 빠져있음에도 불구하고
자각하지 못한다.

가장 큰 이유는
이미 안락함의 노예가 되었기 때문이다.

전사가 되는 시점

두려움보다

호기심이 앞서기 시작할 때.

감격의 메커니즘

망가진 보일러를 수리할 돈이 없어
한겨울 내내 냉수로 샤워한 적이 있었다.

2~3개월은 그렇게 생활하다가
마침내 돈을 모아서 보일러를 고쳤다.

온수로 샤워할 수 있단 사실에
퇴근길 내내 가슴이 벅차올랐다.

감히 '행복했다.'는 표현을 쓸까 한다.
혼자서 실실 웃고 다녔다.

만약 자신이 무기력하다면
열악함에 자신을 노출시켜 봐야 한다.
자학성을 띠는 것보단 꿈을 향한 여정 속에서.

삶의 호수

물은 흐르지 않으면 썩는다.
고요해 보이는 호수조차 밑에선
대지와 호흡하고 증발을 준비한다.

생동감은 파도의 물결이다.
역동하는 현재 속에 있다.

그 순환 자체가 삶의 루틴이어야 한다.
그 어디를 가도 삶은 시작된다.

빨리 받아들이는 자가 성취의 그물망이 넓어져
건져 올릴 수 있는 행복의 가짓수가 방대해진다.

우리가 가야 할 곳

정신과 유머.
기품과 재치.
교양과 유연함.
인내와 대담성.
고요함과 호탕함.
사악함을 연출하여
제대로 된 빛을 뽐낼 줄 아는 지혜.

우리가 도달해야 할 곳은
특정한 에너지 상태이며
그 무형의 핵을 중심으로 세상을 설계한다.

직관의 번개

이해력은 이해심을 기반으로 활성화된다.
인간의 사고 활동의 뿌리는 감정이다.

타고난 눈치가 빠른 자는
순간의 상황을 아주 잘 파악한다.

그러나.

이해심이 있는 자는 그 순간 외에도
끊임없이 그것에 대해 되짚어본다.
그러는 동안 여러 가지 자료들이 취합되고
분석되며 그는 잔머리들과는 비교도 안 될 만큼의
수만은 해석들을 건져 올린다.

상상력과 속도는 반비례한다.
참다운 직관력은
고된 정성 끝에 내리치는 번개이다.

그때 그 발칙함은 탁월했다

후회 없는 인생이야말로
최후의 승리자다.

용기 내어 저질러 본 경험들과
끔찍했던 실수들.

시간이 지나면
그렇게 되길 원했다고 여기고 싶다.

그때의 심장과
지금의 심장은 다르기 때문이다.

멍청해 본 적 없는 자가
제일 멍청하다.

꽃의 세계

아름답기 위해선 얼마나 많은 시련들을 겪어야 했는가?
다 극복해 냈다는 말도 저절로 나온다.
꽃이 바로 서기 위해선 들판이 필요하다.
수많은 계절들을 겪으며 잎을 펴고
원형을 중심으로 잎사귀들과 꽃무늬들이 결정된다.
제각기 엉켜 있고 주름져 있다.
삶의 흔적들로 그 공간을 채운다.

남과 자신을 비교하지 않는다.
독창적인 존재로서 태양을 맞이한다.
그녀들은 태양을 사랑한다.
태양을 향한 사랑만이 그녀들의 명예이다.

어린 꽃부터 늙고 시든 꽃까지
모두 철없고 인생을 알 수 없긴 매한가지.
하긴. 삶을 안다면 그건 망상이다.

순간 기억들이 지나간다.
꽃들과 함께했던 기억들.
그것들은 과거가 되어버렸고

난 또 방에 홀로 앉아 있다.

내가 열정 있게 불타올라도
나의 빛을 만끽할 대상이 없다면
나의 역할은 무의미하겠지.

나의 의무는 그녀를 꽃피우게 하는 것.
소유함으로써가 아니라 빛을 줌으로써.
나의 자연에 맞추어 춤을 추게 하는 것.

남자가 된다는 것은
꽃의 세계를 통해서만 터득할 수 있다.

날 미소 짓게 하는 특별함

한 고난에 직면했을 때
내가 싫어하는 사람이라면
포기했을 지점을 생각한다.

난 그 대상과 구별되기 위해
그 고난을 집어삼킨다.

그것은 나만의 유치한 경쟁이다.
나만의 내면 승리다.
나만의 비밀스러운 명예이다.

그 의식(ritual)을 거행함으로써
남들과 구별된 주체가 되었단 믿음이 형성되고
그 믿음이 대뇌 한가운데를 활성화시킨다.

그 핵으로부터
다시 사고 기능이 발화되고
그 뿌리에 걸맞은 행동이 만들어진다.
과거와는 점점 다른 존재가 되어간다.

사람들의 반응을 통해서
내면의 감정을 통해서
그 모든 행위들의 효력을 확인한다.

삼류와 일류

예술은 찰나이다.
한순간의 각성.
광적인 열정.
엄청난 애원.

그 배후에는 자본주의.
국가체제의 억압.
혹은 개인의 비애가 있다.

삼류들은 탓할 것을 찾아 예술을 하고
일류들은 기업가 정신을 탑재하여
창조하는 자가 되어 예술을 한다.

기업가 정신이 없는 예술가는 광대에 불과하다.
비난이 세상을 바꾸진 못하기 때문이다.

절대적 상대성

정처 없이 떠도는 육신은
자의식과잉으로 이어질 수 있다.

그는 언어가 부재한 육체노동을
한곳에서 오래 할 필요가 있다.

하나의 제약을 줌으로써
자유를 얻는 것이다.

그 자유는 안정성이다.
안정성은 불안정한 환경을
극복해 냄으로써 길러진다.

얻고 싶은 것이 있다면
일단 그것을 버려야 한다.

날개

남들이 다 기어가는 곳을 기어가지 않는다.
하나의 구심점을 중심으로 생각을 펼쳐본다.
수직화되어 있지 않은 세계
다채로움.

세상의 모든 것들은 하나의 원.
수직과 수평을 합한 십자가.
그것들의 점을 이으면 다시 원.
그것들의 교차점도 원.
원들의 반복.

그 지점이 날개를 지탱해 주는 곳.
우리의 마음.

우린 다시 원점으로 돌아가는 걸 자각하는가?
우린 다시 집어던져지는 걸 자각하는가?
날개를 펼치기 위해선 중심으로 가야 한다.
그리고 중심으로 가기 위해선
또 중심에서 벗어나야 한다.

원점들의 반복.

태양의 권위

내가 그대를 대하는 만큼
나에게 황금 같은 빛을 내리쬐리.

그대를 맞이하기 위해서는
새벽에 눈을 떠야 했으니.

나의 유일신 태양.
난 특별한 존재이며
그대는 나로 하여금 떠오른다.

하나의 성취
내면의 임무를 완수.

나머지 호황은
그저 뒤따라오는 부산물일 뿐.

역시 승리감은
남자가 가장 행복할 때.

머리맡에 둔 시

일에 치여 살다 보면
자기(self)를 잃어버릴 수가 있어.

그 참사를 방지하기 위해
난 꼭 내 베개 옆에 시 한 편을 놔둬.

혹은 날 다른 세계로 연결시켜 줄
무언가를 놔둬.

잠자리에 들기 전 고개를 돌리면
나만의 자산관리가 시작돼.

그 짤막한 몇 분이
나를 남들과 구별되게 만들어.

내 안의 신들을 모신다

선조들이여 여기 제 영혼을 바치옵니다.
그대들과 연결되어 교감하고 싶습니다.
내 안에 지혜의 샘을 열어주옵소서.
진실한 체험으로 육체를 흠뻑 적시리.

나! 맹세하리.

절대로 신들의 은혜를 저버리지 않고
온 우주에 황금을 내놓으리.
모두를 광채로 빛나게 하리.
기꺼이 어둠이 되리.

나에게 꿈과 사랑을 허락하시고
고통을 통해 배우게 하소서.

그 모든 역경을 달콤하게 껴안을 때
참된 산자의 가치를 깨닫게 하소서.

의식의 지평선

사람을 죽이는 건 자신을 향한 의심이다.
의심의 기원은 불확실함이 아니라
개인의 고유한 인성이다.

사람을 살리는 건 자신을 향한 믿음이다.
믿음의 기원은 지능이 아니라
개인의 고유한 인성이다.

실재하는 것은 객관적 사실이 아니라
개인의 마음에 내재된 에너지다.

우리의 생명력은 심인성 질환을 퇴치한다.
영혼의 확장. 그것 또한 원자의 밀집이기에
물리학적 법칙을 따른다.

꿈을 좇는 자는 남들과 다른 중력을 받는다.
별을 향해 가는 우주선은 시간 지연이 발생하듯
인간세계에서도 동일한 작용이 벌어진다.

한 인간의 분위기와 압도적 풍채.
그것은 과학적 근거가 명확한
화학적 반응이다.

내면의 천국

정신병은 거부한다.
자의식과잉도 거부한다.

철저한 객관화를 실행하되
명예를 쟁취한다.

그 누구에게도
관심을 구걸하지 않는다.

자그마한 생색조차 경멸한다.
사소한 요구를 할 바엔 자살한다.

고독을 사랑한다.
나의 모든 선행은 온 우주가 안다.
그 우주가 날 춤추게 한다.

그럼 나는
무의식적으로 웃고 있다.

행위라는 것

건물이 커질수록 그림자도 커지는 법이다.
그러나 나무는 커질수록 더 큰 그늘을 제공한다.

건물은 하늘을 가리지만
나무는 가지 사이로 달빛을 허락한다.

건물은 경직되어 있지만
나무는 제멋대로 뻗는다.

건물은 영혼의 공동묘지가 되지만
나무는 영혼의 치유제가 된다.

그러나 나는 속세를 사랑한다.
도시의 편리함과 숲속의 편안함을
동시에 누리고자 한다.

건물들이 커지고 많아진다면
그만큼 나무를 심고 숲을 만들겠다.

높아진 건물들이 자꾸만 하늘을 가린다면

난 더 높은 산에 올라가 그 건물들을 내려다보겠다.

자본주의에 찌들어 영혼이 경직될 때면
바람에 나뭇잎이 흔들거리듯 춤을 추겠다.

건물이 영혼의 공동묘지처럼 느껴진다면
그 탄압을 영감 삼아 예술을 하겠다.

생산성 없는 비난은 나가 죽어라!

천국을 살다 가리

나의 자체적 열망을 달성하여
성취의 짜릿함을 현생에서 맛보았다.
그것은 실재하는 것인데
감히 천국을 말하는가?

모두의 인정을 받고
모두가 사랑스러운 표정으로
자신을 쳐다볼 때의 벅차오름을
그대들은 느껴보았는가?

주 예수그리스도는 창조자이며 용맹했나니.
자신의 천국을 살아 숨 쉴 때 건국했나니.

이 자명한 사실 앞에
왜 그대들은 그의 길을 가지 않고
교리를 만들어 설파하는가?

진리는 복권과도 같은 비밀스러운 체험이니.
제발 거룩하라! 고요하라!
떠들어 대는 자는 진리가 없다! 돈이 없다!

그대들이 진실로 영적으로 충만하다면
왜 얼굴에선 광채가 나질 않는 건가?

기독교인들은 동료를 뒤에서 험담하니
확실히 자신의 이웃을 증오한다.

주 예수그리스도는 이런 구더기들을
천국에 데리고 가는가?

열등한 그대여 왜 남을 추앙하는가?
신격화의 근원은 자신이 스스로
그런 존재가 되질 못함을 자백하는 것이리라.

사후 천국행 티켓을 위해서라면
자신이 믿는 신을 십자가에 못 박아 죽일
비겁하고도 탐욕스러운 족속들이여!

자존심도 없는 그대여!
평생을 무릎 꿇고 살다가 눈을 감아라.
그것이 그대들이 그토록 바라던 천국이랴!

낭만

현실에 충실했던 자들이
가끔씩 겪게 되는 마법 같은 순간.

인내심 있게 달려온 자에게
주어지는 찰나의 쉼표.

낭만적인 순간조차
자본주의가 선행된다는 사실을 알 때

삶의 감동을 적절히 배치할 줄 아는
혜안을 깨달으리.

정답을 찾기 싫을 때

무엇이 정답인가?
나의 확신이다.

무엇이 정답인가?
나의 감동이다.

무엇이 정답인가?
나의 영혼이다.

무엇이 배신인가?
체념이다.

나의 길을 가련다

난 내 심장을 따르련다.
조언하는 그대들이여
왜 그대들의 얼굴은 빛이 나질 않는가?

난 빛나는 자들의 태도를
묵묵히 순종하리라.